等你
许我地老天荒

Deng ni xuwo
dilaotianhuang

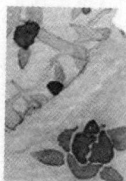

景汐 作品

中国华侨出版社

图书在版编目（CIP）数据

等你许我地老天荒 / 景汐著. —北京：中国华侨出版社，
2015.7

ISBN 978-7-5113-5567-6

Ⅰ.①等… Ⅱ.①景… Ⅲ.①言情小说—中国—当代
Ⅳ.①I247.5

中国版本图书馆 CIP 数据核字（2015）第 166255 号

等你许我地老天荒

著　　者 / 景　汐
策划编辑 / 周耿茜
责任编辑 / 文　喆
责任校对 / 王京燕
封面设计 / 尚世视觉
经　　销 / 新华书店
开　　本 / 880 毫米 ×1230 毫米　1/32　印张 /9.5　字数 /226 千字
印　　刷 / 北京中印联印务有限公司
版　　次 / 2015 年 11 月第 1 版　2015 年 11 月第 1 次印刷
书　　号 / ISBN 978-7-5113-5567-6
定　　价 / 32.00 元

中国华侨出版社　北京市朝阳区静安里 26 号通成达大厦 3 层　邮编：100028
法律顾问：陈鹰律师事务所
编辑部：(010) 64443056　64443979
发行部：(010) 64443051　传真：(010) 64439708
网　址：www.oveaschin.com
E-mail：oveaschin@sina.com

目录

楔　子

沈陌醒在暮色浓重的夜里。

醉酒所带来的头痛感似要将她的脑袋紧紧箍住，她抬手揉揉胀痛的太阳穴，撑着手肘坐了起来。

她仰头迷迷糊糊地望着天花板，缓和了几秒钟的时间，这才突然意识到一个严峻的问题——这个天花板她从来没见过啊！

沈陌拧着眉头回想之前的事情，只记得在君华包间里开庆功派对，同事猛劲儿给她灌酒，然后记忆就从某个时间节点开始彻底断了线，再然后……她不知怎么就被拐到了如今这个陌生的卧室里。

就在她茫然无措时，低沉而熟悉的声音从落地窗边传来："你醒了。"

沈陌没想到屋子里还有别人，吓得"啊"了一嗓子，然后循声望过去，见到那人是邵扬，这才下意识地拍着胸口说："是你啊……"

邵扬走过来，居高临下地看着她，眼中有被黑夜笼罩住的关怀："还头痛么？"

"还好，不碍事儿。"沈陌努力牵起一个微笑，而后扭头四顾，犹疑地问，"这里是……"

"我家。"他顿了顿，又解释道："本来已经送你到你家楼下了，但是没找到大门的钥匙，进不去，只好又回这儿来。"

沈陌点点头，也不多计较这些，她知道如果护送她的人是邵扬，就不会有什么需要她操心的问题。

低头看到身上穿着的依旧是出席宴会的晚礼服，沈陌觉得这也算是在情理之中。

然而下一瞬，当她终于意识到自己正坐在谁的床上时，她忽然就觉得不知该做何反应了。

鸠占鹊巢？这个突如其来的认知印在她的脑海里，简直就像做梦一样。

她弱弱地开口："那个，我要不然……"还是回我自己家吧？

想法是有的，可是不知怎么的，这后半句话沈陌却怎么也说不出来，像是被某种依恋的情绪堵在了胸口。

邵扬将她欲言又止的模样看在眼里，彼此心照不宣。

"你再睡一会儿吧，现在才凌晨 3 点多。"他轻声说着，语气里是不容置喙的温柔，"我去客厅，你有什么事就出去叫我。"

沈陌点点头，没再多言，便目送邵扬稳步离开这间被她霸占的卧室。

房门开了又合，有一丝光线不经意间闯入她的眼眸。

沈陌还没来得及看清客厅的样貌，只隐约记得是很柔和的浅米色，而后，周遭就又恢复成夜色浓重的色调。

醉酒后的凌晨，本该困倦难当，可她却清醒得像是刚刚完成 24 小时的补眠。

柔软的双人床榻在这样的夜里显得太过空旷，沈陌翻来覆去地换了无数个睡姿，却还是难以入眠。

有太多抓不住也理不清的头绪在她心头萦绕不休，像是逼她起身去找邵扬说个清楚。

她知道不该这么冲动，可是当她意识到自己在做什么时，她已经起身去了客厅，并且就站在沙发旁边，一瞬不瞬地低下头，静静凝视着半睡半醒的邵扬。

他似乎没有睁开眼，含混不清地问了一句："哪里不舒服么？怎么又醒了？"

沈陌摇摇头，随即想起来他应该看不到，于是又低声说："有些事情想不通，你陪我说说话，好不好？"

说完，也不管邵扬是何反应，她便自发地在沙发边缘坐下。

他们鲜少挨得这样近，隔着薄薄的被子，沈陌甚至都能感觉到邵扬的体温正穿透一层又一层的布料，一点点传递到她的腰上。

忽然心跳如鼓，连他是什么时候坐起来的都没有留意到。

邵扬轻不可闻地叹息一声，开口时声音有些低哑，如同染上了夜色的迷离。

"说吧，什么事？"

"我就这样留在你家里过夜，是不是……"她顿了顿，到底还是觉得尴尬，"不大合适？"

他似乎是笑了一下，只是笑容融在暖色的光线里，氤氲成她看不懂的情绪。

"徒弟醉酒回不去家，师父好心收留一晚，没什么不合适的。"

沈陌缓缓低头，心想邵扬总是这样，有本事把任何暧昧的状况扭曲成冠冕堂皇的样子。

可她突然觉得他这话并不准确："庆功宴之后，我就不会再叫你师父了。"

他点点头，不以为意地说："我知道，这事儿你已经昭告天下了。"

"呃?"沈陌有些迷惑地回头看着他，反问道，"我有跟你说过吗?"

"你岂止是跟我说过啊，你是在宴会上当着大家的面跟全世界说的。"

沈陌目瞪口呆，而邵扬却轻笑起来，开玩笑似的继续说道："看样子你完全不记得自己的光荣事迹了，比如除了昭告天下你不要再当我徒弟以外，还亲口承认你喜欢……"

"我没有!"沈陌腾地站起身来，打断了他的话。

别的都可以聊，但无论如何，她不可以承认——她喜欢他。

第一章

横 越 欧 亚

飞机在欧亚大陆上空平稳飞行。

这一路上，沈陌坐在一个很不起眼的角落里，戴着浅灰色眼罩，倒头睡得不知秋冬。

抵达苏黎世时，坐在一旁的邵扬回头对她说："醒醒吧，到苏黎世了。"

可是沈陌显然没有听见来自身旁的召唤，回答邵扬的只有均匀绵长的呼吸声。

他费九牛二虎之力将她从睡梦中叫醒，一边摇她的肩膀，一边忍不住感慨："一个小姑娘，怎么能嗜睡到这种地步……"

沈陌揉揉惺忪睡眼，捂着嘴巴打了个哈欠，懒洋洋地望向邵扬。

"……唔，到了？"

"岂止是到了，你再这么睡下去就要倒回到中国去了。"他揶揄道，"你绝对小时候是瞌睡虫口味盖浇饭吃多了。"

她喝了点飞机上赠送的矿泉水，意识清醒了不少，也笑着与他开玩笑："师父，你说这样的话，有考虑过瞌睡虫的感受么？"顿了顿，又厚着脸皮说："你又不是不知道，犯困本来就是我的常态嘛。"

邵扬无语地瞪她："你居然也好意思讲？"

"这有什么不好意思讲的？嗜睡是因为心里有梦嘛！"

因为心里有梦。

这6个字是沈陌的口头禅，只要一有机会，她就会把它挂在嘴边念叨念叨，而且还总是念叨得十分郑重。

沈陌最早说出这句话是在3年前的秋天。

那时她去参加Stellar香水公司面试时，英明神武的面试官问了她这样一个问题："你一个理工科出身的女生，为什么选择香水行业？"

她当时的答案就是：因为心里有梦。

事实上，这句口头禅还有某些更深层次的意义，只不过这几年来，她一直选择憋在心里打死也不说。

其实心里有没有梦并不是重点，真正的重点是，梦里有没有她想念的人。

自从3年前和叶远声分手，沈陌就只能在梦里寻找他。虽然明知道十个梦里总有九个是跟他没半毛钱关系的，可她仍然孜孜不倦地做梦，锲而不舍地寻找。

许是为了反复强化心里这份执着，很多时候，沈陌会不分场合、不看对象地乱用这句口头禅，结果常常导致一些不相熟的人被她雷得里焦外嫩。

然而，邵扬却不会。

因为他就是当年给沈陌面试的……英明神武的面试官。

作为 Stellar 的首席调香师，邵扬本来是不带徒弟的。奈何沈陌入职那段时间情况特殊，Stellar 几位资深调香师集体跳槽。因为人手严重不足，邵扬也只好勉为其难将她收入麾下。

虽然收徒弟的时候不情不愿，但总的来说，这 3 年来邵扬待她还算不错。

很有才情的人大多很有个性，邵扬也不例外。

他不是个好脾气的人，经常被沈陌乱调出来的奇葩香水气得跳脚，也经常不给面子地数落她长了一颗"理工科出身的不可雕的朽木脑袋"。

不过数落归数落，之后他还是会耐着性子手把手教她怎么识香调香。

两人共事 3 年多，交集算不上有多深，但至少，她那句口头禅他已经可以像"梦有里心为因"这样倒背如流。

沈陌见邵扬完全没有要搭腔的意思，便自讨没趣地耸耸肩，也没再继续念叨她的六字箴言。

解开安全带，她指一指头顶上的行李架，厚着脸皮向邵扬求助："师父，能不能帮我拿一下登机箱?"

"我要是说不能呢?"邵扬一边说着，一边已经把她的粉色塑料箱子从行李架上搬了下来。

"还是师父嘴硬心软!"

其实她是想夸他的，只不过夸得稍微有点委婉。

邵扬没搭腔，弯着食指敲了敲她的箱子，随后一脸嫌弃地说："等下个月发了工资，你能不能换个材质稍微好一点的登机箱?"

沈陌无语地反问："这箱子惹到你了么?"

"看着它碍眼。"邵扬频频摇头，很不赞许地说，"就这么个硬塑料材质的小破箱子，你是怎么好意思把它带出国的? 也不怕丢了我泱泱大中华的脸。"

沈陌不惜以自我嘲讽的方式和他顶嘴："你都好意思把我带出国，你都不怕丢了我泱泱大中华的脸，我有什么不好意思带我行李箱的？"

这话可是深深地戳到了邵扬的痛处，叫他一时无言以对。

邵扬远赴苏黎世，是来参加欧亚年度香水分享会的。

Stellar 作为恒星旗下主营女士香水品牌的子公司，在集团里也算是有着举足轻重的地位。这次，邵扬代表 Stellar 出席集团盛会，其意义自然不可小觑。

一般说来，像这种有头有脸的大事，都是和沈陌这种新人菜鸟八竿子打不着的。可邵扬临行之前不知怎么脑子一抽，跟公司提了个申请，顺带着把她也给捎上了。

其实邵扬对沈陌的期许也很简单。

他根本就没指望她能给师门争什么光，但至少，让她多出来见见世面，以后少给师门丢脸也是件好事。

可谁知，这一捎不要紧，正应了那句古话：一捎促成千古恨啊……

这次出差之前，他只在办公室里和沈陌打交道，还不觉得这姑娘有多值得操心，顶多也就是才情少了点，脑子轴了点，性格固执了点，口头禅说得太频繁了点。

可自从昨天他们从首都国际机场出发，邵扬就认清了一个不妙的事实——他这个徒弟，活脱脱就是个奇葩。

唱歌走调不说，还唱起来没完；吃东西飞快不说，还吃得最久；走到哪睡到哪不说，还有 50% 的概率乱说梦话；扎个飞扬跋扈马尾辫不说，还经常一甩辫子抽他的脸……

诸如此类的特点，简直手脚并用也数不完。

一想到这些，邵扬就觉得脑仁蹦跶蹦跶着疼，由此判断，带她来瑞士绝对是个革命性错误。

这边邵扬正忙着在心里对沈陌进行从头到脚的批判，另外一边，沈陌却偏偏不识好歹地又嘀咕了一句："看吧，师父说的话也不全是对的，师父也有哑口无言的时候。"

邵扬真是连说教都懒得说了，索性拖着他们一大一小两个登机箱，直接奔着机舱门口的云梯走去。

"师父！你别走那么快，等等我哎……"沈陌一边扯着嗓子叫他，一边扭着身子在拥挤而狭窄的过道里杀出一条血路，努力追赶着邵扬的身影。

他本来完全不想理她，可走到机舱门口，不经意间回头瞧了她一眼，见她奔次奔次地往这边跑，莫名又生出些恻隐之心。

"走快点，慢慢吞吞的。"话虽说得不耐烦，脚下步伐却仿佛加了慢放特效。

沈陌看出邵扬在等她，赶忙加快脚步走到他身边，笑逐颜开地感慨了一句："还是师父对我好。"

"你也少不了报答我。"邵扬撒开两手，挑眉示意她，"自觉点吧，这两个箱子都归你拿了。"

"……"这心理落差也未免太大了点。

沈陌心里呜呼一声，暗暗发誓以后再也不要赞美这个无赖的男人！

走出航站楼时，沈陌下意识看了眼手机上的时间。

北京时间凌晨 3 点，算算时差，瑞士当地时间不过才晚上 9 点钟。

瑞士的夏季，有着格外漫长的白昼。这个时间，苏黎世的天空仍能看到如火的云霞。眼前之景美虽美矣，却没能打动沈陌的心。

并不是她缺乏一双发现美的眼睛，而是这双发现美的眼睛已经困得布满红血丝了。

沈陌浑浑噩噩地跟在邵扬身后，整个人都处于半梦游状态，边走路边点头，好几次差点把手里的行李箱都甩飞。

"师父，我们怎么去酒店?"

"酒店有专门来机场接人的大巴，大概45分钟一趟。"邵扬指着前方不远处说，"那边就是大巴车站，我们过去等着。"

"不能打车过去吗? 我实在是困得睁不开眼睛了。"

"公司商旅给我们预定的酒店在苏黎世湖附近，从这里打车过去大概要40分钟车程，打车费应该在70瑞士法郎左右。"

沈陌恍恍惚惚地听完这番话，心里默念一句"坑爹呢，这是?"，然后可耻地沉默了……

邵扬似笑非笑地瞧她一眼，又戏谑道："不然我们打个商量，你负责掏打车费，我负责跟你做朋友，怎么样啊土豪?"

"别、别这么无情嘛……"沈陌一脸乖巧相，"我还是听师父的话，乖乖站在这里等车吧。"

他故意逗她："装乖卖巧在我这里是行不通的。"

沈陌闻言，立刻换了个策略："那我坦白，你从宽，这样好不好?"

邵扬轻笑出声，一语道破她的小心思："坦白什么，难不成你又打算给我表演'以怂服人'?"

没等沈陌开口，他又说道："你那句经典台词怎么说的来着? '这个月工资还没到手，上月工资已经花完了，我现在兜比脸都干净'，我没记错吧?"

"……"这回沈陌彻底无言了。

拥有如此犀利的师父，简直是她前世修来的悲剧。

邵扬本来并不是那种"逮个屁嚼不烂"的人，可惜这会儿他等车等得实在无聊，又寻不到别的趣事，便只好不依不饶地继续拿自己徒弟开涮。

"看你都快睡着了，不然我出个脑筋急转弯给你提提神，怎么样？"

沈陌欲哭无泪地摇摇头，说道："快别为难我了，困成这副熊样，脑子根本就运转不起来，就像被狗啃了一样。"

邵扬揶揄笑道："快别为难狗了，就你这脑子，狗都不啃。"

沈陌又一次："……"

她不得不开动脑筋，琢磨怎么才能在精神崩溃之前，顺利从邵扬的魔爪下逃脱。虽说她其实也想不出什么妙招，但是老天总不会绝人之路，恰在这时，盼了许久的酒店大巴徐徐进站了。

可是有谁能给她解释解释，为什么那辆花花绿绿的大巴停都没停一下，就直接开走了啊……

第二章

邵 扬 其 人

沈陌不死心地追在大巴后面跑了几步，边跑边喊："哎，哎，大巴你别走啊！"

与她相比，邵扬就淡定了许多。

他没有追着车跑，只是站在原地，看着大巴一点点行至远方。

等到沈陌跑得喘个不停，他才在她身后淡淡开口："你再怎么喊，那个铁皮盒子也听不懂，还不如乖乖回来看着行李箱。"

"我知道它听不懂！可是……"她愤愤而回，走到邵扬身旁，继续鼓着腮帮子抱怨，"可是这个时间，国内都凌晨 3 点多了，而我们辛辛苦苦地飞过来，本来就很累，现在居然还要再站在这里等 45 分钟的大巴，天理何在啊?!"

邵扬本来想数落她几句的，可是低头看到她困倦的双眼，却又不忍心了。沉吟片刻，他到底还是耐着性子哄了哄她："好了好了，知道你累，你委屈，可是咱们公事出差也确实没别的办法，就再等等，听话。"

沈陌本来还想再抱怨一下的，可是邵扬都把话说得这样暖心了，她也实在不好意思多说什么。

她稍稍抬头，对上邵扬投递而来的目光，忽然意识到——他应该也很累吧。

这一路上，邵扬没比她少折腾一分一毫，而且还一直悉心地照顾她，也确实难为他了。

沈陌正想开口关心他，就看到邵扬从衣兜里掏出手机，神色专注地拨出一通电话，于是，她就把心里的一点温柔又咽回到肚子里，识趣地噤了声。

她站在不远不近的地方，视线悄悄落在他的脸上，半晌忘记挪开。

他讲电话时眉头一直轻轻蹙着，仿佛在思考什么，又似乎只是在认真倾听。

邵扬讲英语，那是沈陌迄今为止听过的最纯正的伦敦腔。不说话的时候，他薄薄的嘴唇几乎抿成一条直线，坚毅又美好。

沈陌只顾着看他、听他，几乎忘了自己，也忘了自己的困倦与疲惫。

几分钟后，邵扬挂断电话，转头问她："我刚才说的，你都听到了吧？"

"嗯嗯，听到了。"沈陌点头再点头，禁不住赞许道，"师父，你英语说得真地道，真好听。"

"……"邵扬简直无语问苍天，"我是来给你表演口语的么？"

深吸一口气，他耐着性子又给她解释了一遍："我和酒店确认过了，刚才那辆只是临时加班车，10分钟后还会有下一辆大巴过来。"

沈陌抬头望着他的眼睛，一时竟不知该说些什么。

两个人对视久了，横亘于彼此之间的空气就变得微妙起来。

似是有些尴尬，邵扬移开视线没再看她，沉默半晌后，又淡淡地说了一句："所以别着急了，累了也再坚持一下。"

不着痕迹的关心，来的恰到好处。

沈陌虽没多言，却觉得心都暖了起来。

自从坐上酒店大巴，沈陌就开始挡不住那股浓浓的困意。

起初她还只是有一下没一下地点头打瞌睡，后来干脆一脑袋靠在一个软绵绵的不知道是什么的地方，睡了个天昏地暗。

她做了个梦，梦到自己是一颗豆子，在竹编的簸箕里颠来颠去。

沈陌以为这个簸箕就是岁月，所以拼了命地挣扎，想要冲出岁月的牢笼，回归大地，为自己拼得一生自由。

可她却一不留神撞在了簸箕边缘，头破血流，眼看着就要挂在梦里了。

就在这时，叶远声出现在簸箕边，将她从万千颗豆子里挑出来，小心翼翼地捧在掌心，柔声对她说："沈陌，我带你走。"

然后，梦就醒了。

耳畔传来比梦里还动听的声音："醒的还真是时候，马上就到酒店了。"

沈陌脑子只醒了半个，一时没留意，徘徊在心底的名字就这么脱口而出："远声？"

"……做什么白日大头梦呢你！"邵扬一想到自己是在替那个什么"远声"照顾她，就瞬间没了兴致，"醒了就赶紧给我起来，大脑袋千斤重自己不知道么？"

沈陌"哎！"了一声，这才搞懂状况，赶忙把"千斤重大脑袋"从邵扬肩膀上挪开。

"我睡傻了，不知道怎么就靠过去了……"她懊恼坏了，一迭声地说，"我真不是故意的，师父你千万别介意啊！别介意……"

邵扬活动一下酸麻的肩膀，没提介意不介意的事，只说："你也少不了报答我。"

这话听着怎么这么耳熟？

沈陌仔细回忆了一下，然后自觉地说："等会儿下了大巴，那两个行李箱我还想继续拿着！求师父成全……"狗腿成这副德行，她也真是给自己跪了。

邵扬瞥了一眼豁然开窍的徒弟，淡笑着回答说："嗯，准了。"

很快，沈陌的用武之地就来了。

大巴停在酒店门外的地面车库。司机大叔似乎赶着去接下一批客人，不断地催促乘客们赶紧下车。

行李箱堆放在大巴后备厢里，沈陌下了车，很有觉悟地走过去拿行李，却被邵扬拦住。

"算了，你就在这儿等我，别乱跑。"

"哎？我还是跟你一起……"这话说了也是白说，因为邵扬很快就拿完行李回来了。

"走吧，去 check-in（酒店入住登记）。"

沈陌应了一声，加快步子跟了过去。

这是一家评不上星级的商务便捷式酒店，门面算不上气派，接待大厅也称不上富丽堂皇，好在室内装饰得温馨雅致，看上去很有些家庭旅馆的格调。

邵扬把两人的护照递给前台，一边等着办手续，一边和沈陌闲聊：

"你刚才在大巴上梦到什么了?"

"怎么突然想起来问这个?"沈陌有些诧异,印象里邵扬很少过问这些琐事。

他转头对上她的视线,一本正经地说:"你当初面试 Stellar 时说过,选择香水行业是因为心中有梦,那么作为你香水行业的指导人,我觉得我有必要了解你都梦了些什么。"

"哦,"这么义正词严的理由,她根本没办法拒绝,"我梦到我变成了一颗豆子,很不安分的豆子,在簸箕里拼命挣扎,想要逃出去。"

"豆子?"邵扬拧着眉头沉思片刻,然后不解地追问,"那你嘀咕出来的梦话怎么是'男神'呢?"故意没提"远声"二字,是因为他料定对沈陌来说,"男神"也是同一个意思。

沈陌闻言一怔,将信将疑地反问:"我……我说'男神'了?"

"说了,而且还说了好几次。"他十分淡定地继续编瞎话,等着欣赏自家徒弟面红耳赤的窘样。

沈陌果然没辜负师父的一片期望。只要一想到自己做梦发春还说梦话召唤"男神",她就羞得恨不能找个地缝逃走。

前台小姐办好了 check-in 手续,将护照和房卡一起递到了邵扬手中。

邵扬拿着护照在沈陌眼前晃了晃,调侃道:"给我讲讲你男神的故事,这护照就还你,怎么样?"

沈陌禁不住扶额:"……师父,你能别这么八卦么?"

她不想讲,邵扬也懒得为难她。他朝她宽容一笑,率先迈开步子往电梯间走去。当然,她的护照依然在他手里托管。

舟车劳顿十几小时,他们都已经困倦难当。

电梯停在 3 楼,沈陌问也没问护照的事,与邵扬道了声"晚安",便回自己房间梦约周公去了。

　　今年的欧亚香水分享会不同以往，主办方别具创意，史无前例地在苏黎世湖畔搭起了露天会场。

　　上午8点多，沈陌和邵扬一同出了酒店大门，沿湖畔石板路往东边走着。

　　"师父，你知道会场在什么位置么？"沈陌一脸茫然地说道，"我早上特意查了一下邮箱，邀请函里只说在苏黎世湖边，可没给具体坐标。"

　　"你乖乖跟我走就是了，操这份闲心做什么？"邵扬优哉游哉地反问，一副"地图自在心间"的神情，显然没打算继续跟她聊什么路况。

　　"给指个大概方向呗？"沈陌不依不饶地追问着，"要不然我总觉得自己哪哪都找不着，整天跟在你屁股后面闲溜达，像个板车似的……"

　　他被她的比喻逗得轻笑出声，四下环顾了一圈，指着身后的某个方向对她说："大概就是那个方向，在湖的对面。"

　　沈陌纠结万分地拧起了眉头。

　　在湖的对面？而且还是完全相反的方向？！那他们现在到底为什么要沿着湖畔往东走……

　　邵扬似乎看出了她的困惑。

　　"我打算坐游艇过去，唯一的码头在东边，所以我往这边走。你如果实在想游过去……"他指着3尺开外的碧绿湖水，调侃说，"那就从这里蹦下去，然后转头往身后8点钟方向一直游一直游，动作麻利一点的话，说不定还有希望赶在午饭之前到达会场。"

　　旱鸭子沈陌走在邵扬身旁，灰溜溜地垂下了脑袋："还是带我一起坐游艇去吧，买票的时候我还能帮你砍砍价什么的。"

他笑着逗她："租一个小时的游艇才 45 瑞郎，而且留着发票回去还能找公司报销，我真想不通留你何用。"

"别、别这样无情嘛……"

沈陌一边说着，一边死皮赖脸地又往邵扬那边凑了两步。可她一不留神没控制好尺度，凑得太近，结果整个人直接就歪在了他的身上。

两个人的手背轻轻擦过，她敏锐地感觉到属于邵扬的温度，突然就有点紧张，"咻"地退开了一大步，只用眼角余光偷瞄他的反应。

邵扬难得没有借这个机会嘲讽她几句，只是自顾自地继续朝前走着。

他脸上带着平时惯见的浅淡笑意，眼底眉梢也没流露出任何不同寻常的神色，仿佛刚才被沈陌揩油吃豆腐的那个人根本就不是他。

这样一来，自作多情的沈陌就免不了要闹点小情绪了。

有意缓了缓步子，她不再和邵扬并肩前行，而是改成了尾随在他身后，并且还是以一副垂着脑袋、扁着嘴巴的不忿模样，闷闷不乐地尾随着。

这算什么事儿呢？都说"男女授受不亲"，就算他们是师徒，也不至于半点反应都不给吧？好歹他们也算是间接牵了个手啊……

沈陌越想越觉得不自在，很快她又意识到，其实对这些小细节耿耿于怀的只有她自己而已，于是乎，那种别扭的感觉就因为突如其来的"一头热"而迅速升级了。

第三章

重 逢 初 恋

　　微妙的空气横亘于他们之间，从这边的湖畔小路一直绵延到远方的码头。

　　可能是因为心不在焉，也可能是因为心太在焉，总之，沈陌觉得这短短的一段路走起来有点纠结，也有点漫长。

　　邵扬扭头瞧了她一眼，问道："早餐吃了3个培根两个蛋卷还没饱？怎么看起来没精打采的。"

　　"哪是没吃饱，就是吃撑了才容易犯困，而且昨天晚上也没休息好。"

　　"时差没倒过来，不是应该很困么，怎么会没睡好呢？这家酒店的隔音效果也还不错啊，我睡眠比你都浅，昨晚上都没觉得听到什么声响。"

　　"是很困啊，也很安静，可是我……呃，我有点儿认床。"沈陌有些不好意思地摸了摸鼻梁，像是被人抓住了把柄的小孩子，"不过只是有那么一点点儿，今天应该就好了！"

　　邵扬微笑着睨了她一眼，语声里都带着笑意："你这样子可真够操心的，以后出差都不敢带你来了。"

"别别别！"她连忙表态，"我以后再也不认床了还不行吗……"

他轻笑出声："说什么傻话呢？你还真是没睡醒。"

邵扬本来还想和她闲聊几句，然而见她实在困得可以，也就不再勉强。于是，沉默伴随着他们一直行至码头。

浅白色游艇在码头附近停泊得很是齐整，岸边有两个用硬质帆布临时搭出来的露天小棚子，大概是游艇的租赁点。

稍微近点的凉棚下，坐着一个蓝眼睛的男人。

凡是这种蓝眼睛的老外，在沈陌看来都是差不多的年纪——有胡子的一律50岁，没胡子的一律打个对折，25岁。

按照她的逻辑，眼前这男人应该还没过而立之年。

沈陌自知英语不如邵扬好，没有主动凑过去询价。待到邵扬和蓝眼睛老外攀谈起来，她才发现哪里不对——这两个男人讲话为什么非要用她听不懂的德语呢？虽说德语是苏黎世的官方语言，可英语是世界的英语啊……

本来说好了要帮邵扬砍价，可对于德语这种东西，沈陌确实是力不从心，最后也只好不了了之。

她乖乖地站在一旁，怀揣着一颗虔诚的心，对自家师父顶礼膜拜。

沈陌早就知道邵扬是个优秀的人，可这次随他出差，随着对他了解越来越多，她逐渐发现这男人不单单是优秀，简直就是不给别人留活路。

作为一名中国人，伦敦音迷死人不偿命，说起德语居然也流利得一塌糊涂；

作为一名调香师，他的嗅觉敏锐度在行业里绝对是一等一的好，不仅如此，他还满腹浪漫才情，只恨世间唯美元素太少，不够他信手发挥；

作为一个男人……

念头闪到这里，沈陌突然觉得有点不可思议——算起来她和邵扬相识也有几年的时间了，这竟然是她第一次用品评"一个男人"的眼光来打量他。而在此之前，他一直只是她最最敬重的师父，仅此而已。

沈陌的目光不着痕迹地落在邵扬身上，这一落不要紧，一时半刻的，竟就移不开了。

高挑而挺拔的身材，一看就是天生的衣服架子，再配上丰神、朗目、棱角分明的俊脸……这分明是言情小说男主角才能享受的高级配置啊！

早先她怎么就没发现自家师父竟然是这么个英俊的男人呢？沈陌一边悔不当初，一边忙着在脑海里搜刮与他有关的印象。

她记得每到夏季，邵扬就开始穿各种款式的白 T 恤来公司上班，一点都没个职业精英的样子，反倒像是大学校园里亲切干净的邻班学长。

今天不同往常，因为要出席正式场合，他一改往日的随性，难得穿了件短袖衬衫。质地考究的布料上印着水蓝色细格纹，低调又不失优雅。

许是讲究的衬衫有修饰身材的作用，沈陌望着邵扬的背影，觉得他的背脊轮廓很迷人，让她不由自主地想起"坚毅、担当、沉稳"，以及很多很多属于男人的美好字眼儿。

有那么一瞬间，她差点把金海心的那首《阳光下的星星》哼唱出声。有句歌词这样唱：只想抱着你的背脊不想放……

思绪跑偏到这里，就隐隐有些不靠谱的意思了。沈陌赶忙给自己下发一张"STOP"黄牌，没敢再放任自己继续想更多。

趁她神游的工夫，邵扬已经利落地租好了游艇，还顺带着花几个小钱雇来一位"专业开游艇 20 年"的瑞士老头，省了他们自己动手掌舵的麻烦。

　　沈陌和邵扬并肩坐在甲板上，却怀着心事没去看他，自顾自地眺望远方。

　　清早的苏黎世湖很美，也很安宁。湖面碧波荡漾，波纹一直绵延到很远的地方。

　　徐徐微风轻拂面庞，这让沈陌产生了一种错觉，仿佛他们并不是去开会，而是在休闲度假，环游欧洲。

　　邵扬操着一口英伦口音的德语，和瑞士老头闲聊了几句，随后切换成中文，看着沈陌问道："你一个人坐在那装什么文艺范儿呢？"

　　"嗯？"她回头看向他，淡淡地辩解，"没啊，我哪有装什么文艺范儿？"

　　"不言不语，目光放空，精准45度角仰望大千世界芸芸众生，就像这样……"邵扬一边说着，一边还像模像样地学了学她的样子，"这难道还不是装文艺的绝佳典范？"

　　沈陌一时也不晓得应该如何回应他的玩笑，索性只是笑了笑，什么都没多说。反正不论何时，微笑总是不犯法的。

　　邵扬侧着头打量她片刻，又开口道："看你闲得怪无聊的，不然我给你普及普及知识？说不定对你以后研究香型配置也有帮助。"

　　"……哦，好。"她表面乖顺地点头应着，心里想的却是——其实是师父你闲得无聊了吧？想找人闲扯淡就直说嘛，还打什么"对研究香型配置也有帮助"的幌子啊……

　　"西方第一艘游艇出现在1660年，也就是英国查尔斯二世继承王位的时候。"他故弄玄虚地说，"那么现在问题来了……"

　　沈陌下意识地就接了一句："请问挖掘机技术哪家强？"于是乎，高大上的历史人文氛围瞬间就被蓝翔技校广告词给秒杀了。

碰上她这种不按套路出牌的家伙，邵扬可真是一点办法都没有。

沈陌也发现气氛哪里不对，赶忙主动打圆场："呃，就当我刚才什么都没说，师父您继续讲……"

邵扬到底没了刚才的好兴致，索性一口气把重点都给说了出来："其实游艇这种看起来很洋气的东西最早是从中国传出来的。大概在南北朝时期，中国人发明了靠人力踩动的木制桨轮，古时候将它称为'车船'，或者'车轮轲'，那就是游艇的最初模型。"

他的语速绝对比四核 CPU 的速度还快，奈何沈陌只长了个普标低配的双核脑子，突然灌输这么大的信息量，她觉得自己整个脑仁都快要卡壳了。

不过她关注的重点并不是什么游艇、车船、车轮轲，而是——这和"香型配置"有半毛钱的关系么？这种八竿子打不着的历史，纯粹就是拿来忽悠她玩儿的吧……

不待她想好如何回应，邵扬又说："好了我讲完了，现在换个话题，你来换。"

沈陌半晌没言语，忍不住在心里默默吐槽自己。

她还有脸把自己称作"拥有自主思维能力的高等灵长类动物"么？从刚才开始，她的思绪就一直被身旁这男人牵着鼻子走，完全不受她自己控制。

比如此刻，她那颗单纯无知的双核大脑袋又开始拼了命地运转——换话题？换个什么话题呢？这地方碧水蓝天的，是不是应该聊点小清新的话题才比较应景？

游艇不急不缓地驶离湖畔，只一会儿的工夫，就已行至湖的中央。

沈陌坐在甲板上，身子时不时地随船晃动，如同摇摆纷飞的思绪。

见她半天说不出话，邵扬热心提议道："既然你没话说，不如礼尚往来，你也给我普及个知识？"

"好！好！好！"沈陌完全不知前方有诈，忙不迭地应了下来，"你想听哪方面的科普？只要我知道，一定据实相告！"

她以为只要忽悠邵扬随便找个话题，就可以一秒钟解决她所有烦恼。谁知天不遂人愿，他竟然……

"刚才我给你科普了游艇发展史，现在换你给我科普一下你梦里的男神。"陈述句，志在必得的陈述句。

听闻这话，沈陌悔得肠子都打结了！

早知如此，她就应该主动跟他聊点小清新的话题啊！比如中午吃什么，晚上吃什么，明天吃什么……

沈陌本打算支吾几句，糊弄了事，无奈却被邵扬一探究竟的视线瞧得头皮发木，末了只得结结巴巴地开口："这个，你是说我梦、梦里的男神啊……"

她咽了咽口水，酝酿下情绪，继续说道："其实我梦到的那些青春往事小美好，都已经是过去时了，根本不值得拿出来念叨。"

蒙混过关成功否？

否。

"青春往事小美好？"邵扬饶有兴致地瞧了她一眼，剑眉微微上挑，继续不依不饶地追问，"你梦的是初恋小男友吧？对了，他叫什么来着，远声？我应该没记错。"

碰到这种人精一样的师父，沈陌只能咬咬牙，从实招了。

"没错，是我初恋，名字也没记错。不过我和他分手已经好几……"

年了。

最后两个字，在她隐约看到那个男人的身影时，彻底消音了。

远处岸边码头，清瘦如许的他驻足在一排排游艇的尽头，依旧玉树临风。只不过是忽然之间，他就成了整幅画卷里唯一的焦点，攫走她全部的目光，半点余地也不留。

叶远声！他怎么会在这里？他怎么竟然会出现在这里？！

沈陌几乎不敢相信，时隔 3 年，他居然真的从梦里走来，一直走到了她的视线里。

诚然，初恋往事已是过去时，可她对他的感情呢？

怔怔地望着遥不可及的初恋，有那么一瞬间，沈陌不得不对自己诚实——她努力过千百次，却还是没有忘掉初恋的甜蜜与微酸，从来都没有，直到现在也没有。

心念流转，悸动使然，沈陌跌跌撞撞地站起身来，匆匆往甲板的边缘走了几步。她想离他近一点，想隔着蒙蒙水雾，将他的轮廓看得再清楚一点。

然而，只一晃神的工夫，叶远声已不在刚才的位置。码头那边，只剩下两个相隔数米的凉棚，遥遥地嘲笑着她的不舍和笨拙。

"沈陌，你在甲板上乱跑什么？给我过这边来！"邵扬不知何时出现在沈陌身侧，不轻不重地捉住她的小臂，将她从甲板边缘拖回到安全的地方，"老实在这儿坐着，再胡闹直接扔你下去喂鱼。"

她知道，师父关心她。可初恋如幻影，她到底还是绕不过胸腔中钝钝的疼痛，而且这种疼痛因邵扬的关心而变本加厉，一发不可收拾。

沈陌抬起头，木木地望着逆光而立的他，好久好久都没有说出一个字。

第四章
香 水 天 才

游艇按部就班地驶向彼岸，可沈陌那颗饱受刺激的小心脏，却一直没有按部就班地平静下来。

心里越是翻江倒海，表面越是平静。所以航线的后半程，师徒二人始终沉默，沉默，再沉默。直到船将要靠岸时，邵扬终于忍不下去了。

"刚才在码头闲溜达的男人，就是你的初恋?"他不过是没话找话，这么显而易见的事情，显然不需要她回答。

沈陌半点反应也没有，只管沉浸在自己的小世界里，像个神经病一样与自己对话。

她有点怀疑，也许刚才看到叶远声，只是白日梦一场。可是很快，她又将这个念头全盘推翻了。既然邵扬也看到了他，那么，就不是梦。

邵扬顿了一顿，见她依旧在神游，便又半开玩笑半认真地说道："这可真不怪我说你啊沈陌，你挑男人的眼光，也真是不怎么样……"

"我挑男人眼光好坏关你什么事?!"这是沈陌破天荒头一遭以下犯

上，对邵扬怒目而视，丝毫不肯示弱。

激将法初见成效，邵扬莞尔一笑，轻声说道："乖徒弟，总算又活过来了。"

沈陌怔了一瞬，而后领悟他的一番好意，心中免不了五味陈杂。

"对不起，谢谢……"

邵扬觉得在这种时候，自己应该温情脉脉地说一句"傻徒弟，别想那么多"。可事实却是，他还是不大习惯用一本正经的语气与人交谈，尤其交谈对象还是沈陌。

"你用一句话给我描述了一个真理——女人，果然是地球上最情绪化、最难以捉摸、最不尊重达尔文进化论的物种。"

见缝插针，插科打诨，这才是传说中的邵扬 style。

沈陌禁不住想，有这么个别具一格的师父，其实也挺好的。想着想着，终于苦着脸笑了。

游艇恰在这时停靠在岸旁，百余米远的地方，就是欧亚香水分享会的露天会场。

工作模式即将开启，沈陌一边整理心情，一边跟在邵扬身后走上堤岸。

来瑞士之前，沈陌就知道邵扬在香水领域有着不可小觑的地位。可直到今天，当她亲眼看到一拨又一拨的外国老头主动过来与他握手攀谈，她才忽然意识到，这个男人竟然不可小觑到这种地步！

她的师父，是万众瞩目的"Perfume Genius（香水天才）"。只是这样想想，莫名的优越感都会油然而生。

沈陌跟着邵扬沾了不少的光，顿觉神清气爽。且不说心头阴霾一扫而空，单看她走路的姿势，都明显比以前洋气了许多。

几轮寒暄过后，一个看起来颇为资深的秃顶老头走到近旁，一脸谦逊地与邵扬聊了几句香料选购的事情，然后话锋一转，好奇地问："邵先生，请问您身边这位美丽的女士是……"

"徒弟"用英语怎么说来着？

就在沈陌单词卡壳之际，秃顶老头已率先反问："她是你的徒弟吗？"

"不，"邵扬礼貌地对他微笑，毫不含糊地纠正道，"她是我的 Companion。"

沈陌脑子一蒙——Companion？！这单词歧义可就大了……

她很清楚，邵扬想表达的意思其实是"同伴"。可是很明显，秃顶老头将它理解成了"伴侣"，所以才有了接下来的"愿主祝福你们"。

邵扬笑着说声"谢谢"，顺势搂住了沈陌的肩膀。那样恰到好处的亲密，简直是当众秀恩爱的节奏。

旁人看着爽不爽不知道，反正沈陌是觉得眼下这造型酸爽极了。

第一反应就是抗拒，退开半步以证清白。然而众目睽睽之下，她怎么也不好拂了他的面子，于是只得小声说中文，象征性地抗拒那么一下下。

"师父，这、这不大合适吧……"话音还没落下，她就倏地改了主意，顺水推舟地……从了。

因为她一不小心瞥见了叶远声的身影，就在斜前方大概 11 点钟方向。

别的男人揽着她的肩，他还会在意吗？如果会，是不是就意味着，那段一直无法放下的感情还有一丝希望？

可就在这时，会议主持人拿起麦克风开始讲话："请在场来宾尽快就座，我们的会议马上就要正式开始。"

于是，沈陌还没得到她想要的答案，就被邵扬带到了会场最前排的主宾区。

既然是主宾区，那么自然要留给最重要的宾客；既然是最重要的宾客，那么安排给他们的座位自然要满足这么几个条件：环境好，视野佳，更有美女礼仪么么哒……

能坐在这个区域的加起来也不过寥寥十几人，他们要么是香水界的大亨，要么是香水设计方面的天才。当然，偶尔也会出现那么一两个搭顺风车的蠢材，就比如她。

按道理来说，对于沈陌这种菜鸟来说，能混进欧亚香水会的主宾区应该是她的毕生荣幸。可事实却是，她从小到大都不喜欢坐在前排听课，这次尤其不喜欢。

她不禁默默抱怨——主办方有钱没处花了么？干吗这么土豪，开个会还要包下来这么大一片场地，结果导致叶远声坐在了离她很远很远的后方……

且不说会议进行期间，来宾到底可不可以一直扭着脖子往演讲台相反的方向看，就算是可以，她其实也瞧不清楚叶远声的脸。

沈陌有点焦躁，坐在那里东晃西晃，很不安分。

邵扬侧头瞥了她一眼，用只有他们两个能听到的声音，轻声说道："既来之，则安之。其他的事情，等散会了再说。"

沈陌乖顺地点了点头，强抑心中的躁动，努力将视线聚焦在前方演讲台上。

主持人念罢开场白，便将全球 TOP1 香水采购集团的董事长请到台上，请这位派头十足的董事长分析整个行业的走势。

邵扬悄声说:"认真听,这个人讲的消息一般都很有价值。"

作为一名积极进取的菜鸟,沈陌立刻谨遵师命,正襟危坐,只等着汲取业界精髓。

业界大亨开始讲话。

业界大亨讲完了。

众人鼓掌,沈陌也跟着鼓掌。可问题是,她真的……一句也没听懂啊!

能不能来个人告诉她,他的口音为什么听起来这么的销魂……

然而一波未平,一波又起。接下来又有几位赫赫有名的供应商走上台去,用他们那五彩缤纷的奇葩的各国口音,有理有据地预测了香水市场需求的未来走向。

分享会进行到一半,有 5 分钟的时间休息。

邵扬打算趁这机会提点她一下,于是问道:"如果你刚才有听这几个人讲话,应该感触挺深的吧?"

"师父,我发誓我真的有认真在听!"她很努力才忍住吐槽阿三口音的冲动,小声嘀咕,"你说的一点都没错,感触还真是挺深的……"

这个满脑子浪漫幻想却从不务实的笨徒弟,怎么突然开窍了?邵扬有点惊讶,于是顺水推舟,饶有兴致地追问:"比如呢?"

"比如,我深刻体会到各民族语言的多元化,以及差异化……"

他挑了挑眉:"然后呢?"

"然后……"沈陌支支吾吾道,"就没有然后了。"

碍于形象,邵扬不能当场戳着她的脑壳数落她。

他对着她笑得一派温雅,这画面落在旁人眼里,指不定以为他们有多恩爱呢。

周围全是老外，只有沈陌却听懂了邵扬的中文："就你这么个理工科出身的不开窍不可雕的朽木，我居然也好意思把你带来分享会！我当时脑子肯定是被门给夹了。"

沈陌一听他这悔不当初的语气，赶忙替自己辩解道："冤枉哎，这次真的和朽木不朽木没关系！我只不过是英语差了点儿……"

"英语差点儿不要紧，"他笑得愈加温和，说出来的话却越来越犀利，"但是差成你这个熊样，可就有点令人发指了啊。"

邵扬这张利嘴，别人可能不甚了解，可沈陌却是切身领教过的。每当他有意数落她时，她都有 50% 的概率被他噎得吐血而亡！

她很少跟邵扬顶嘴，不是因为怕他，而是因为怕死……

这次也是，沈陌本来是想反驳几句的，可是憋了又憋，最后还是决定什么都不说。

经过她多年的血泪研究，终于验证了一个真理。每当邵扬心火熊熊、口不择言时，唯有"厚着脸皮不说话"才是最粗暴有效的熄火方式。

所以，她既不狡辩，也不挣扎，总而言之一句话——充当软柿子，随他怎么捏。

邵扬见她一直哼哈答应着，便觉得扔出去的嘲讽就像砸在棉花上的球，变得一点质感都没有，索性懒得再说什么风凉话，转而在脑海里仔细回想刚才几位业界要人的讲话。

他左右一想，觉得还是挑出来一些重点，二次传授给她比较妥当。

但请千万别误会，这绝非为了体现他崇高的师德！而是……怕回国之后有人盘问起来，她一问三不知，可就彻底丢了他的脸。

"根据目前的市场发展状况来看，至少未来 5 年内，香水行业仍会持续走高。预测到 2019 年时，香水业将会产生超过 156 亿美元的全球利润。"他淡定自若，侃侃而谈，"眼下欧美地区购买力已经相对趋于成熟稳定，所以在将来，南美洲和亚太地区的新兴国家才是增长动力的来源……"

邵扬每次认真给她普及知识都非常有效率，干脆利落和盘托出，从不拖泥带水。换句话来说，其实就是……语速太快。

沈陌听得晕晕乎乎，如坠云雾。鉴于双核脑袋的文字信息处理速度远远不及邵扬的文字输出速度，她只得先全神贯注地将他所讲内容刻在脑子里，然后等他全都说完，自己再默默回味几遍。

结果就是，她刚琢磨明白邵扬在说什么，中场休息就结束了。

第五章

经 年 往 事

四周逐渐安静下来，眼看着又要开始下一个分享话题。

沈陌趁着主持人串场子的空当儿，赶忙低声向邵扬讨教："师父，我才想明白，刚刚你讲的那些内容，其实都是与香水市场和发展前景相关的。可是，这不都是商人才应该操心的事么？和我们这些搞香水设计的有什么关系呢……"

"任何一个调香师，哪怕再杰出，都不可能保证自己设计出来的每一款香水都称得上'作品'，但作为最基本的要求，我们要确保它至少是一款合格的'商品'。作为商品而言，香水的创造过程势必与市场密切关联。"

对于这番言论，沈陌只认同一半。

"你说的没错，香水确实是以商品的形式存在的，但那不代表设计师就一定要被买家的喜好牵着鼻子走。"

"这样，我给你举个比较极端的例子——假如树木的清香能让 80%

的地球人出现过敏反应，那么，就算它再怎么讨你喜欢，也不能被视为顶级香料元素。"

她若有所思，而他顿了顿又道："潜在购买力，就是我们所说的目标人群，它和市场前景融合在一起，互相作用、互相制约，从而决定了最终的产品需求，也就是我常跟你讲的香水设计初衷。"

沈陌似懂非懂，依旧心存不解："可是不论市场走向如何，我始终认为香水设计都不该是简单粗暴的批量制造，而应该精心炮制，融入艺术品所独有的爱与美感。"

言罢，她就开始等待他的回答。

沈陌其实是个很固执的人，尤其在香水设计这件事上，总是有着旁人理解不了的执着。

一旦对某种观点存有异议，她就势必探究到底，哪怕对方是她一直敬重的邵扬，也丝毫不能例外。

邵扬打量着沈陌认真的模样，心下倒是生出几分欢喜。

他没来由地就想起几年前，他给她面试时的场景。

那时，他根本没有打算招一个完全不懂行情的理工科女生，可是很多时候，事态的发展总是带着些意想不到的戏剧成分。

那个下午，他连续面试了十几个文科出身的应届生，这些人带给邵扬的感觉可以用 4 个字来概括——千篇一律。

他们每个人都自认为很有才华，随便开口就是诗词歌赋，恨不能在有限的半小时面试中，将全世界的典故都摔在邵扬脸上，以此换取 Stellar 的一纸聘书。

可惜的是，他没办法从这些孩子的自我卖弄里看出他想要的真诚。

那时候，他对这一届学生几乎已经不抱太大希望了，以至于放宽了标准，只盼着能找到一两个对香水行业真正感兴趣，并且踏实肯学的人。这样就算缺少一点才情，至少还有端正的态度，也还是有希望培养出来。

沈陌恰恰就是在这时出现的。

她规规矩矩地在他面前落座，眼神里是在同龄人中鲜少见到的不卑不亢。

邵扬看了一眼她的简历，忽然就来了兴致，忍不住想逗逗这个看起来还不错的小姑娘。

"难道从来没有学长跟你说过 Stellar 不招理科生吗？"他姿态优雅地靠在椅背上，坐等着她的反应。

他以为她会有点失落，或者急于证明自己有能力转行做香水，可结果却令他大跌眼镜。

沈陌幽幽叹息一声，而后又抬头望着他的眼睛，一脸心酸地说："实不相瞒，我从大二开始就没有一学期不挂科的，而且挂的都是工科专业科。找工作之前我们班上的辅导员特意找我谈过话，说是让我出门别说自己是理科生，他和同学们都替我丢不起这人……"

他下意识地皱起了眉头："那你凭什么认为 Stellar 会招一个连学习都搞不定的应届生？"

她定定地看了他片刻，然后不答反问："那个……你确定 Stellar 不招理科生的，对吧？"

他虽然不知道她为何有此一问，但还是配合地点了点头。

沈陌见状也跟着点了点头，说道："既然这样，那我也就不费力气在你面前班门弄斧拐弯抹角了。我其实从来都不觉得自己学习能力有什么问题，常听人说'术业有专攻'，我对芯片半导体这种东西确实是没什么兴趣，所以大学阶段拿出很大一部分时间去研究金融和互联网产品。有限的时间拿来做有意义的事情，我觉得这是时间管理的一种体现。"

"挺叛逆的想法，不像是中国学生该有的。"

沈陌耸耸肩，坦诚说道："可能因为我母亲是留洋回来的，想法比较开放，对我的教育也不是那么有板有眼。"

"嗯，家庭环境确实是个很重要的因素。"邵扬想了想，又问，"不过你刚才说，你花了很多时间去研究金融和互联网，那么为什么不去银行或者互联网企业应聘呢？"

"刚才还没说完，因为从大三那年母亲送了我第一支香水开始，我就成了个不折不扣的香水控。"

"香水控是什么？是和'香水迷'类似的生物么？"话题又回到香水上，邵扬倒是多了些耐心，也多了些打趣的意思。

"有点相似，但是痴迷程度更令人发指……"

每当与人聊起香水，沈陌就忍不住变得滔滔不绝，这次对面坐着的是 Stellar 的专业调香师，她本来应该有点忐忑或者紧张的，但是因为他说他们公司完全不招理科生，她也就断了求职成功的念想，只把他当一位懂行的前辈，借此机会畅谈起来。

"我不单单喜欢收集各种各样的香水，还喜欢研究那个配料表，时不时自己捣鼓一种味道差不多的东西凑在一起，想配出一样的香味……"

其实沈陌说这些的时候也想过自己可能会被面前这位"专业人士"默默嘲笑，但她不知道的是，真正令邵扬嘲笑的并不是她自己调配香型这件事儿，而是……她怎么会把调香方案这么专业的名词说成"配料表"？！

邵扬一瞬间就觉得自己的工作太 low 了，简直就和方便面厂那些搭配调料包的工人没什么两样。

不过他也只是在心里默默吐槽了一番，表面看起来依然是很有耐心的样子。

"你说自己研究过配方，能不能举个例子我听听?"

"唔，我试着配过 Hermes 的'尼罗河花园'，这个应该是水生调的女香里比较有代表性的，也是我接触最早的水生香水。"

很多文科生也不过是在他面前卖弄文艺素养，可面前这个理工科的女生却晓得什么是水生调，甚至还知道尼罗河在同类香水中的地位，这倒是叫邵扬有些刮目相看了。

"介不介意具体说说，你是怎么理解这款香水的? 从配方到它的意义，都可以随便谈。"

"唔，这个香水的配方其实我……"沈陌不好意思地垂下头，没敢看他眼睛，小声地说，"我没配出来。"

邵扬笑道："这没什么，世界顶尖调香师的杰作，你一个外行人学不来不是太正常了么?"

"说的也是。"她能听出他话里的鼓励，于是又抬起头来看向他，继续说道，"我从网上搜到了前中后调的成分，然后也试着找来，把它们都掺和在一起，可是味道就是不对。但是后来有一天，我去逛超市的时候无意中有了新发现。"

"什么发现?"

"六神花露水新出的那款'冰莲花露水'，和尼罗河的前调几乎一模一样!"

听到这里，邵扬终于忍不住"扑哧"一声笑了出来，温声说道："且不说你研究的这些到底有没有用，至少我能看出来你对香水行业还是感兴趣的。"

他的认可并没有给沈陌带来喜悦，恰恰相反，刚才聊得眉飞色舞的她，突然就觉出利落了："当然很感兴趣啊，我做梦都想走进这个圈子呢，想看看真正的调香师都是怎么把世界上那么多种味道信手拈来，然后演绎成迷人的香水。"

她轻轻咬了咬下唇，又低声说："可惜，Stellar不招理科生，那就没有办法了。我再去别家问问……"

这一刻，她眉目低垂的模样突然就刻进了他的心里。

有太多人都把Stellar当作一家"公司"，而这家公司的聘书就是他们混饭吃的"饭票"，这种态度令邵扬觉得厌烦。他想，那样具有功利心的人，也许可以成为很优秀的市场策划或者销售总监，但却没办法成为一名合格的调香师，更谈不上优秀。

好的调香师都该是艺术家，应该具有其他工作所不具备的一点童真。在如今这个急功近利的社会里，"初心"是一种相当难求的特质。

邵扬给应届生面试的这几天，一直在努力寻找。如今，他竟然在沈陌这个理工科女生的身上看到了他想要的闪光点。

大概就是因为这个，他才顶着部门的压力，破格招收了她。也恰恰是因为这个，他甚至不放心把这个姑娘交给别人去带，怕有些人带歪了她。

虽然他嘴上总是嘲笑她笨，但心里却并不真的这么想。他比谁都更清楚，沈陌对香水行业的热爱是真的，那股子钻研劲儿也半点不掺假。

在这个行业里摸爬滚打这些年，他见惯了冷静理智且兼具才华的设计师。然而在这个快餐模式的社会里，像沈陌那样抱有一腔热情，且又不急不缓去追逐梦想的人，却越来越少。

沈陌一直不知道，她深埋于心底的那份几近偏执的热爱，他看得一清二楚。

第六章

她 的 恒 星

演讲台上，主持人已经在邀请下一位重磅来宾上台讲话，沈陌对此却浑然不觉。她仍是一脸期待地看着邵扬，坐等他抛出令她心悦诚服的观点。

他半晌没言语，沈陌一开始还以为是自己刚才的态度将他惹恼了，可后来仔细看看，却又觉得不是。

她是不是眼花了？竟然从他嘴角微扬的笑容里看到了些许赞扬。

赞扬？这样一个卓尔不群的男人，居然也会对她有所赞扬?!

当这样的认知倏地挤进脑海，沈陌忽然就死机了。然后，她就忘了争论，忘了辩驳，甚至彻底忘了方才他们在探讨什么话题……

一时之间，她静静凝望他漆黑的眸子，只顾得心猿意马，连心跳都漏掉了半拍。

沈陌不知道这样的心猿意马究竟持续了多久。她只知道邵扬也一直侧着头看她，眉眼之间噙着浅淡的笑意，好看得一塌糊涂。

苏黎世湖畔有着清凉却不扰人的微风，从两个人的面颊之间徐徐而过，那么轻易就将空气渲染成微妙惬意的味道。

　　而他就像一副美妙之至的泼墨山水画，不经意间描摹在她的心头。

　　这种恰到好处的氛围最终止步于主持人那句盛情的邀请："有请邵扬先生与我们分享最前沿的香水设计理念。"

　　邵扬从台下走到台上，唇畔笑意依旧，可沈陌的心情却不似刚才了。她忽然觉得，这个男人由她一个人的水墨画变成了整个世界的水墨画。

　　他身姿挺拔地站在演讲台上侃侃而谈，神采飞扬，一副运筹帷幄的样子。沈陌一瞬不瞬地望着他，觉得演讲的内容其实根本就不重要，毕竟……这是一个看脸的世界。

　　邵扬讲了大约半个小时，似乎还是没有要打住的意思。

　　沈陌疑惑了——这是怎么个情况？师父演讲的时间居然比三个商界大亨加起来的还长……

　　直到他结束分享回到她身边坐下，直到主持人宣布欧亚年度香水分享会到此圆满结束，她才后知后觉地反应过来——原来邵扬是重磅压轴人物啊！

　　她对他的景仰瞬间又抬高了八度，当然，狗腿的程度也瞬间跟着抬高了八度。

　　某徒弟笑得一脸恭维，甜丝丝地赞道："师父，你简直不能更棒！准备这么精彩的演讲，肯定累坏了吧?"

　　某师父瞧也没瞧她一眼："没准备，现场发挥的。"

　　"……太不给面子了，真有 Perfume Genius 的高贵范儿啊!"狗腿到这般田地，沈陌真想给自己点 32 个赞。

　　"沈陌，你给我正常一点，否则今天傍晚 Cherry（樱桃）酒吧的晚宴……"他淡淡地斜睨着她，"你就别指望我带你一起去了。"

沈陌闻言一怔，立刻就乖了。

深知白天根本没什么机会和叶远声叙旧，沈陌可是把全部希望都寄托在晚上了！可是，居然有可能不带她出席晚宴？这个威胁还真是简单粗暴又有效啊……

沈陌表面赔笑，心里其实早已把邵扬数落了千百遍。她暗暗打着小算盘——就暂且将就一下，先乖乖孝顺他老人家。

等晚上见到叶远声……

咦，对了，叶远声呢？到这时沈陌才恍然意识到，自己已经好一阵子没留意他了。

她连忙四下张望，却已寻觅不到他的身影。

傍晚 6 点钟，苏黎世的天空仍有艳阳高照，俨然是明媚宜人的白昼景象。

邵扬和沈陌一前一后走进 Cherry 酒吧，在吧台旁边随便找了位置坐下。

因为时差的原因，邵扬坐下不到 5 分钟就忍不住开始犯困。可坐在他身侧的沈陌，却活像一只打了鸡血的兔子，两眼放光东瞧西望，一刻也没停下来。

沈陌左摇右晃，晃得邵扬太阳穴突突直跳。他终于忍不住开口："别找了，他没在这儿。"

这么一大盆冷水陡然泼下来，就算是太阳也得熄火。

沈陌有点不甘心地反问："你怎么知道?"

邵扬轻声哂笑道："说的就好像你不知道一样。"

这话虽然刻薄，却一点都没错。沈陌无言以对，索性缄口不言。

诚然，沈陌确实一进门就知道叶远声没在这里，否则她早就将目光牢牢锁定。只是她蠢兮兮地以为，能这样骗一骗自己也是好的……

沈陌闷着头，半晌没吭声。

恰在这时，叶远声推门而入。或者说得再确切一点，应该是……叶远声怀中搂着一个金发碧眼的高挑女人推门而入。

服务生将两杯刚调好的鸡尾酒摆上吧台。

邵扬端起其中一杯莫吉托，优雅地抿一小口，然后不动声色地留意着沈陌的一举一动。他觉得以沈陌那种直来直去的脾气，可能没办法控制好眼下的局面。

可是这一次，沈陌的反应却有点出乎邵扬的意料，因为她根本就……毫无反应。

她嘴唇抿得紧紧的，既没主动上前打招呼，也没有表现出半点难过。仿佛有什么微酸难平的情绪将她围了个密不透风，逼得她无法动弹，只能隔着无法逾越的距离，遥遥地对叶远声行注目礼。

叶远声刚进酒吧的时候也看了她一眼，不知是不是错觉，沈陌似乎看到他的身形顿了一瞬，不过很快，他就没再与她对视，一副若无其事的样子往里走，边走边和相熟的人寒暄聊天。

沈陌一直望着叶远声从门口走到离吧台较远的卡座上，然后才几不可闻地轻叹一声，默默移开了视线。

目光落在吧台上，她端起面前的高脚杯，垂眸瞧了一眼杯中的褐色饮品。

"这杯是我的?"

"嗯，给你点的长岛冰茶，尝尝看。"

沈陌摇摇头："我不想喝茶，我想喝酒。"

她转头瞧一眼邵扬手里的莫吉托，怎么看怎么觉得他的酒比那个什么长岛冰茶看着刺激。

"师父，你那杯给我尝尝？"

邵扬似是没想到她会提这么个要求，怔了一瞬，也没说到底给还是不给，只说："你手里那个也是酒。"

她皱起了眉头，想也没想就伸手将他的杯子夺了过来。

他摇头笑道："酒还没开始喝，酒疯倒是先耍起来了。"

邵扬的莫吉托是3倍伏特加调制出来的，酒劲儿不可小觑。沈陌人傻胆大地仰头喝掉了小半杯，立刻就上头了，整个脑袋晕晕乎乎的，仿佛不是自己的。

她醉眼蒙眬地看着他，一反常态地挑衅道："我就想喝你的！怎样，你咬我啊？"

"……"邵扬决定装作不认识她。

半杯就晕，这是什么破酒量？晕了就找茬，这是什么破酒品！

邵扬没看错，沈陌确实已经半醉。正所谓酒壮怂人胆，所以她十分不知死活地又喝了一大口，然后……酒劲儿就彻底上来了。

她轻轻晃动着晶莹的高脚杯，纤白指尖细细摩挲着杯口，媚眼如丝地看向邵扬。这还不算，她还姿态万千地将脑后的发圈摘下，由着一头乌亮秀发披散在肩头，蔓延到盈盈腰肢上。

邵扬一时也愣在了当场。跟她共事3年，他还从来没见过她这副模样，风情万种，要多妩媚有多妩媚。

他看到她嘴角微微上弯，虽然看起来并不开心，但到底是在笑的。谁知下一秒，这个不开心的笑脸就瞬间放大了好几倍，而且眼看着就要贴上他的脸了！

"喂喂！沈陌，你这是什么情况?!"他连推带扶，好不容易才将她好好摆放在椅子上，"你给我清醒点，听到没?"

她还是一脸媚笑，可说出来的话却有点凄凉："别叫我醒，我心里难受，醒了更难受。"

眼看着她又要往这边倒，邵扬赶忙扶住她，片刻也不敢松开手。

此时，在邵扬心里，怒其不争的情绪已经远远盖过了哀其不幸。

"你倒是也做出点难过的样子给我瞧瞧啊！你自己看看你现在成什么样子了，嗯？勾……"勾引谁呢这是?

最后这半句说出来似乎有辱斯文，所以他自动静音了。

"我……"她的声音带着一丝颤抖，"不想哭，不想被外人看笑话。"

话音落下，她率先移开了视线，不再与邵扬四目相对。她转头很快，却还不足够快，以至于他清楚地看到了她眼角的一点晶莹。

此时此刻，邵扬心中可谓是五味陈杂。

不得不承认，她那么轻易就说出口的"外人"二字，却是一不小心触痛了他的某根神经。悉心带她 3 年，也不过是个"外人"。这叫邵扬难免失落难言，郁郁寡欢。

然而比失落更多的，却是另外一种不容忽视的情绪。

本来好好的一个迷糊徒弟，怎么一碰到初恋情人就成了这样？装疯卖傻，佯作坚强，凭空惹他心疼。

邵扬瞧着沈陌这副可怜模样，到底还是有些于心不忍，于是放底了声线哄她道："好了好了，想哭不想哭都由着你，只要你别这么……"他顿了顿，似乎在思考应该如何表达，"该怎么说呢，你哭也好，闹也罢，只要有我在这里，问题应该都不大。但是我……"

话说一半，又卡住了。一个句子分开三次讲，这在邵扬以往经历中是从没有过的事情。

　　他仰头饮下半杯长岛冰茶，然后借着那股子陡然上涌的酒劲儿，沉声说道："沈陌，我就是看不得你在这儿自己跟自己较劲儿，懂么?"

第七章
酒 吧 之 忧

如此直白的关心，其实……也没有他想象中那么难以开口。

他的声音低沉悦耳，带着些许酒意，缓缓沁入她的心田。

沈陌略略侧首，看到他拧起的眉心，没来由一阵心酸，就像是有人故意往她心上倒了米醋，浓浓酸楚恣意涌来，怎么也化不开。

他看懂她眸中酸涩，却误解了个中原因，还以为她仍然感伤于与初恋有关的回忆。

"你要是实在心里难受，不如主动去找他聊聊？"

她不答反问："本来就已经把感情弄丢了，如果时隔3年，再连带着把尊严也一起丢掉，是不是有点得不偿失？"再说，对于初恋，她心中所余留的也不过是不甘或者不舍，并不是执拗的追求。

邵扬不置可否地笑笑，没再多说什么，只由着她自己去做决定。

假若事情真如沈陌所愿，她断然不会去找叶远声叙旧。但是叶远声主动过来跟她打招呼，就又是另外一回事了。

"沈陌，好久不见。"

毫无新意的开场白，却如同一颗掷在心湖的石子，无端在沈陌的心中荡起波澜。她礼貌地对他笑笑，也说了声"好久不见"。

叶远声的视线有意无意地落在邵扬身上，一副欲言又止的样子。

沈陌抢在他开口之前，率先介绍说："这位是邵扬，我在 Stellar 的指导人。"转而对邵扬说："师父，这位就是叶远声，我的老朋友。"

"邵先生，久仰大名。"叶远声儒雅一如从前。

与他相比，邵扬就显得桀骜了许多，只是略一点头，算是打过招呼。

沈陌夹在他们中间，隐隐有些尴尬。

是错觉吗？她竟然看到有失望的神色从邵扬脸上一闪而过，而与之恰恰相反的，是叶远声不加掩饰的期待。

她心中感慨——初恋毕竟是初恋，不管时隔多久，到底意难平。

不得不承认，她没办法在叶远声面前表现得那么若无其事，她不想让他误会自己和邵扬的关系，更没办法不在乎他那不合常理的期待。

期待什么呢？隔了这么多年，她和叶远声……还有半点可能么？

三分盼望，七分纠结，她无法忽视心头的躁动。

"师父，我跟远声出去聊聊，很快就回来。"说完不等邵扬应允，她就从高脚椅上蹦了下来，对叶远声说："走吧，出去说。"

邵扬不动声色地目送他们走出酒吧，然后端起酒杯，将所剩无多的长岛冰茶一饮而尽，便起身往人多的地方走去，主动与香水界的几位巨头攀谈沟通。

她可以胡闹，可他不能。毕竟是带着任务来苏黎世出差的，他这个 Stellar 首席调香师，不得不将情绪藏得严丝合缝，然后若无其事地去面对商场上那些迫不得已的应酬。

周围几人轮番上阵，个个都是一副"难得逮住机会跟你交流"的神情，对着邵扬直抒胸臆，喋喋不休。

可事实上，邵扬走神已经足足有半分钟了，只不过他面上始终挂着浅淡又礼貌的笑意，因此无人觉察。

等有人问他明年主要设计方向时，他"嗯?"了一声，很快将脑回路切换到应酬频道，也学着刚才几人的样子，侃侃而谈。

一切都和谐得恰到好处，直到叶远声推门进来。

他是一个人先回来的，大约隔了三五分钟，沈陌才出现在邵扬的视线里。

邵扬一脸公事公办的神情，与几个矮个子老外聊得一本正经。

沈陌进门的第一瞬间，目光就落在邵扬脸上，见他在忙工作，于是很自觉地没有过去打扰。

她又回到吧台旁边，并且鬼使神差地，一屁股坐在了之前邵扬坐过的高脚椅子上。

不知是巧合还是故意为之，沈陌刚坐下，邵扬就结束了他那边的商业会谈。

沈陌本来心情很差，可此时，她看着这个优雅又带着点儿桀骜的男人朝自己走来，莫名觉得这个夜晚也没有想象中那么糟。

"事情忙完了?"

邵扬挨着她坐下，答道："没什么好忙的，打发时间而已。"

所以，如果她没理解错的话，他其实是在……等她回来?

沈陌一时感动，话还没来得及过脑子，就这么脱口而出："还是师父对我好。"说完她就后悔了。毕竟这话怎么听都有点小暧昧，而这种小暧昧，并不适合她目前一团糟的心情。

邵扬闻言似是一顿，飞速瞥了她一眼。

她也觉得尴尬，装模作样地轻咳两声，局促地说："师父，你别跟我一般见识，我今天晚上一直就……不大正常。"

邵扬倒是一点都不跟自家徒弟客气，直接捡起话茬继续数落她道："我看你也是不大正常。一会儿抢我杯子，一会儿抢我凳子，这是要造反的节奏？"

他大概是被她的不正常给传染了，不然不会脑子一抽又补了一句："你等下是不是要得寸进尺把我也抢走了，嗯？"

结果，话音落下，师徒二人大眼瞪小眼，都愣住了。

邵扬懊恼不已："……"我到底在说些什么？

沈陌无言以对："……"我不矜持也就算了，可是作为备受景仰的师尊，您稍微矜持点儿可以吗？

两人对视片刻后，邵扬率先挪开视线，不动声色地转移话题："刚才跟你的初恋小男友聊得怎么样？"

只这么一个不起眼的问句，就轻而易举将 Cherry 酒吧染成了愁云惨淡的色调。

沈陌听完这话，瞬间就蔫了，禁不住在心里暗忖——这男人是故意的吧？怎么哪壶不开偏要提哪壶啊……

邵扬瞧她一副蔫头蔫脑的样子，又问："怎么，玻璃心又碎了一次？"

沈陌从他的语气里听不出半点关切，只听到了不合时宜的调侃。

"师父，你就不能拿出点人类最基本的同情心么？"虽说初恋只是件小事，可被人这样赤裸裸地撕开陈年伤疤，总归有点痛。

尤其，对方还是邵扬。

在沈陌的潜意识里，"师父"这么温暖的字眼儿，已经和"邵扬"这个名字进行了捆绑销售。

平日里不论怎么冷嘲热讽，她都随他高兴。

可当她真的像现在这样郁郁寡欢时，她只想从邵扬这里得到温暖，哪怕只有师徒之间的那么一点点温暖。

记不得有多少次，邵扬总是先插科打诨把她惹毛，然后才迂回地安慰。沈陌以为这次也不例外，然而却事与愿违。

"感情本来就是冷暖自知的事，我同情你有什么用？"

话是这么说没错，可沈陌总觉得邵扬今天一定是哪根筋搭错了。

他平常虽然毒舌，但也没有这么不近人情。

沈陌意有所指地看他一眼，迟疑问道："师父，你……还好吧？"

邵扬挑眉反问："这话不是应该我问你才对么？"

沈陌耸耸肩，显然也没想继续纠结这个问题。

她顺水推舟道："我啊……我其实有点纠结。"顿了顿，又改口说，"不对，不是'有点纠结'，是很纠结。"

"需要为师给你指点迷津么？"语气虽然有点轻佻，但他落在她脸上的目光，却是专注而真诚的，"需要的话，就具体讲一讲你纠结的点是什么。"

"我觉得吧……"沈陌沉吟片刻，歪着脑袋对他说，"我可能需要再来两杯莫吉托，借着酒劲儿讲说不定思路更清晰。"

他毫不犹豫地叫来两杯莫吉托，将其中一杯递到她面前："洗耳恭听。"

正所谓酒壮怂人胆，半杯鸡尾酒下肚，沈陌理理思路，娓娓道来。

"远声刚才跟我解释说，那个外国女人并不是他女朋友，他们只不过经常一起出席商业场合，算是比较固定的工作搭档。"

　　他不动声色地抿一口鸡尾酒，然后定睛看向她，眸色深深，像是不见底的潭水。

　　沈陌看不懂他的情绪，只听得他说："哦，那不是挺好的么。"

　　"你先别急着下定论，我话还没说完呢。"她话锋一转，语调也比刚才低了几分，"虽说那个外国女人和他没什么太大关系，但他其实也不是单身。远声刚才坦白跟我说了，他有个中国女朋友，两人异国恋已经半年多了。"

　　"嗯，然后呢?"

　　"然后他说他一直没忘了我，甚至现在这个女朋友，他也是以我为模板找的。"

　　她眼波流转，心里那点小心思也随之变得迂回难言。

第八章

十 指 相 扣

沈陌一瞬不瞬地凝视着眼前的男人，只觉得心中隐隐生出几分期待。可究竟期待的是什么？她却不得而知。

邵扬沉默片刻，淡淡地问："嗯，再然后呢？"

"再然后……"本来是没有然后的，可既然他都不解风情地这样问了，沈陌就必须得说出点"然后"了，"既然他对我还有感情，你说，我要不要考虑考虑跟他破镜重圆？"

邵扬与她对视片刻，没什么表情地摇了摇头，默不作声地端起酒杯，仰头喝掉大半杯的莫吉托。

"师父，我说了这么大半天，你好歹也给点儿反馈啊？"

她的声音有点颤抖，与其说是不悦，不如说是紧张。之所以会觉得紧张，说到底，其实是因为心中有所期待。

假如她真的选择与叶远声重归于好，他会在乎吗？

一种似曾相识的感觉悄然将她笼罩，似乎有什么场景，就此重叠在一起。

沈陌恍然记得，今天上午在苏黎世湖畔，邵扬搂着她的肩膀，那时候，她就在默默揣测叶远声是否会在乎。

两种感觉极为类似，却又不完全相同。如果非要说出点儿差别，那大概就是……她其实更希望邵扬来过问她的爱恨情仇。

这种希望，从未如此强烈过。

可是，邵扬给的反馈却和她所期望的大相径庭。

"沈陌，感情上的事，你自己拿主意，我一个外人毕竟不方便多说。但我劝你最好把节操捡起来，拿出点儿最基本的道德观念来。"他似乎有点气，素来平静的眸子里都染上了少许的怒意，"你这叫什么，这叫'挖墙脚'，知道吗？"

"那我可不可以这样理解，就是你……"她试探着问，"不同意我跟叶远声复合？"

可邵扬却是一副不耐烦的神情："我同不同意有什么用？这毕竟是你自己的事，我管不着。"

"怎么就管不着？你是我师父！"沈陌有点儿急了，扯着嗓子喊道。

"我只是你师父，又不是你爹！"邵扬的音量比她低了好几个档，可气势上却完全不输于她。

"……"这回沈陌算是彻底无语了。

沈陌怎么也想不通，像邵扬这么精明的男人，怎么情商偏偏就低到了这种令人发指的地步？

是她表现得还不够明显吗？她只是想确认——他在乎她，哪怕只有一点点在乎。

"真的有那么难吗？"咦，怎么一不小心把心里默念的句子给说出来了?!

邵扬不明所以，拧着眉头反问："那么难？你在说什么……"

小女人的小心思，在时机完全成熟之前，总是不为外人道的。

沈陌赶忙打着哈哈，顺口胡诌："就是想让你帮我参谋参谋啊，想不到师父金口难开……"

他瞧了她一眼，字字清楚地给了个明确的答复："好马不吃回头草，何况还是被其他女人舔过不知道多少遍的枯草？真不知道有什么值得你惦记的。"

沈陌愣了一瞬，随即领悟了他话里的精髓。

总而言之，言而总之，邵扬就是看不顺眼叶远声嘛！

所以他一直阴阳怪气，毫无怜悯之心，刻薄又犀利，或许就是在跟她闹情绪？

这么一想，沈陌忽而就乐了。

虽然用"被其他女人舔过不知道多少遍的枯草"来形容她的初恋，确实有那么点儿丢脸掉价，但总的来说，他这个"贬低敌人以抬高自己"的思路，还是很合她意的。

邵扬见她一会儿郁闷一会儿笑，心里也有点纳闷，只觉得这女人今晚抽风抽大发了，阴晴不定的。

猜不透沈陌的心思，他索性不再与她多言，自顾自地端起酒杯，小口小口地抿着杯中酒，佯作专注。

沈陌的视线不由自主落在他的手上，半晌没舍得挪开。

这男人的手真好看，修长匀称，指节分明，既不娘炮，也不粗糙。

许是酒意泛滥，一个念头忽然与酒精搅和在一起，突兀地撞进她的血液里。她忽然很想与这双手的主人十指相扣。

而事实证明，她也确实这样做了。

沈陌从邵扬的掌中将半空半满的酒杯抽走，葱白的手指顺势便穿过他指间的缝隙，与他的手交握在一起。

肌肤的纹理仿佛在这样的交叠中变得清晰而深刻，有那么一瞬间，沈陌分明觉察到自己的心跳漏掉了一拍。

邵扬的视线落在她白皙的指尖上，而后凝眸看向她的脸，眸色深邃得如同一汪深潭。

那短暂的停顿与抬眸，究竟是谁为谁而心动，又是谁为谁而动容？

"沈陌，你……"他的声音有些喑哑，气息里混合着淡淡的酒香，有种说不出的蛊惑意味。

她淡淡地笑了笑，忽而低头轻轻亲吻他的手背，用这样温柔的方式拦住了他还没来得及说出口的话语。

邵扬沉吟半晌，低声说："我不是叶远声。"

沈陌原本由着性子忘情地吻着他的手，却在听到这话时，蓦地顿住了。

柔软的嘴唇离开他的肌肤，她抬起头静静地与他对视，想透过那双墨色的眼眸，看懂他心底的情绪。

可惜，她看不懂，或者说，她看不到自己想要的答案。

邵扬的嘴唇几乎抿成了一条直线，他平静地与她相望，平静地抽回了手，平静地说："你醉了，我不怪你。"

沈陌怔了一瞬，然后顺着他给的台阶，讪讪地耸肩说道："对不起啊，这酒后劲儿真大。"

"嗯。"邵扬含混地应了一声，端起酒杯将剩下的莫吉托一饮而尽，没再多言。

此时，Cherry 酒吧里依旧人来人往，依旧灯红酒绿。几个苏黎世蓝眼睛帅哥组成的乐队在舞台上唱着旋律柔和的软摇滚，台下诸位商业大亨仍在抓紧一切时间聊天，只恨不能借此机会将香水界的要事全部谈妥。

"你坐在这儿等我一下，自己别乱跑。"邵扬嘱咐了沈陌一句，而后站起身来，找那位 TOP1 采购商的印度老板攀谈起来。

吧台旁边只剩下了沈陌一个人。

她自斟自饮，口中逐渐被酒精的醇香和薄荷叶的清凉占据。美妙而独特的口感，似乎稍稍缓解了她心里的难过。

头顶的射灯投下来柔和的光线，被莫吉托折射出斑斓的色彩。

沈陌盯着杯子里一个很不起眼的冰块发呆，想着刚才邵扬的拒绝和误解，仍觉得胸口像被什么东西堵住了一样，找不到可以宣泄的出口。

她可以在邵扬面前假装自己确实喝醉了，假装自己确实一时迷蒙，将他误认作了叶远声。

可沈陌想，人终究是骗不过自己的——那个令她心怀期待的男人，其实是邵扬。

只不过他不懂，而她也不敢让他懂。

沈陌正沉溺在自己的胡思乱想中，忽然觉察有人出现在她身后，轻轻按住她的肩膀，声线温和地叫她的名字："沈陌。"

她略略回头，看到叶远声那张熟悉的脸，恍惚间，觉得有点陌生。

"你怎么过来了，"她心不在焉地和他寒暄，"不用和别人谈事情吗？"

"工作上的事情已经聊得差不多了。"叶远声在她旁边的高脚椅上落座，看着她的脸，稍有些犹豫地问道，"那边几个中国人说要玩真心话大冒险，你过来一起吗？"

沈陌歪着脑袋瞧了他几秒钟，然后点点头，从椅子上蹦下来，跟在叶远声身后往酒吧更里面的一个角落走去。

经过邵扬身边时，她下意识地与他擦肩而过，故意让他看到她跟别人走了，却又连一句解释都懒于给予。

邵扬只在与她擦肩时停顿了一秒，然后继续若无其事地侃侃而谈，脸上带着浅淡的笑意，仿佛什么都不曾发生过。只不过，他握着酒杯的手指越收越紧，只差没把玻璃杯捏碎。

沈陌走过拐角的拱门，就进到了酒吧的里间，与此同时，也离开了邵扬的视线范围。

直到这时，她才懊恼地攥紧了拳头，皱着眉头在心里暗骂自己——真没出息，被人拒绝了就故意搞出一些小动作来给人添堵，这算什么好徒弟啊！

就在她自顾自地跟自己较劲儿时，叶远声向旁人介绍道："这位就是沈陌，Stellar 首席调香师邵扬的徒弟。"

沈陌顿时在心里"呜呼"了一声，只觉得自己这辈子都摆脱不了"邵扬"这两个字了……

第九章

真 心 冒 险

沈陌本来是背对着拱门坐着的，但是，当她意识到自己每隔几秒钟就扭头看看门口有没有邵扬的身影时，她终于明智地和别人调换了位置。

她没有选择正对着门口的位置，总觉得太殷切了也不合适。

此刻，她舒展地窝在沙发里，眼角的余光刚好可以瞥到是否有人来找她。

六七个中国人围坐在一个卡座旁边，卡座中间的台子上摆放着一大瓶杰克丹尼的威士忌，以及用来兑酒的雪碧和冰块。

真心话大冒险的游戏规则沈陌再熟悉不过，她和大家互相认识了一下，很快就融入游戏当中。

不过，熟悉规则的人不一定运气够好，沈陌就是典型的例子。

第一轮，输的是她。

A问："你有没有男朋友?"

她瞥了一眼门口，又看了一眼对面的叶远声，答道："没有。"

第二轮，输的又是她。

B问："你喜欢的人在不在这家酒吧里？"

沈陌勉强忍住再次看向门口的冲动，喝掉了半杯混着雪碧的威士忌，跳过了这个问题。

第三轮终于罚到了她旁边的姑娘，但紧接着，第四轮，第五轮，第六轮……

总之，没出一刻钟，沈陌就凭着她强大的霉运，彻底喝成了头重脚轻的醉鬼。

十轮结束时，叶远声扶住东倒西歪的沈陌，说道："她喝多了，让她到旁边休息一下。"

可是别说旁人同不同意，就连沈陌自己都不同意。

她大概是被酒精冲昏了脑子，胆子也跟着大了起来。

"我没事儿，继续继续！下一轮开始，我不喝酒就是了……"她顿了顿，用手按了按钝痛的太阳穴，又豪气万丈地继续说道："不就是真心话么？嘁，还真没有我沈陌不敢说的真心话！再不济，大冒险也随你们怎么玩儿！"

结果就是，颇有江湖气概的沈陌女侠一次又一次落入他人之手，然后——

"你喜欢叶远声吗？"

"看样子不是，难道是……邵扬？"

"这一轮大冒险吧，亲一下你喜欢的人的耳朵！"

沈陌无语问苍天："……"这是逮住她一个弱女子直接玩死的节奏啊！

亲耳朵，亲谁的耳朵啊？沈陌犯了难。

虽说近在眼前有个叶远声，可平心而论，远声已经不是她现在"喜欢的人"了。那么，远在天边还有个邵扬，可不得不说，她是真的没那个胆子再一次借着耍酒疯的机会去亲吻自家师父了！

纠结之中，旁边几个人已经开始起哄。

沈陌揉了揉已经一团乱的头发，豁然站起身来，走到叶远声旁边，暗自下决心就要赖这么一次，碰一下这位初恋前男友就算交差了！

她的嘴唇靠近叶远声的耳朵，一触就走，说是敷衍了事也不为过。

可谁能料到就在这时，邵扬的身影好巧不巧地撞进了她的余光里……

沈陌倏地和叶远声拉开了距离，然而再回头看向拱门的方向，已经不见了邵扬的踪影。

"对不起，我得过去找我师父说点事情。你们继续玩儿吧，先不用等我了。"沈陌一边说着，一边急急地起身离开，只留了个背影给叶远声，给那些无关紧要的旁人。

邵扬没有走远，就坐在吧台旁边，一瞬不瞬地看着她从拱门的方向走过来。

沈陌在他旁边的椅子上坐下，嗫嚅地叫了声："师父……"

"我越说让你乖乖在这儿坐着等我，越上房揭瓦跑去跟人拼酒？"邵扬冷着脸质问她道，"沈陌，你现在算是翅膀长硬了，有能耐有主意有出息了，是吧?!"

"不是，我不是故意要……"她自己也觉得无从辩解，支吾半天没说出个所以然来，末了长叹一声，闷闷地说，"师父，我就是心情不大好，想喝点儿酒解解愁，又不愿意一个人闷着头喝，怕会越喝越心烦……"

"不就是个前男友么，而且都过去好几年了，你至不至于一看到他就给自己添堵啊?"邵扬的语气不大好,颇有些恨其不争的意思,"两条腿的男人多了去了,我告诉你啊沈陌,你要是非得选择在叶远声这一棵树上吊死,那么别说是我,就算是换了天皇老子来,也救不了你!"

沈陌被邵扬"劝慰"得简直哭笑不得。

她点头也不是,摇头也不是,只觉得他们师徒俩之间的频道完全没在同一个次元啊……

本来邵扬就以为她心里惦记着叶远声,还误把自家师父当成了前男友,结果刚才真心话大冒险时,她唯一一次弄虚作假地凑过去亲了一下叶远声,又被邵扬给亲眼撞见了。

这回他们之间的误会可真的是越闹越大了。

"事情根本就不是你想的那样子!"沈陌摇了摇头,叹息道,"怎么给你说才好呢……"

她好不容易才鼓起勇气想对邵扬诉说心声,可惜,他却没有给她这个机会。

"你和叶远声之间的感情血泪史,用不着讲给我听,而且我也没兴趣听。"邵扬移开视线没有再看她,公事公办地说道,"我只不过是带你来出差,现在看来也不指望你能长什么知识了。你只要别在工作方面给我捅出什么篓子就行,至于其他的事情,你自己看着处理吧。"

沈陌垂下眼眸,低低地"哦"了一声,就不再作声了。

隔了半晌,她调整好情绪,语气如常地对邵扬说:"师父,我不会再胡闹了,你放心吧。"

沈陌想,只要再努力一点,她就可以好好地管住自己的心,不要再奢望与邵扬有关的种种。

那样的话,她应该就不会再做出什么莫名其妙的事情了。

离开 Cherry 酒吧时，已经是夜里 11 点半。

即便是苏黎世这样的高纬度地带，在这个时间，天边的最后一抹云霞也已经褪去了缤纷的色彩，呈现出一种缓和而浓重的暗色。

夜晚的苏黎世湖畔，清风拂过沈陌泛着嫣红的面颊，像是一双温柔的手，一点点慰藉着她那颗被烈酒弥漫过的心脏。

邵扬走在她的斜前方，两人之间的距离不过 3 尺，可不知为什么，沈陌却觉得离他很远很远。

走了一阵子，邵扬放缓脚步，回头看着她说："这个时间我估计找不到游艇了。"

"那怎么办？"

"二选一，绕着湖边走回去，或者打车。"

"那……走走吧。"

邵扬挑了挑眉，半开玩笑地反问："你确定你说的不是醉话？苏黎世湖可不是你家门口的人造小水坑。"

她有一搭没一搭地踢着路面上的碎石子，答道："确定，不是醉话。吹了这么半天的夜风，早就醒了。"

"那就走吧。要是走不动了就别逞强，你自觉认怂的话，我还可以考虑请你打车回去。"

沈陌笑着点了点头，快走几步跟上了邵扬的步伐，与他并肩而行，任凭夜色将他们笼罩在同样的静谧之中。

起初，他们都没有说话。

过了一会儿，沈陌没话找话地问道："师父，刚才在酒吧里，我看你时不时和那些人聊一阵子，都聊什么了？"

他言简意赅地回答说："谈成了几单生意。"

"……谈生意？"沈陌不解地反问，"首席设计师难道还要兼管销售部的工作？"

"反正闲着也是无聊，冷场了面子上也挂不住。"邵扬有些无奈地耸了耸肩，跟自家徒弟吐槽道，"你大概也看得出来，在场的那些人里，没几个是真的明白香水设计的。要是不跟他们谈商业，那就真没什么别的可谈了。"

沈陌侧过头，看了看邵扬的侧脸，不知怎么就说了一句："我懂香水设计啊！师父，以后你都有我和你聊设计了。"

邵扬扭头对上她的视线，顿时忍俊不禁，"扑哧"一声笑了出来。

"沈陌，你到底是哪里来的自信？居然觉得自己'懂香水设计'。"

"呃……虽然我刚入行没多久，懂的不是很多，但也不能算是一窍不通吧？"沈陌一旦脑子清醒了，狗腿的劲儿就又上来了，"都说'名师出高徒'，我好歹是 Perfume Genius 的徒弟，怎么也差不到哪里去的……"

邵扬笑着摇了摇头，分明是一副"孺子太过自信，简直不可教也"的神情。

沈陌本来想随便找点什么设计相关的话题和他聊聊，可是见他也没这个兴致，便就作罢了。

她又恢复了沉默，陪着他一路绕湖走着，仿佛有用不完的劲。

沈陌想，如果可以就这么一直走到天亮，其实也是件不错的事儿，哪怕会觉得疲倦，但更多的，应该还是笼于心中的那份安然，以及一点点微酸的甜蜜。

属于邵扬的气息萦绕在她的周围，与此同来的，还有他不着痕迹的关心。

"沈陌，走累了么？"

"不累。"

"累了就打车回去。"

"不累。"

邵扬笑道："你这是自动回复么？"

"才不是自动回复，"沈陌也跟着笑起来，"师父，我们再多走一会儿，好不好？真是怎么看都看不够啊，苏黎世的夜色……"还有你。

第十章

遗 忘 青 春

"好，就当是陪你散散心了。"他静静看她，轻声说，"把那些堵心的人和事都往后甩一甩，等明早醒来，你就又是我活蹦乱跳的好徒弟了。"

"师父，我其实不是因为叶远声才难过的。"她感受着属于邵扬的气息，强自压抑住心中的跃动，才没有对他表白。

邵扬很专注地凝视着她，引导式地问道："那是为了什么?"

她凝望着他清亮亮的眸子，在心中默念了千千万万遍——因为你，邵扬，因为你……

只是这话，她不能说出口。万一答案错误，她不仅没办法再和他以师徒关系相处，怕是就连普通同事的身份也守不住了。

有时，你进我退，此消彼长，错过与捕捉，都不过是一念之间的事。

沈陌始终不明白，她所犹豫的，恰恰就是邵扬期盼的。

可他等了半晌，也没有等来她的回答。

所以，他只能在心中默默地自嘲——邵扬啊邵扬，你究竟在奢望些什么？你明明知道，沈陌心里放不下那个什么远声初恋前男友啊……

许是为了避免进一步伤害，邵扬选择先发制人，在心脏外面筑起一层保护壳，故作从容。

"算了，你要是不想说，就自己留着慢慢消化吧。反正我只是你师父，又不是你亲爹……"顿了顿，他又继续说道："只要你不耽误工作，其他生活啊感情啊什么的，我这个当师父的，其实也懒得管你。"

"……哦，工作以外的事，也确实没必要麻烦师父操心。"沈陌口不对心地说了这么一句，心里又再一次"证实"了他对她完全没有男女之间的喜欢之情。

失落的同时，她禁不住有点庆幸——还好没有跟他表白。

在这个静谧如许的苏黎世夜晚，他和她之间，隔着太过遥远的心墙，却彼此不知，固守着自己心头的一点忧愁，以为那就是真相。

他们到底没有打车，一路步行着回到了酒吧对岸的商旅酒店。

在走廊里与邵扬道了声"晚安"，沈陌开门回到了自己的房间里，然后一头栽在绵软的被子上，好一阵子都没有动弹。

她心中禁不住感慨——同样是 24 小时，为什么这一天竟可以过得这样漫长……

之前一直神经紧绷，如今稍微松懈下来，困意便如洪水猛兽般倏忽向她袭来。

她忍着困倦去卫生间洗漱，看到镜子里自己那双通红的眼睛，一时竟分不清是困的，还是哭的。

次日，是欧亚香水分享会的最后一天。

按照往年惯例，前来参会的各国商家都会在这天上午确定未来一年的大致采购计划，并与比较中意的香水设计公司签署一份采购协议书。

　　早上 9 点钟，沈陌和邵扬一同出现在位于市中心的希尔顿酒店，代表 Stellar 公司参加今年的香水商业交流双选会。

　　其实在沈陌的心里，邵扬一直是个很纯粹也很有个性的香水设计师。她始终觉得他是艺术家，却从来没有真的把这个男人和"商人"划过等号。

　　然而，这种根深蒂固的念头在这个上午被撼动了。

　　短短几个小时里，她面容上挂着得体的标准商务微笑，跟在邵扬身边，静观他谈妥一个又一个合同。

　　最后一个来找邵扬谈合同的，是叶远声。

　　"邵先生，昨天在分享会上听到你所讲的香水设计理念，我颇有感触。"叶远声不是刻意恭维，他说这话，其实是打心底里想要赞扬邵扬的。当然，多多少少还带着点说不清道不明的醋意，这也在所难免。

　　邵扬难得客气了一下："过奖了，不过是我个人的一点拙见。"

　　叶远声见他没什么意愿多聊香水设计，便很自觉地转移了话题，直接切入正题，问道："我这次代表公司来参加香水双选会，很希望有机会能和 Stellar 签订合作协议书，不知道邵先生意下如何？"

　　邵扬礼貌一笑，转头看了看沈陌，又回头对叶远声说："这笔单子，你和沈陌直接谈一下就好，我没有意见。"

　　"啊?!"沈陌不禁愕然，"怎么是我来谈?!"

　　邵扬挑眉反问："怎么，连这点小事都做不好？"

　　他语气里隐隐透出一丝丝的轻蔑，很显然，他不是想说沈陌笨，而是意有所指地将叶远声的合同归到了"小事"的范畴里。

师命难违，沈陌暗自咬了咬牙，默默地在心里给自家师父那一语双关的新颖句式点了个超级大赞赞。

"师父，你去忙别的吧，这边就交给我，保证……处理好……"

邵扬点点头，指着会场的另外一个方向，交代道："好，等会儿谈妥了之后，你就直接带着合同过去那边找我。"

言罢，他礼貌地朝叶远声略略颔首，算是道别，然后便潇潇洒洒扬长而去，只留沈陌和叶远声站在原地大眼瞪小眼，互相凌乱了好一阵子。

良久，叶远声率先打破了沉默："那个，你师父他……还蛮有个性的。"

"哈哈，"沈陌略显尴尬地笑了笑，顺势说道，"是啊，艺术家不都是这样么。"

叶远声"嗯"了一声，又不知道说什么了。

沈陌下意识地抬手摸了摸额角，看着他说："那个，你刚才说要和Stellar谈合同……"

"哦，对……"叶远声这才恍然回过神来，一本正经地与她谈起正事儿，"合同方面，你们公司这边大概有什么想法?"

"……"沈陌万分无奈地沉默了。

她真的什么都不知道，她真的只是来混脸熟的而已!

如今，自己脸熟没混到，却莫名其妙陷入如此窘迫之境，而且还是因为被自家师父摆了一道……

这种"难得一遇大奇葩"的感觉，说起来也真的是十分酸爽十分劲辣啊!

沈陌在心里思量了半晌，还是没想出对策。

于是，她也只好对叶远声坦言说道："之前都是我师父直接跟人谈的，我根本就没接触过这类的工作，也不知道他怎么突然心血来潮把这事儿交给了我。说真的，我什么都不懂，自己没什么想法，也不知道公司那边有什么想法……"

"那还怎么谈合作？"叶远声先是皱起了眉头，然后隔了几秒钟，又被她给气得乐了出来，摇头说道，"想不到几年不见，你还是迷迷糊糊的，一问三不知。"

沈陌讪然一笑，没有搭腔。

她不想和叶远声再提及感情上的事，毕竟过去的总要过去，她需要保有更多的心力，去等待未来的人。

可叶远声似乎是故意不想让她如愿，又不依不饶地说道："沈陌，其实昨天我在 Cherry 外面和你聊天的时候，心里有过奢望。我不相信我们之间就这样算了，明明感情还在，我们也都没有结婚。"

沈陌轻轻咬住下唇，什么都没有说，只是静静地等待下文。

如果她没有猜错的话，下文应该就是叶远声惯用的转折。

他沉吟片刻，继续道："可是今天早上一醒来，我就接到了未婚妻打过来的越洋电话。那一刻我忽然就觉得，我和你之间，可能真的错过了，真的回不去了……"

沈陌刻意忽略掉他眼中的酸楚，冷着心肠说："既然明知回不去，那就各自好好往前走吧，毕竟以后的路还很漫长。"

说这话时，她一直低着头没敢看他。她怕一旦对上那双熟悉的眼睛，自己就会忍不住心软。

虽然感情已经沉淀在遥远的过去时光里，但毕竟是真的爱过，毕竟他的一颦一笑都曾在她的心里刻下最真切的痕迹。

初恋难追，与此同时，这个清瘦的理工科大男孩曾带给她的所有青涩的甜蜜，也都成了只可追忆、不可追逐的往事。

沈陌想，她一直念念不忘的，也许并不是这个男生，而是那段初恋的时光。

叶远声抿了抿嘴唇，似是想要说些什么，然而不待他开口，沈陌的手机铃声就打断了他尚未成串的思绪。

沈陌接起电话："喂，师父……"

借由虚无的无线信号，邵扬沉着而动听的声音与电磁波一起传来："沈陌，你那边搞定了吗？"

"我、我搞不定啊！"沈陌自动认怂，"求师父指点，这合同要怎么签？"

她这边心急如焚，怎料邵扬不紧不慢地说道："本来也不是让你和他谈合同，还不就是看你可怜兮兮的总盼着跟初恋多相处一会儿，所以给你留点时间和他叙叙旧么。"

沈陌简直哭笑不得："考虑得这么'周全'，也真是难为师父你了啊……"

邵扬没听出她话里有话，接着刚才的话茬又问道："你们这会儿腻歪够了么？"

"根本就没什么好腻歪的！"她保证如果邵扬再这么刻意安排她和叶远声独处，她一准儿扑上去抱着师父的手臂狠咬两口出出气！

好在，邵扬没有再纠结刚才的话题，转而说道："那你现在把我的话转述给叶远声，合同就按我说的方式来签，没得商量。"

他将 Stellar 今年能放出来的产品款式、数量以及合同报价统统交代给沈陌，然后才挂断了电话。

　　沈陌几乎一字不改地将邵扬的意思转达给叶远声，并且连"没得商量"4个字也一并奉上了。

第十一章
心 中 有 梦

中国有句古话常说"熟人好办事儿"，像沈陌和叶远声这么"熟"的人，谈起合同来几乎是完全畅通无障碍。

不出一刻钟的时间，他们就打印好了协议书，纷纷签了字。

叶远声按照邵扬给定的产品和数量，采购了一批 Stellar 的招牌产品，其中也包括邵扬亲手设计的几款明星香水。

沈陌拿着签好的合同和叶远声道别，在他的注目礼中，毅然决然往邵扬那边走去，从始至终没有再回头看叶远声一眼。

午宴过后，各大香水供应商纷纷为签订合作协议的采购方提供香水样品。

叶远声作为 Stellar 合作伙伴的采购代表，也从邵扬这里拿走了不少的小样和中样，还有一部分尚未拆封的全新品，林林总总加起来大概 30 多瓶。

沈陌和邵扬一起发完了香水样品，正准备随他一起离开会场，就听得叶远声从身后叫住了她。

"沈陌！"叶远声快走几步到她身旁，有些急促地说，"你等一等再走，好吗？我有样东西想送给你。"

邵扬又一次十分自觉地给他们腾出了地方："你们聊，沈陌，我先去门口等你，有什么事就打我手机。"

"你别走啊！师父?! 师父……"沈陌召唤"师父的保护"再一次未遂，免不了气得牙痒痒，望着邵扬渐远的挺拔背影，咬牙切齿地嘀咕着，"我说邵扬，你到底是我师父还是我冤家啊……"

"沈陌，我不是有意要你为难。"叶远声轻声说着，将手里的香水递到了沈陌面前，"这瓶香水我拿来借花献佛，希望你能收下。"

沈陌视线落在香水盒子上，Stellar 的招牌 Logo 下方，印着优雅唯美的烫金花体英文——Forget（遗忘）。

这款名为"遗忘"的香水，她熟悉得不能再熟悉。

事实上，早在 3 年前，沈陌刚刚进入香水行业，凭着一颗新奇而虔诚的心，亲眼见证了这款香水的诞生。

它出自邵扬之手，被誉为近 5 年来最富有灵性的香水。

"遗忘，遗忘……"沈陌反复呢喃着它的名字，仿佛在追忆初识香水时的那段虔诚岁月。

在她心怀感慨的同时，叶远声也感触万千，只不过和沈陌完全没在同一个频道上。

他的语气里带着淡淡的忧伤，对她说道："沈陌，这瓶'遗忘'，大概就是我们之间的结局了。我没别的奢求，只盼着你以后能过得幸福，你能明白吗？"

她这才抬眸看他，思量着他方才所说的话，柔声说："嗯，我会努力让自己幸福的。你也好好生活，好好待她。"

话说到这个份儿上，其实也就离寒暄不远了。而她其实不愿意与他多寒暄。

"远声，我师父还在等我，我得赶紧过去了。"她有些局促地与他道别，"以后有机会再见吧，你多保重。"

他也没再多言，只说："好，那你快去忙吧……"

平平淡淡的一句话，成了他们久别重逢的结局。

沈陌转身往门外走着，边走边想——原来那些青春里的人和事，淡了就是真的淡了。

虽然昨天她还以为情愫浓得化不开，可是今天，当她勇敢地直面往事，原本朦胧模糊的浓淡深浅突然就变得清澈明晰起来，容不得她忽视，也容不得她妄想更多。

她的初恋少年，与手中的"遗忘"香水一起，将被封存于她的心底，安静存放在往后那些跌宕起伏的时光里。

小跑到希尔顿酒店的门口时，沈陌远远地看到了邵扬的身影。

邵扬手中提着一个大大的塑料袋子，里面装的是没有送完的香水样品。他低垂着头，目光凝在门外虚无的一点，也不知在思考什么。逆着下午的阳光，他本就俊美的轮廓被渲染成美好的浅金色，更是迷人得不成样子。

沈陌痴痴地望着他颀长的身影，一时竟失了神，怔怔地伸出手，用指尖在半空中描绘他的样子。

她忽然想起苏打绿的那首《喜欢寂寞》，有句歌词是这样唱的——当时奋不顾身伸出我的手，看见了轮廓就当作宇宙。

是谁的轮廓，成为谁心中的宇宙？

沈陌兀自站在那里好半晌，直到邵扬偶然抬头看见了她，沉声唤她的名字，她才恍然回过神来，快步朝邵扬那边走过去。

　　"走吧，抓紧时间回酒店，整理一下这些杂七杂八的东西。"

　　邵扬本来是对她微笑着的，然而当视线落在她手中的香水上，他唇畔的笑容蓦地就僵住了。

　　沈陌顺着他的视线看了一眼手中的"遗忘"，有些不解地问："怎么了，师父？"

　　"没什么。"邵扬显然不愿多说，于是调转了视线，迈开大步就往大巴车的方向走，只催促她快一点跟上。

　　沈陌乖顺地跟在他身后一路小跑上了大巴，摇摇晃晃中，他们回到了湖畔的酒店。

　　邵扬没有放她回去休息，而是直接把她拎到了他自己的房间里。

　　"沈陌，你把剩下的这些小样分门别类整理好。"他坐在床沿，优哉游哉地给旁边椅子上的沈陌安排着任务，"按照香型和系列来分类，然后数清楚每款香水的数量，列一个清单给我。"

　　可是回应他的，是3秒钟的沉默，以及她后知后觉的反应。

　　"啊？什么清单？"她从神游中回过神来，没底气地问道，"那个，对不起啊……我刚刚好像走神了，能不能再说一遍？"

　　邵扬没有立刻重复刚才的事情，也没有质问她为什么不仔细听他讲话，只是意有所指地瞧了她一眼，问道："你从拿到这瓶'遗忘'开始，就一直在盯着它发呆。你脑子里到底在想些什么，嗯？"

　　她垂着眼眸说："我看到它，心里总觉得挺怀念的。"

　　他沉吟着反问："真的那么放不下么？"

沈陌摇了摇头，说道："不是，你总以为我是放不下初恋，其实不是的。"

"那为什么？"

"……因为心里有梦。"

梦会移转，会变换。

如今，沈陌深藏于心底的梦，已不再是昔日的梦里少年，而变成了另外一种渴求。

与邵扬有关的，一种近乎奢望的渴求。

可惜她说不出口，而他亦不知晓。

后来的很长一段时间，他们都自觉缄口，谁都没有再提及关于"遗忘"的事。

事实上，邵扬不仅不提关于感情的事，就连生活的事也几乎一字不提了。他俨然一副公事公办的态度，只和沈陌谈工作，再无其他。

沈陌好几次试着找些有趣的话题和他聊聊，得到的回应都是——没有回应。

久而久之，她就有点麻木了，同时也免不了会有些失望。

与喜欢的人朝夕相处，却不知怎么突然变成了很局促的关系，这令她觉得苏黎世的时光变得难熬起来。

第三天的下午，沈陌一直没有主动开口和邵扬讲话。与其说是赌气，不如说是她想一个人静一下。

到了晚上吃饭的时候，邵扬买了当地的炸猪排给她。

沈陌从他手里接过冒着腾腾热气的纸袋子，抬头望一眼街边的欧式建筑，一句徘徊在心底好几天的话语忽然就不受控制，脱口而出。

"师父，我想回国了。"既然话一出口，沈陌索性一不做二不休，"如果接下来你还有其他的安排，能不能放我一个人先走？在这边生活，真的挺煎熬的……"

邵扬看着她的眼睛，低声问道："为什么觉得煎熬?"

这大概是最近这几天里，他唯一一次关心除了工作以外的事情，唯一一次关心她。

沈陌错开视线，随便编了个借口："因为吃不习惯，睡觉也总是睡不安稳。"

他半晌没言语，于是她又追问："可以吗？我一个人先回去，反正留在这里，也帮不上你什么忙，还总是添乱。"

"那你回去安排一下，准备明天上午回程。"

她点点头，心里说不清楚是释然还是失落。能回去是好事儿，虽然是她一个人先回去的。

可沈陌没想到，邵扬顿了顿，又补充了一句："刚好我这边的事情也处理得差不多了。"

"哎?"她有些讶然，傻傻地反问，"师父，你也跟我一起回国?"

"不然呢？你跑回去蒙头大睡，留我自己在这儿周游列国?"

这种不经意间的调侃，才是沈陌所熟悉的邵扬 style。只这一句话，就足以令她心头的阴霾一扫而空。

沈陌笑起来，也与他打趣道："既然师父不愿意落单，那我们就一起回去蒙头大睡，以后有机会再一起周游列国。"

"……"邵扬默了。这个徒弟是真傻还是装傻啊，怎么说这种暧昧的话都不带脸红的？

事实证明，她既不是真傻也不是装傻，而是说话不走脑子，并且反应比常人慢了半拍。

过了几秒钟之后，她突然意识到自己刚才说的话有多暧昧，于是瞬间害羞，捂着通红的脸蛋躲到了几尺开外的地方，只透过指间的缝隙偷瞄他的反应……

还好还好，邵扬不仅没有生气，反而嘴角微微上扬，似乎是在淡淡地笑着。

傍晚的斜阳从他身后的方向懒懒映出暖色的光影，一直延展到她的脸上，融成温馨的色调。

沈陌忽然觉得，其实他们之间的关系，也没有她之前以为的那么糟糕。

第十二章

冷 若 冰 霜

为了赶最早的一班飞机，天刚蒙蒙亮，沈陌就揉着惺忪睡眼，屁颠屁颠地跟在邵扬身旁，一路往苏黎世机场赶去。

在机场大厅办理登记手续时，沈陌站在邵扬的右手边东张西望，眼里是对这座欧洲小城的眷恋。

她正张望得来劲儿，就听到邵扬叫她："沈陌，把你护照给我。"

"哦，好。"她低头从随身的斜跨小包里翻出护照递到他手上，然后一甩头，继续左顾右盼。

结果就是——她高高束起的马尾辫，"啪"的一声抽在了邵扬的右边脸上……

邵扬拧着眉头把两本护照递给工作人员，然后抬起手来，用他宽大而温暖的右掌不轻不重地抓住了沈陌不安分的后脑勺。

"你给我老实一点！每次梳个辫子就到处乱抽，像什么话。"

沈陌感觉到他的指尖落在她的脑袋上，忽然就紧张起来，小声说：

"唔，那我不乱动就是了，你先松开手。"

刚好这时登记手续已经办理完毕，邵扬顺势也就放开了她，转而去拿护照和登机牌。

待到将行李托运手续也办好之后，两个人没了笨重行李的拖累，一身轻松地往安检口走去。

由于等待安检的人比较多，工作人员对乘客进行了分流处理，于是沈陌就很不走运地被分到了最左边的安检通道，离邵扬隔了十万八千里远。

沈陌这边的安检员不算太严格，很快就放了她进去。

她眼看着邵扬那边的队伍半天不动，只好耐着性子在一旁等他。

等了将近半个小时，好不容易轮到了邵扬，谁知他又被安检员当成了重点检查对象，不仅要把笔记本和相机一类的电子产品统统掏出来，就连裤子口袋里的钥匙和打火机也没能幸免。

咦，打火机？沈陌愣了一下。

在她的印象里，邵扬从来不抽烟。那他为什么会随身带着打火机呢？

就在她不解之时，邵扬以"被没收打火机"作为代价，通过了严苛到几近变态的安检，正稳步朝她这边走来。

沈陌的全部注意力都集中在邵扬身上，她冲他笑得明媚，根本没注意到周围的情况。

下一秒，一个身形彪悍的人开着一辆机场保洁车，从不远处往这边靠近，直直冲向了毫不知情的沈陌！

邵扬见状，也顾不得整理手中杂七杂八的东西，直接将笔记本之类的一股脑儿地扔在旁边的椅子上，三步并作两步飞奔到沈陌身旁。

沈陌上一秒还在对他微笑，下一秒就已被他紧紧地抱在了怀里。

他一只手用力地揽住她的细腰，另一只手将她的脑袋按在他的胸口，就这么霸道又温柔地呵护着，来不得半点含糊。

他的气息萦绕在她的每一次呼吸间，她几乎能感觉到他脉搏的每一次跃动。

沈陌紧张得几乎忘了呼吸，就这么屏气凝神地依偎在他的怀抱里，以为这就是永恒。

这样甜蜜的画面终结于邵扬一句充满怒意的斥责。

当那辆笨重的机场保洁车堪堪擦着邵扬的肩膀驶过，他稍微松开沈陌，扭头对着驾车离去的背影恨恨骂了一句："Bitch is bitch（贱人就是矫情）！"

说起来，这还是沈陌头一次听到邵扬爆粗口。她有些讶异地抬眼瞧着他，声音小小地说："师父，消消气……"

他将视线挪回到她的脸上，依旧是皱着眉头，不悦地说："你怎么就不知道小心点儿？车都要碾到你脸上了你也看不见?!"

她一边因为给他添了麻烦而懊恼，一边又因为彼此拥抱的甜蜜而娇羞，于是一时之间，脸红得不成样子，连说出口的"我错了"也充满了撒娇的味道。

邵扬也意识到他们现在的造型不大妥当，这才将她放开，回头去整理刚才随手扔到椅子上的东西。

沈陌在他身旁默默地站了一会儿，关于打火机的疑虑又笼上了心头。

"师父，你不是不抽烟的吗，怎么走哪儿还要带着打火机?"

他继续忙着手里的事情，看也没看她一眼，淡淡地反问："谁跟你说我不抽烟的?"

沈陌一愣，答道："倒是没人这样说过，可是我从来就没看到过你抽烟啊……"

"你不是闻不得烟味儿么。"邵扬不经意地扔给她这么一句话，然后便拎起刚刚整理好的电脑包，径自往登机口走去。

她望着不远处他的背影，忽然觉得心头一跳。

所以他不是不抽烟，而是因为她不喜欢烟味儿，所以一直不在她面前抽烟?!

她暗暗喜欢的男人，其实也是在意她的吧？只是这样一个小小的认知，就足以令沈陌觉得整个世界都明亮起来。

沈陌快步跟上邵扬的脚步，脸上的笑容被放大了好几倍，仿佛怎么收都收不住。

邵扬瞥了一眼她脸上那可疑的笑容，调侃道："你这是碰上什么喜事儿了啊？乐得一张脸看起来跟个烂柿子似的。"

她现在觉得，经由邵扬之口说出来，"烂柿子"也变成了一种想当可爱的生物。

候机的过程并不漫长，尤其是两个人一直互相调侃，一点都不无聊。

等到登机之后，为了提前开始适应国内的时差，邵扬强行抢走了沈陌手里的单机游戏机，勒令她跟他一起闭目休息。

沈陌虽然贪玩，但本质上来说，她本来就属于那种走到哪儿睡到哪儿的懒货。因此，对于邵扬的"勒令"，她自然是没有半点意见的，甚至比邵扬更先一步进入了梦乡。

心中有梦，梦里亦有梦。

回程路遥遥，沈陌接连做了好几个梦。

她仿佛看到昔日少年对自己说再见，也看到未来有个人，正伸出修长而踏实的双臂，迎接她步步前行。那个人的轮廓，像极了邵扬。

迷迷蒙蒙中，沈陌好像呢喃了谁的名字。

唤的是谁呢？沈陌记不清了，但她知道，一定不是邵扬。

因为即便是在最美最美的梦里，邵扬的名字也依旧是她藏在心里的秘密，不能说出口，仿若一说就是错。

假如沈陌知道她在睡着之后整个人侧过身子扑在邵扬身上，并且含混不清地念叨了好几遍"远声"，她一定会想一巴掌抽死自己。

可惜她不知道，所以她亦不明白为何一觉醒来，邵扬看她的眼神忽然就蒙满了冰霜。

与苏黎世的凉爽不同，北京城的夏季就和沈陌印象中的一样，干燥闷热得令人不安。

起初 3 天，她以倒时差为由，躲在自己的出租房里享受了 3 天的空调待遇。

到了回国后的第 4 天，邵扬已经正常回公司上班，沈陌也就不敢继续缩在家里躲清闲了。

Stellar 实行弹性工作制，早 8 点半到 9 点半之间浮动考勤。

这天早上 8 点钟还不到，沈陌就已经抵达了公司。她是来得最早的一个，但并不是为了提早梳理工作，而是为了给自己点时间做足心理准备。

休假这几天，她总是有意无意地想起邵扬的模样，想起与他十指相扣时的光与影，想起他有力温暖的拥抱与守护，与此同时，也会一并想起他们在首都机场道别时，他格外冷漠的态度。

其实细数起来，沈陌和邵扬不过是去瑞士出差了不到一周的时间。可在沈陌看来，此次回国之后，他们师徒二人之间的关系却是发生了翻天覆地的变化。

他们不再像从前那般亲近，但也不是疏远，而是刻意地保持距离，很有种微妙的感觉。

沈陌坐在自己的工位上，心不在焉地按下办公笔记本的开机键，魂不守舍地沏一杯浓得有些过头的绿茶，然后呆呆地望着屏幕上显示的"Windows"字样发呆。

她还没想好等会儿再见到邵扬时，第一句话应该说什么。

真实情况是，平日里总是懒散迟来的邵扬今天也不知道抽了哪门子的邪风，竟然只比沈陌晚到了 5 分钟。

于是乎，她哪里还有什么时间去做心理准备？当她漫不经心地咽下一口稍嫌苦涩的茶水，再一抬头，邵扬那张俊脸就已经出现在她视线范围内。

沈陌几乎是下意识地放下茶杯，腾地一下从位置上站了起来，像往常一样跟他打招呼："师父，早上好……"

他垂着眼帘没看她，从她身后的过道与她擦身而过，只甩给她一声完全不带情绪的回应："早。"

她讪讪地摸摸鼻梁，又坐回到椅子里，想主动跟他说点什么，却又找不到合适的话题。

他们的座位之间只隔了一个办公隔断，若想交流，简直毫无障碍。可惜的是，邵扬显然没有半点儿想要搭理她的意思。

只见他动作利落地开机，从案头拿来皮面记事本和钢笔，飞速写下今天的待办事项列表，行行列列，条分缕析。

待办列表整理完毕时，刚好电脑也已经正常启动。他挪动鼠标，打开一个写到一半的设计思路文档，修长的手指在黑色机械键盘上飞舞，像是钢琴家的出色演奏。

"咳咳，那个……"沈陌有些尴尬地轻轻咳嗽两声，没话找话地问道，"你今天很忙吧?"

"每天都忙。"他一边敲打着键盘，一边公事公办地给她下了一长串的任务，"你有这个工夫闲聊，不如赶快做你的事情。之前交代你做的香料元素分析报告，今天下午两点半之前必须交给我。另外，苏黎世参加香水分享会和双选交流会的心得感悟也准备准备，做个PPT出来，周五部门例会上给团队分享一下。还有，这两天你这边再做出一套新的水生香调方案，等下周抽时间和市场部具体讨论一下。"

第十三章
若 即 若 离

沈陌的脑子还没有完全切换到工作状态，突然接了这么多指令，一时愣在那里没有反应过来。

邵扬顿了顿，转头看向她，冷声反问："怎么，有什么问题?"

"没，没问题。"她赶忙回过神来，在电脑桌面上新创建一个便笺，将邵扬刚才安排下来的事情一一记好，然后便踏上了为期很久的奋斗之路。

如果只能用一个字来形容回国以后的生活，那就是——忙。

那么，两个字——很忙。

三个字——忙飞了。

四个字或者更多——忙得人神共愤啊啊啊!

沈陌不知道究竟是邵扬故意对她加以磨炼，还是最近部门工作确实暴增得离谱，总而言之，她自从 3 年前毕业加入 Stellar，还从来没有像最近这样忙得脚不沾地。

记不得多少个下午，她被一个又一个的会议催得满楼跑，连一杯水都顾不上喝，活像从沙漠里穿越而来的骆驼。

虽然在沈陌的观念里，忙碌不是坏事，而是在虐中成长，但她还是觉得这些日子，工作成了一种负担。

一开始，她并没有仔细思考过为什么自己每天醒来一想到要去上班就蹙眉头，只以为是累得产生了惰性。

然而，在某一个平凡得不能再平凡的早晨，当她主动买多一份早餐放在邵扬桌子上，却被他以"已经吃过了"为由退了回来，沈陌才终于明白了她打怵上班的真正原因。

说到底，她不是怕累，而是真的有点扛不住邵扬的冷暴力了。

望着桌子上已经冷掉的豆浆和鸡蛋灌饼，向来乐观坚强的沈陌竟然委屈得红了眼眶。

她忽而就怀念起从前的日子。

那时候，他们还没有去过苏黎世，与她只有一板之隔的邵扬也不是这样冷若冰霜的高高在上的首席调香师，而是疼她护她、既会数落她也会安慰她的暖男师父。

那时候，她总是在上班时间胡闹，一会儿搞坏他的办公电脑，一会儿乱碰他案头的重要文件，害他在部门大会演讲的时候出糗。

那时候，他会收下她殷勤献上的早餐或是咖啡，会因为她捣乱而暴跳如雷，也会在她失败受挫的时候送来一包纸巾，或者干脆一个可以暂时依靠的肩膀……

可是事到如今，再怎么温暖的细节也都变成了令人遗憾的"那时候"，也因此，不再具有暖人心绪的温度。

沈陌到底有些沉不住气了。

她从隔间里探出半个脑袋，看着邵扬专注平静得不带感情的侧脸，轻声问他："师父，你是不是就打算以后再也不理我了？就一直这样只谈工作，不聊其他？"

他头不抬眼不睁地反问道："工作场合，你认为我还应该跟你聊些什么？"

"我、我难道不再是你的徒弟了吗？"她扁着嘴巴，一副委委屈屈的样子，连声音都带着很微弱的颤抖。

邵扬手上的工作几乎一刻也没停，仿佛她的委屈对他来说，不过是件无关紧要的事。

沈陌等了半晌，只等来邵扬一句居高临下的劝诫："沈陌，你最好能记得——在成为我徒弟之前，你首先是 Stellar 的员工。"

"……我知道了。"她轻不可闻地啜泣了一声，然后很快意识到自己的失态，便躲回到自己的格子间里，伏在桌子上，好半天都没有抬起头来。

眼泪在眼眶里打转，一点点洇湿了衣袖。

她多希望这时候邵扬能给她一点安慰，哪怕就像从前那样，拍一拍她的肩膀，对她说一句 "Everything is gonna be OK（一切都会好起来）"。

可如今，什么都是奢望。

他只是高高在上的首席设计师，而她亦不再是他百般照看的徒弟。

良久，沈陌吸了吸鼻子，一边劝自己把注意力转回到工作上，一边抬起来头。

她还是下意识地往邵扬那边看了一眼，却只看到他忙于工作时，那张严肃得甚至有些苛刻的冷漠侧脸。

与此同时，她还闻到了若有似无的烟草味道。这是邵扬第一次当着她的面抽烟，完全不顾及她对烟味的反感。

沈陌禁不住感慨——果然，一切都变了啊……

她就知道，就算她默默地哭死在这边，他也不会在意的。

可她不知道的是，就在她伏案抽泣的时候，邵扬的脑子里也是一团糟，以至于他不得不点燃一支香烟，来平复他波澜跌宕的情绪。

他甚至真的想过给她一个拥抱，或者更多。只不过，他终究放不下心里的介怀，不愿付出更多没有意义的感情，便因此没有这样做。

从那天之后，沈陌就不再主动去招惹邵扬了。她仿佛是认了命，任由他们之间从疏离走向陌生，再从陌生走向淡漠。

几个月的时间倏忽过去，沈陌几乎以为她和邵扬之间不会再出现什么转机，直到 11 月上旬。

光棍节那天上午，Stellar 公司全员 9 点之前纷纷抵达城东的一家商务会所，去参加半年一度的财年总结会。

沈陌故意去的很晚，随便找了个别人挑剩下不要的位置坐下，这样一来，她就不需要担心自己有意无意地坐在邵扬身边。

可她没想到，她迟，邵扬竟然比她还迟。

当主持人举着麦克风朗声宣布"半财年总结大会现在正式开始"时，邵扬才从侧门进来。而离那扇门最近的空座位，就在沈陌左手边。

结果就是，他自然而然地在沈陌身边落座，可她却因为他的到来而不由自主地紧张起来。

会议进行中，按照惯例，几大部门的负责人将轮流上台演讲，一方面回顾过去半财年的业绩和收获，一方面为接下来的工作提出指导性的概括和建议。

香水研发部作为整个 Stellar 的灵魂部门，每次都是压轴出场的。等到其他几位部门总监都结束了发言，统管研发部门的总监罗茜才缓着步子走上讲台。

在沈陌的世界观里，罗茜就是一位不折不扣的女工作狂，或者还可以说得再确切一点——是一位管理能力很强的，正处于更年期的，情绪阴晴不定的，超级神经质的女工作狂。

此时，这位气场强大的罗总监往台上一站，底下的员工立刻就变得乖顺了很多，一个赛着一个地努力降低自己的存在感。

但凡参加过财年大会的人都知道，罗茜演讲的时候，有个不怎么讨人喜欢的习惯——先表扬部门，再批评个人。

"上半财年，研发部总体业绩还是值得我们骄傲的，除了夏季主推的清甜花果系列，3 个月前开始研发的专为秋冬季节打造的木质香调系列，目前也已经通过了内部评估，并顺利完成了大客户的使用测评……"

这些自吹自捧的言辞听起来都很有道理，但其实没什么实际意义，不过是做做场面，让老板的老板看着 PPT 高兴一下。

沈陌听得很是心不在焉，眼角的余光像是有自己的思想，总是不受她的控制，不由自主就瞟向了邵扬的俊脸。

邵扬本来在低头看手机，觉察到她的目光，倏地抬头对上她的视线。

沈陌赶忙移开目光，只将老式翻盖手机紧紧攥在手里，一会儿把盖子掀开，一会儿又"啪嗒"一声合上，借此转移注意力。

邵扬又将注意力转移到手机上，一边浏览新闻一边低声对沈陌说："你专心点儿听罗茜讲话，别等会儿被点名了都不知道。"

她很听话地点了点头，然后当真开始仔细聆听罗茜那慷慨激昂的陈词和演说。

不得不说，邵扬很有先见之明。

沈陌才刚开始认真听讲，罗总监就点了一个人的名字。

只不过，那个被点了名的人不是她，而是她高高在上的师尊大人，邵扬……

作为恒星集团国宝级调香师，业界知名的"香水天才"，如此耀眼的邵扬居然也会在财年大会上被点名批评?!

不得不说，整个香水研发部的小伙伴们都为此惊呆了。

罗茜在台上颇有气势地说道："以后谁要是再出现邵扬这样的情况，我就直接把他的名字加到研发部的黑名单里，从此以后，什么晋升加薪，什么评奖评优，一概跟他无缘!"

沈陌听到这里，觉得邵扬这次犯下的事情显然比她想象中的严重了许多。

她紧张得几乎可以清楚地听到自己的心跳声，可事实上，她并不是担心邵扬会因为犯了错误而被处分或者被降职，却是因为……他之所以犯错，似乎是为了她。

此时，罗茜已经将狂轰滥炸的火力点转移到别人身上，然而沈陌依旧傻傻地扭头看着邵扬，半晌没有回过神来。

"师父，罗总刚才说的，是真的吗?"她明知故问，"你真的把苏黎世的政府官员给放鸽子了?"

他云淡风轻地答道："罗总既然都这么说了，那还能是假的么?"

"呃，这不像你的风格啊……"沈陌感慨道。

"哦? 那你说说，怎么样才像是我的风格?"他挑眉反问，"一成不变，还是一丝不苟?"

在她的印象里，邵扬就算再怎么桀骜不驯，至少在工作方面是不容半点差池的。

　　可这一次，他明知道瑞士政府是 Stellar 长期合作的重要客户，却还是在和当地官员约好了面谈时间之后，毅然决然地爽约了，这才导致客户方的高层领导直接将此事投诉到了 Stellar 的最高决策层。

第十四章

冰 释 前 嫌

沈陌在心里反复默念着罗茜刚才说的一个日期——6月19日。

关键就在于，被邵扬"无故"缺席的这个会议，恰恰安排在他们从苏黎世回国的当天。

沈陌没有回答邵扬的问题，她不想跟他讨论什么才是她心中的邵扬style，只是犹疑着又问："翘了那么重要的会议，是为了跟我一起回国么？"

"……"邵扬沉吟了很久，末了，不动声色地丢给她两个字，"不是。"

她不死心地追问："那是为什么？"

"还能是为什么？就是看那帮老家伙不顺眼呗。"

听到这话，沈陌忽而就笑了。

她不是小孩子，像这种连小孩子都糊弄不过去的破烂理由，她才不会相信。

也许是他们之间的纽带冰封了太久，此时，一点点小的裂痕都足以令沈陌看到久违的希望。

一时之间，原本难以开口的话语，竟也可以说得很轻巧。

"师父，你之前其实一直都是这样，对我千好万好的。"沈陌说着，侧头望了望邵扬，而后忍不住轻笑着问道，"不就是对徒弟好了点儿了，真有那么难承认么？"

他也回头看她，形状美好的眼眸半眯成狭长的形状，看起来既蛊惑，又危险。

"我对你？千好万好？"

"怎么不是？以前不管我遇到什么麻烦，总是师父你给我收拾烂摊子。"

他笑道："这算什么对你好啊，这叫护犊子。"

"那你'护犊子'也护得太没底线了。"她继续不依不饶地跟他翻旧账，"想当初我刚入行，什么香型啊搭配啊都不懂，趁你午睡的时候拿你的高档香料乱捣鼓一气，结果调出来一管无比奇葩的洋葱松木香水，你都没有揍我，还说我是个有想法有创意的小丫头。"

"那是为了让你心甘情愿地跟着我乖乖长本事，乖乖帮我干活。"

她忽闪着灵动的水眸与他对望片刻，认真地说："师父，我真的是心甘情愿地跟着你，以前是，现在是，以后也是……"

面对她突如其来的主动示好，邵扬突然就不知道说些什么才好，索性选择缄口不言。

"你以后别对我爱答不理了，好不好？"沈陌顺着杆子往上爬，纤细的指头不轻不重地揪住邵扬的袖口，撒娇似地摇了摇，"其实我也没有什么太过分的奢望啊，你就还像以前一样，压榨我，数落我，偶尔对我笑一下，我就知足了。"

邵扬最受不了的就是女人撒娇，尤其还是他明明颇为中意，却又不大敢轻易靠近的小女人如此肆无忌惮地当众撒娇。

他凝视着她娇俏的面庞，良久，终于如释重负地将思路切换到另外一个频道，对她说了一句："……轮到你了。"

邵扬这么突然地换了个频道，沈陌的脑回路显然跟不上他的节奏啊！

"啊?"她愣头愣脑地问道，"什么轮到我了?"

邵扬的目光往演讲台的方向瞟了一下，示意沈陌往那边看。

沈陌顺着他的视线望过去，瞬间就被罗茜投过来的阴沉沉的目光给镇住了！

谁、谁能告诉她，她只不过溜号了一小会儿，罗大总监那边究竟发生了什么?

下一秒，罗茜亲自把答案吼了出来："你怎么就不知道跟着邵扬学点儿好的，嗯? 他设计香水的天赋你半点儿都没有，他跟大客户牵扯不清的坏毛病，你倒是有样学样的全招呼到自己身上了!"

跟大客户牵扯不清? 沈陌把这个设置为关键字，努力地在自己的回忆里检索着与此相关的事情。

可惜，她还是不大明白罗茜到底指的是什么。

罗茜见她呆呆愣愣地坐在角落里，半点反应也没有，不由得把讲话的音量又往上调了三档："沈陌! 我说话你到底有没有在听?!"

沈陌连忙点头点头再点头，可还是觉得死得不明不白。

好在，罗茜接下来还是解答了她心底的疑惑，虽然语气依旧不怎么好。

"但凡我们作为样品送给客户的香水，一律不得以任何理由再收回来。"罗茜扫视全场3秒钟，继而说道："如果以后再有人犯这种愚蠢的低等错误，就别怪我不客气了。"

沈陌尴尬地看了邵扬一眼，刚巧他也在看她，平静无波的眼眸里，看不出半点喜怒。

她有点不自在地干咳了两声，便顺势移开了视线。

罗茜所说的是什么事儿，其实沈陌和邵扬彼此都是心知肚明。

他们之所以没有针对此事展开任何讨论，是因为"遗忘"和"叶远声"这两个词语，早就成了他们师徒之间的敏感字眼儿——说不得，一说就瞬间降温。

在财年总结会的后半程里，被罗茜双双点了名的师徒二人都没有再说话，只是时不时地对望一眼，很有默契，也很有种微妙的局促感。

散会的时候，邵扬没有像前阵子那样板着脸孔自己先走，而是主动驻足在走廊里，耐着性子等她把大衣穿好，再等她用围巾把脸蛋捂得像个粽子，然后才一起往商务会所外面走去。

他们下来的比较晚，楼下的停车场上只剩下为数不多的几辆私家车。

邵扬掏出车钥匙按了一下，其中一辆银灰色商务车的尾灯闪了几下。

他低头问向沈陌："我开车过来的，用不用送你回去？"

"不麻烦你了，我自己往那边走一点，直接坐地铁回去就行了。"她顿了顿，像刻意强调什么似的，又小声补充了一句，"反正这时候也不是乘车高峰，应该不至于挤得太没有尊严吧……"

"好歹师徒一场，我哪能眼看着你挤地铁挤得连尊严都没了？"邵扬好笑地拎住她的后衣领，不由分说地把她往他的商务车那边拖去。

"我跟你走，我跟你走，还不行吗！"沈陌一迭声地说，"你先放开我，别拎着我啊……"

他直接无视了她的抗议，一直把她拖到车门口、塞到副驾驶的座位上、系好安全带，这才算完。

邵扬从车子的另外一侧上车，刚系好安全带就干脆利落地踩了一脚油门，顺带着猛打方向盘来了个急转弯，沈陌没有坐稳，一脑袋磕在了副驾车玻璃上……

"拜托你别开这么猛！"沈陌坐在左摇右摆飞速向前的车里，惊魂未定，叫苦连连，"这好歹是两条人命呢，您多少也悠着点儿啊！"

他神色专注地观察着前方的路况，漫不经心地问："怎么，信不过我？"

"……"沈陌竟半晌无言以对。

他没有听到她的"信不过"，下意识地抿了抿嘴角，淡淡地笑了起来。

"信得过我就好，总之我活你活，我挂了也保证你活着。"

沈陌拧着眉头连声说道："呸呸呸，快别说这种不吉利的话！"

"听你的，我不说就是了。"笑容在他的脸上悄无声息地开出喜悦的花朵，邵扬忽然后知后觉地意识到，其实身边这个小女人的心里，多少还是有他的位置的。这就足以令他的心情变得很好。

许是他的笑容太过宠溺，又或许是因为他的语声太过温柔，总之在这一刻，沈陌觉察到一种从未有过的微弱幸福。

这不是她第一次坐邵扬的车，却是她第一次以这样甜蜜到微酸的心情坐他的车。

他不再是略尽职责送她回家的师父，而是她打心底里想要靠近、而今真的得以靠近的男人。

他是天边耀眼的星子，如今却真切地在她身旁，为她驱车前行，带她去往更加明亮的地方。

一旦紧张起来，沈陌就不再是平时那个能说会道的姑娘了。

她安安静静地看着车窗，看着窗外一晃而过的景色，看着干净的车玻璃上倒映出他棱角分明的容颜，任凭欢喜和期待在心中复苏生根。

当汽车从她家附近的家乐福超市门前行过，沈陌回过头来看着邵扬，很认真地问他："师父，我们这就算是冰释前嫌了，对吧？"

"嗯。"虽然只有一个字，可他说得很郑重。

她抿着唇笑了，得寸进尺地又问："那如果最近我晚上要加班到很晚，你还会载我回家吗？"

他在她的小区门口把车停稳，解开安全带的同时，扭头似笑非笑地看着她说："那你求我，求我就考虑考虑。"

沈陌觉得她熟悉的毒舌师父又回来了，而在最最熟悉的师父面前，她向来是狗腿非凡，完全没有节操和形象可言的。

于是乎，她几乎想都没想就立刻说道："求求你了，师父，你就有事儿没事儿送我一下，成全徒弟想和你多多相处的一片孝心吧！"

"你活泛起来也真是够拼的。"他从车前绕到副驾那边，很绅士地替她打开了车门，"下车了，送你到楼下我再走。"

沈陌没有故作矜持，她喜滋滋地蹦下车，屁颠屁颠地走在他右手边，任他送他回家。

当几个月堆积而成的陌生感在这一刻消失殆尽，沈陌不得不承认——原来他的一举一动，始终连接着她最细微的心思。

他在，冬日温暖的阳光就在。

他笑，整个世界就如同花开。

分别之前，邵扬下意识地伸出手，似是想要摸摸她冻得通红的脸蛋。

但他的手在半空中顿了顿，最终，只是替她理了理额前散乱的刘海。

第十五章

温 泉 之 约

半财年总结会之后，罗茜为香水研发部制订出了一套新颖且富有挑战的计划。

随着计划的持续推进，研发部的每一个员工都开始了加班加点的生活。

每天晚上 10 点钟以后，其他部门的同事都已经回家享受生活，唯独研发部的骨干们仍然蛰伏在 Stellar 办公大楼里，埋头奋战。

12 月的第一周，沈陌每天都要在公司忙到深夜 11 点多。不过也算是因祸得福，她因此找到了更多的机会与邵扬单独相处。

时光倏忽而过，转眼又是万众期待的星期五。

晚上 9 点半左右，沈陌抬手揉了揉酸痛的脖颈，有些疲倦地问邵扬："师父，今天可不可以早点下班?"

"你要不要再坚持一小会儿?"他看着她的倦容，语声温柔地说，"等我把手里这份资料整理好，我送你回去。"

沈陌笑着说："好啊，那师父你努力奋斗，我先上网查查这周末去哪儿放松一下。"

　　他点点头，又专心忙于工作，没再与她闲谈。

　　沈陌关掉办公电脑，举着手机刷团购券。给温泉团购付款时，她脑子一抽，下意识地就把数量选成了"2"。

　　怎么是两张？难不成……

　　沈陌有些心虚地偷瞄了邵扬一眼，恰在这时，他也忙完了手中的事情，一边收拾办公桌上的东西，一边对她说道："我这边已经搞定了，走吧。"

　　"哦，好。"沈陌应了一声，慌里慌张地把手机扔到了单肩背包里，仿佛只要动作稍慢一秒，就会被他看透了她努力隐藏的小心思。

　　邵扬没觉察到她的窘迫，率先往电梯间走去。

　　10分钟后，邵扬的商务车从车库里驶出，刷卡通过公司正门的关卡，便转弯往沈陌居住的小区行去。

　　也不知是不是车里暖风开得太足，没多一会儿沈陌就觉得额头冒出了细密的汗珠。

　　她指了指副驾这边的车窗，探寻地问道："师父，我能不能把窗户打开一个小小的缝儿啊？"

　　邵扬不解地反问："车里很闷么？怎么我开着车都没觉得热。"

　　沈陌讪讪地摸摸鼻梁，说道："说不定只是我自己比较热血沸腾。"

　　他狐疑地瞧了一眼"热血沸腾"的她，伸手按下控制面板上的一个向下箭头，给她开了个细细窄窄的窗户缝儿。

　　冷风从缝隙灌进车里，沈陌霎时间清醒了不少。

　　邵扬略带宠溺地看着她随风而动的长发，体贴地说："沈陌，你往我这边挪一挪，别正对着风吹，当心回去了头疼。要是冷了就告诉我，免得冻感冒。"

她听话地往他身边蹭了蹭，笑得一脸甜蜜。

"还是师父对我好。"这句曾经十分熟悉的话语，就这么顺口而出。

他一怔，而后弯起唇角，对她笑起来。

冬天的夜晚并不总是寒冷的，比如说，每当沈陌看到邵扬对她露出温暖的笑容，她就会瞬间觉得北京城的冬夜，真可谓天光明媚，温润宜人！

心念流转间，沈陌一时没控制住心底的冲动，看着邵扬的侧脸，问道："那个，我刚才等你的时候团购了两张温泉票，要不要一起去？"

邵扬目视前方，半晌没回应，也不知听没听到。

沈陌自己也觉得这样的邀请有点尴尬，索性装作什么都没说，讷讷道："开了窗子风声太大，讲话都听不清楚了……"

却没想到，就在她自己给自己打圆场的同时，邵扬却做出了回应："你要是没有约其他朋友一起，我就勉为其难跟你去吧。"

两个人的声音交叠在一起，一时之间，谁也不知道接下来应该继续讨论哪个版本。

沈陌扶额，不晓得说些什么才好。

反倒是邵扬落落大方地笑起来，朗声说道："其实风声没有那么大，我听到了。我只是稍微考虑了一下。"

"是这样啊……"她低声感慨，随即再次和他确认，"所以这个周末我们一起去，对吧？"

"嗯，你预约的是周六还是周日？"

"周日，因为要提前 24 小时预约，现在已经约不到明天的温泉票了。"

"我整个周末都没有别的安排，周日也没问题。"他打着方向盘转了个弯，又问："大概什么时间出发？"

沈陌思路清晰地给他简单介绍着情况："尽量早一点吧，我刚才查了一下地图，度假村在城南郊区，路程还是有点远的。我们如果开车过去，可以走高速路，大概需要两三个小时。"

她顿了顿，又提议道："要不然上午9点左右从这边出发？这样可以赶在午饭之前到度假村。"

"出了公司大门，你就不是我徒弟了，而是我们的度假大总管，全程都听你的安排。"他转头看她一眼，故意打趣道，"不过以你的嗜睡程度，你确定9点出发你能起得来？"

沈陌信誓旦旦地保证："我能！偶尔我也有勤奋的时候！"

他被她鼓着腮帮子的模样逗得笑了出来，本想再揶揄她几句，却难得管住了自己的毒舌，只淡笑着说了一句："那就好。"

车子很快就到达了沈陌的小区门口。

时间已有些晚了，所以沈陌没让邵扬送她到楼下。

她身形灵巧地开门下车，关上车门之前还不忘了叮嘱他："师父，回去路上开车小心点儿，别跟人飙车。"

"好。"邵扬点点头，看着她往小区里走了几步，又将她叫了回来。

"怎么了？"

"你记得晚一会儿把度假村地址发到我手机上，后天早上我先来接你，然后开车导航过去。"

"……"沈陌愣了3秒，好不容易才憋住了笑意，"师父，你刚才在路上，好像就跟我说过这个事儿了。"

"……"邵扬闻言也愣了 3 秒，尴尬得简直想抽自己两巴掌，表面上却佯作淡定，"哦，那就先这样吧，后天见。"

沈陌冲他挥挥手，转身往单元门走去。

她的脸上一直挂着甜甜的笑容，心里的幸福像是会自发地溢出来，怎么收都收不住。

这样的夜晚，整个世界仿佛都成为他的陪衬。

她只看得到他，眼里心里都是。

星期六在期待与折腾中度过。

如果说期待是人之常情，那么折腾，就纯属沈陌自己虐自己了。

为了选一套最顺眼的冬装，她几乎把衣柜翻了个底朝天。

鹅黄？太扎眼；

草绿？和季节不搭；

嫣红？土气；

纯黑？缺少活力……

沈陌头一次觉得满满一衣柜的冬装，竟然没有一件看着让人眼前一亮的。

每每拿起一件看两眼，觉得不满意，就顺手丢到一旁。结果等她回过神来，身后已经一团糟，简直像是被人打劫过一样。

她的出租房本来地方就不是很大，此刻堆满了恼人的衣服，更令沈陌觉得堵心不已。

恨恨咬牙，她当机立断，把衣服统统塞回到柜子里，然后拎着手包出门逛街去也。

工作这几年，她也有好几次想过给自己买些高档的衣服，一方面算是犒劳自己辛苦劳作，一方面也是想要改变自己悠悠闲闲的学生形象。然而，她真心看上的那些很有女人味的衣服，似乎都价格不菲。总听人说"一分价钱一分货"，沈陌每次小心翼翼地摸着商场里高档成衣的面料，心里都会纠结到底要不要花大价钱，买上等货。

赚钱难于上青天，她以前一直都没舍得大买特买，唯独今天不同。

临近傍晚，沈陌从商场里出来，手里提着好几个精致的纸袋子，显然是刚刚经历了一番大拼杀。

钱包虽然瘪了，然而想到明天约会可以穿得像模像样，她仍觉得心情好得想要飞起来。

次日清早，向来贪睡的沈陌不到7点钟就从梦中醒来。

她租的房子是朝北的，到了冬天，即便有暖气也还是有些透骨的凉意。

在这种环境下，沈陌严格遵守这样一个规则——能不出被窝，就不出被窝。

她缩在温暖的被子里，仰面躺着，一边对着天花板瞪眼睛，一边细细回忆近来邵扬的点滴温柔。

想到他的笑容，想到他不经意间的宠溺和温存，想到他答应陪她去泡温泉，想到接下来他们将会有一整天的时间独处，沈陌就觉得雪白的天花板都变得比平时纯洁可人了好几倍。

等到8点的闹钟响起，沈陌这才晃晃悠悠爬起来洗漱。

很快，时针指向8点45分的位置，她已将自己打扮完毕。

浅灰色打底毛衫，与水蓝色冬装外套搭配在一起，很有些小女人的温柔味道；样式简单的纯黑色打底裤配上高筒皮靴，简约又不失格调；温暖细腻的红色围巾，不经意间为原本并不出彩的服饰搭配出一抹新鲜的亮色。

沈陌静静打量着穿衣镜子里的自己，觉得还算是满意。

9点钟不到，邵扬的电话就准时打了过来。

"睡醒了么？"

沈陌要很努力才能掩住那太过明显的雀跃："已经收拾好了。"而且已经迫不及待了。

"那就下来吧，我在你楼下。"他的声音里带着明显的笑意，似乎对她所表现出的积极十分满意。

挂了电话，沈陌又检查了一下存在手机里的电子团购券，确认没什么问题后，将手机钱包和钥匙统统扔进单肩包里，下楼赴约去也。

走出单元门，看到邵扬的一瞬间，沈陌的脚步蓦地就缓下来了。

邵扬穿着一身休闲装，剪裁精良的毛呢风衣将他本就高挑的身材衬托得愈加挺拔有致，浅咖色宽格子围巾稍稍遮住他的下巴，更显得脸庞俊俏迷人。

沈陌虽然很不想承认，但她确实在看到他的一瞬间，很没出息地看呆了……

邵扬见她在几米开外的地方停住不走了，不由得有些生气地催促道："发什么呆？还不快过来。"

"啊？哦……"沈陌恍然回过神来，赶忙小跑几步到他身边。

"没有门禁卡，我的车开不进你们小区，我就停在小区门外了。"

她微微仰头望着他的侧颜，只轻声应道："哦。"

邵扬听她语气不对，转头与她对视，浅浅地皱着眉头问道："你这是什么反应，蔫蔫的，是还没睡饱么？"

沈陌摇摇头，视线依旧落在他泛红的鼻尖和耳朵上。

"师父，你是不是等了很久？"她的声音低低的，仔细听，可以觉察到藏得很深的心疼。

邵扬没有放过她的小动作，看到她轻轻咬嘴唇，看到她的紧张和疼惜。

他莞尔道："是啊，等这一天等了好几年了。"

这一句话里，包含了多少的深意，想必只有他自己懂得。

沈陌有些动容地念他的名字："邵扬……"

这是她第一次跳过"师父"二字而直接叫他的名字，仿佛在用这样细微的方式，开启属于他和她的崭新纪元。

他勉强压抑着心头的狂喜，故作从容地说："好了，这外面天寒地冻的，就别磨磨蹭蹭了，有什么话等回到车里暖和了再说。"

第十六章

悠 然 时 光

其实沈陌有很多话想对邵扬说，可是当他们之间真的有了大把大把的时间独处，她却又觉得不知从何说起。

邵扬一边开车一边问她："你刚刚在楼下的时候想说什么来着？"

"我……"沈陌支支吾吾不晓得如何作答。

几番犹豫之后，她到底还是选择把迂回细腻的心思悉数转化成脸上的笑容。那笑容里透着一股傻气，也难掩一份单纯。

邵扬好笑地瞧她一眼，又问："你对着车窗傻笑什么？"

"啊？没、没笑什么，就看风景呢。"她才不会承认自己又在对着车窗里他的倒影发呆。

沈陌回头故作严肃地叮嘱他："师父，你开车专心一点，不要总惦记着聊天。"

邵扬挑着眉毛，一脸炫酷拽的表情反问道："我开车就这个风格，怎么，看不惯啊？"

她义正词严地回答说:"这不是看得惯看不惯的问题,这是对人身安全隐患防患于未然!"

"You Can You Up(你有本事你上)?没本事就别挑三拣四的。"

一句话,瞬间解决沈陌所有烦恼。

她尴尬地轻咳两声,低声道:"咳咳,我没驾照,我……乖乖闭嘴就是了。"

邵扬抿着嘴角笑了笑,随便找了个无足轻重的话题和她闲聊起来。

他这次没有飙车,开得顺遂又平稳,只偶尔在转弯或者红绿灯的地方稍稍摇晃几下。

沈陌坐在副驾驶的位置上有一搭没一搭地和他闲聊,聊着聊着就泛起了迷糊。

她似乎做了一个有点诡异但其实很甜的梦。

梦的场景是在三国时期,邵扬是曹操手下的得力干将,而她则是孙权吴国的重要女臣。梦的伊始,邵扬主动来她家提亲,说是希望可以用联姻的方式,打破三国鼎立的僵局。而梦的结尾,不知怎么她就突然和邵扬相拥着出现在公司楼下的麻辣烫小店里,而且还是去吃烤串……

邵扬坐在餐桌对面,一本正经地说:"醒一醒,我们到了。"

"唔?"沈陌半睡半醒,有些不明所以,但还是没忘记借此机会和他抢食,"让我醒也行,但是有个条件——这盘烤大茄就都归我了……"

"你怎么做梦也不忘了吃?!"邵扬一边吐槽,一边还忍不住伸手捏了捏自家徒弟的脸蛋。

沈陌本来没醒,这下彻底被他捏醒了。

她睡眼迷蒙地望着他,结结巴巴地问:"你、你捏我做什么?"

他松开她睡得红扑扑的脸蛋,似笑非笑地揶揄了一句:"不捏你,那盘烤大茄我不是就一口也吃不到了么?"

沈陌这才意识到自己刚才不仅仅是在和他聊天的时候不给面子地睡着了,而且还很没品相地说了梦话,尤其是,梦话还都是关于吃的!

发生了这种丢人丢到远古时代的事儿,她自己也窘得不行,恨不能找个地缝逃走。

邵扬憋了半天,好不容易才忍住没笑出声,也没继续嘲笑她。

沈陌觉得他今天实在太过温柔,温柔得简直有点不符合他以往的犀利风格。

更令她觉得受宠若惊的是,一向倨傲的邵扬这次居然还很体贴地帮她把围巾围得规规整整,耐着性子叮嘱她道:"你刚睡醒稍微缓一下我们再出去,外面应该挺冷的,可别冻感冒了。"

虽然邵扬后来又加了一句"不然该没人由着我支使了",但这依然不会影响他在沈陌心里的伟岸地位。

她心念微动,想对他说句感谢的话,却又觉得生分,到底还是作罢。

待到沈陌完全清醒时,邵扬刚好已经把车停在了温泉会所的中央停车场。

他们一前一后下车,谈笑风生地往温泉馆走去。

温泉馆的接待生用格外热情的笑容迎接了他们,沈陌笑着跟邵扬打趣:"肯定是因为师父你长了一张都市精英脸,连接待生都能一眼看出来你是个懂消费而且也消费得起的人。"

邵扬话里有话地说:"是,跟着年轻小姑娘蹭团购券这种事情,我最在行了。"

她略有狐疑地瞥他一眼,差点儿顺口就问了一句:"难道你这样勾搭小姑娘已经不是一次两次了?"

当然，她好歹是个礼让尊长的好徒弟，这话在嘴边转了一圈，又生生憋了回去。

前台的姑娘验过了团购券，分别递给邵扬和沈陌一张门票，并将入口和几个主要温泉区域一一指给他们看。

直到这时，沈陌才后知后觉地发现了一个问题。

"那个，我好像忘了……"她赧然地抬头看了邵扬一眼，小声说道，"呃，忘了带泳衣。"

"带泳衣做什么？"他愣了一秒，随即才反应过来，"哦，你这个不省心的孩子。那现在怎么办？"

沈陌摇摇头，一脸的茫然神色。

邵扬见指望不上她，索性叫她在一旁乖乖待着，等他来想办法。

咨询过前台小姐，确认这里不像很多游泳馆一样在售票处顺带着出售廉价泳衣，邵扬毅然决然地拖着沈陌离开了温泉馆。

沈陌小跑着跟在他身后，心有不甘地问："就这么走了？"

他回眸反问："要不然呢？你是打算穿着风衣下水还是直接脱……"得一丝不挂？

"……咳咳，"她秒懂了他没说完的后半句，一时羞红了脸，假模假样轻咳两声，而后低低地说，"那走吧。"

邵扬开车载她往市区行去，却不是送她回家。

车在离温泉馆不远的商场门外停下。

沈陌不解地看向邵扬，犹疑地问："不泡温泉，改成陪我逛街了？"

"你想太多了。"邵扬从容地安排道，"附近就这么一家商场，就先带你来这边买件泳衣，等会儿顺便在周围找个地方吃午饭，下午再去温泉馆。"

她下意识地想问他为什么不直接带她回家去拿，然而某些微妙的念头从心间一闪而过，她便就此作罢，没有刨根究底。

　　其实以前公司组织去海边的时候，沈陌也不是没在邵扬面前穿过泳衣。可是这一次，她却感觉和之前完全不一样了。

　　她第一次觉得紧张，担心他会打量她的身材，又担心他会忽略她玲珑的存在。

　　她几乎是一换好泳衣就立刻蹦进温泉里，以此遮掩心中那份甜蜜的慌张。

　　温暖的泉水在四周静静环绕，将周围的一切都氤氲成惬意的模样。

　　她需要很刻意地转移视线，才不至于放任目光一直停留在邵扬赤裸的身上。

　　而另一边，邵扬却完全不见半点窘迫模样。

　　他很享受地微微闭上眼睛，只偶尔转过头来瞧她一眼，笑问一句："你都盯着我看了这么长时间了，还没看够么？"

　　沈陌下意识地狡辩："我、我才不是在看你！"

　　"哦？"他挑眉与她打趣，"那你在做什么，思考人生？"

　　她顺水推舟地点点头："没错，就是思考人生，另外还在思考一个困扰我很久的严峻问题。"

　　"什么问题？"

　　沈陌认真凝望着邵扬的眼睛，半晌没言语。

　　她其实在认真地考虑，要不要借此良机给自家师父表个白。

　　只可惜犹豫良久，她到底还是避重就轻地说："唔，我是在思考——温泉的气息能不能作为一种独特的元素，引用到香型配置里。"

邵扬听完她的想法，不由得"扑哧"一声笑了出来。

不过作为一名专业调香师，邵扬觉得自己还是有必要对徒弟进行恰当的引导，即便是在泡温泉的时候。

"如果你是指'水的气息'，那么早在几年前我给你讲香型分类的时候就已经说过，以'水'为基调的香型，就叫作'水生调'。"他一本正经地说，"水生调的香水几乎要烂大街了，早就不是什么独特的元素了。"

一聊起香水设计的事儿，沈陌整个人就像打了鸡血似的，一改方才的懒散状态，兴冲冲地支起身子和邵扬理论起来。

"我怎么会不知道水生调？可我说的不是这个啊！我指的是温泉那种带着淡淡药香的感觉。"

"不知道你有没有听说过一款比较小众的香水，名叫'没药微焰'，它就是带有药香的。"邵扬一本正经地分析着，"水生调讲究清新淡雅，而药香一般与质地温厚的木质香调搭配。"

沈陌眼巴巴地望着他，问道："我想尝试一下药香和水生调的搭配，师父，你说这样创新一下会不会很惊艳？"

"难说，有可能是惊艳，但也有可能是惊吓。"他弯着眉眼对她笑了笑，温声鼓励道，"不过总的来说，我觉得还是值得一试的。"

"真的？那太好了！那我下个礼拜就试试看。"沈陌一想到自己的想法得到了师父的初步认可，忽然就抑制不住地兴奋起来，不管不顾地扑过去抱了抱邵扬。

然后……她就觉出来不对劲儿了。

正常这种满怀感激的拥抱不是应该比较矜持地搂一下肩膀就好了吗？怎么她一双藕臂环住的竟然是……他的腰？！

而且，他居然一瞬不瞬地盯着她看，脸上一副理所应当的表情，显然没有要推开她的意思。

"咳咳，那个……"她尴尬地松开他，红着脸蛋低声说，"我刚刚有点儿太激动了，师父你别介意啊。"

"嗯，不是很介意。"邵扬抿着嘴角，分明是在极力地憋着笑。

微妙的沉默在他们之间蔓延开来，在温泉的惬意中，邵扬莫名有些眩晕。

他慵懒地倚在池边，专注地凝视着身旁的小女人。

晶莹剔透的水珠温顺地沿着她颈项的肌理滑落到如雪般白皙的肩头，这样唯美的画面落入邵扬眼中，免不了令他心头颤动。

许是水汽将心绪晕染得太过温柔，在意识到自己在做什么之前，邵扬已经抬手轻轻抚上了沈陌细嫩的脸庞，而那句徘徊在心底很久很久的"我喜欢你"，也差点儿就要不顾一切地脱口而出。

沈陌回眸望着他，有些诧异地轻唤他的名字："……邵扬?"

他深呼吸几次，强迫自己冷静下来，末了，只是淡淡地说道："没什么，温泉不能泡太久，再过一会儿我们就走吧，要不然心脏的负担太重。"

沈陌点点头，在他站起身时，也乖顺地跟着往更衣区走去。

当傍晚悄然降临，沈陌坐邵扬的车回市区，一路困倦不堪，连连对着车窗玻璃表演传说中的"小鸡啄米图"。

她隐约记得自己一直望着车窗发呆，窗子里倒映的是邵扬的身影。很奇怪的是，他一会儿穿得很齐整，一会儿又露出精壮结实的肩背……

这种恍惚的状态一直持续到邵扬将她摇醒。

"醒醒，我们去吃饭了。"

"唔?"她迷蒙地看着他，含混不清地嘀咕着，"原来是做梦啊，我就说你怎么没穿衣服呢……"

万万没想到，她的呓语被邵扬听了个一清二楚。

结果就是，等她稍微清醒了一点，就听到邵扬似笑非笑地揶揄了一句："我不穿衣服的样子，您还满意么？"

沈陌不禁扶额："……"干脆来个人，给她个痛快，直接拧死她算了！

第十七章
告 别 初 恋

　　沈陌原本以为，经过上个周末的单独相处，她和邵扬之间会多出一些心照不宣的小甜蜜。

　　可谁曾想到，次日一大早，沈陌刚到办公室，邵扬就毫不留情地给她分配了好几个任务，而且每一个都是相当难啃的骨头。

　　整整一个上午，她都还没来得及处理其中的某一个具体事宜，单是整理待办事项列表，就足以令她焦头烂额。

　　就在沈陌忙得废寝忘食之际，办公桌上的手机突然响了起来。

　　她瞥一眼来电显示，见是陌生号码便没有急着接听，谁知这通来电比她想象中的更执着，以至于 3 分钟后，邵扬从旁边的格子间探了个脑袋过来，催促她道："赶紧接电话，别扰民。"

　　沈陌赶紧赔了个笑，按下了手机的接通键。

　　"您好，我是 Stellar 沈陌，请问有什么……"事吗？

　　不等她说完，听筒里就传来了男人的声音："沈陌，是我。"

是叶远声，那个完好保留在她遥远的青春记忆里，最为熟悉的陌生人。

"你、你怎么是这个号码？"沈陌有点讶异地问，"你不是在瑞士吗？"

"我申请调回国了。"

叶远声回国了。

沈陌静静地握着电话，心里反复徘徊着这个消息，忽然就有点词穷。

沉默良久，她才轻声问道："你打电话给我，是有什么事吗？"

"你今天晚上有时间吗？一起吃顿饭吧，到时候见面说。"

"今天晚上啊……"沈陌下意识地往邵扬那边看了一眼，想起来邵扬说他今天要加班到很晚，便想留在公司陪陪他。

她委婉地拒绝了叶远声的主动邀约："抱歉，今天我可能要加班到很晚，要不改天吧？或者电话里能说清楚就最好了。"

叶远声明白，沈陌如果说"改天"，也就意味着改不出具体的哪一天了。

所以他沉吟片刻，直截了当地说："我现在就在 Stellar 楼下，你能下来一趟吗？"

"啊？你都到我公司了?! 那、那你等一下，我忙完手里的事情就下去。"

沈陌由于一时紧张，没控制住音量，引来了邵扬的侧目。

她只好匆匆挂了电话，对邵扬坦言："师父，有人在楼下等着我，我得下去一趟，估计不用半个小时就回来了。"

邵扬和沈陌对视了几秒钟。他将她眼底一瞬而过的闪躲都瞧在了眼里，心里也就清楚了八九分。

"去吧，最多半个小时，别耽误工作。"

沈陌频频点头，披上外套往电梯间走去。邵扬坐在工位上，微微仰头看着她走远的背影，心中很是有些无奈。

　　自从上次在半财年会上和沈陌和好，邵扬就觉得自己心中的占有欲一天比一天膨胀。

　　他想拥有她，只是因为某些不为人道的原因，他暂时还没想到一个合适的、可以保证她不受伤害的办法。

　　好在他也能从她的眼神里看到与他对等的渴望和珍视，所以他自信地以为，他们两个人注定是要在一起的，只是时间早晚的问题。

　　在这种尚未明晰的暧昧阶段，对于"前男友"这种恼人的东西，他能做到不横加干预，就已经是对沈陌最大的纵容了。

　　但他做不到完全不去关注，所以就在沈陌乘电梯下楼之后，他也跟着往楼下走去。

　　沈陌走出 Stellar 大厦时，一眼就看到了站在马路对面的叶远声。

　　他身边左右各放一个超大的行李箱，看样子是刚回国就直接过来了。而他遥遥地对她微笑，脸上有着掩不住的倦容，也恰好说明了这一点。

　　沈陌快步穿过马路，在叶远声的跟前站定。

　　她抬头望着叶远声，心里却不期然闪过这样一个念头——叶远声比邵扬稍矮一些，如今的她，需要刻意将目光调低一些，才能刚好对上叶远声的视线。

　　沈陌这才明白，原来时过境迁之后，原以为刻到骨子里的与他有关的讯息，都会变得有些陌生。

　　直到叶远声叫她的名字，沈陌才从自己的思绪中回过神来，惴惴问道："怎么一回国就来找我了，是有什么急事吗？"

他定定地看着她的眼睛，不答反问："沈陌，你还愿意重新和我在一起吗？"

若不是太清楚叶远声露出这样的神色意味着百分百的认真，沈陌真的要以为他说这话只不过是逗她而已。

她下意识地想要反问叶远声——你不是已经订婚了吗？

可是话未出口，她又觉得不妥。

假如他说他真的愿意为了她而毁掉与别人的婚约呢？那岂不是越闹越没法收场了……

这个念头闪过的一瞬间，沈陌果断地改了口："对不起，远声，我想我们之间的感情都已经成为过去时了。"

就在沈陌说这话的同时，一阵冷风呼啸着吹过，将她额前的刘海吹得有些散乱。

叶远声下意识地伸手想要替她理一理被风拂乱的发丝，然而，他听懂了她话里的决绝，也正因为如此，伸出的手就那么僵在了半空中。

"沈陌，我对你……"

沈陌别开视线不再看他，她不愿意看到他的神色里除了失落还额外藏着一份渴望。

她不愿意告诉自己——即便是在如此徒劳的时刻，叶远声还在努力想挽回什么。

寒风经过耳畔，像是阵阵耳语，劝她冷静，劝她看清岔路的彼端陈列着什么，然后选择其中一条路，坚定决然地走下去。

沈陌忽然想起大学时读过的爱情小说，既有阴差阳错的分手，也有《何以笙箫默》所讲述的漫长守望。书中故事总是美好的，哪怕时隔 7 年再度重逢，爱情依然不曾走远，两人依然能跌跌撞撞找回最初的甜蜜。

可现实毕竟比小说严苛太多，叶远声不是何以琛，而她亦不是故事里那个好运的赵默笙。

收回跑远的思绪，沈陌笃定地与叶远声对视，字字清晰地说着狠心的话语："过了这么多年，我早已不是原来的我，你也不是曾经的你。我们之间不会再有以后了，远声，你既然已经找到了合适的人，就好好经营你们的生活吧。"

沈陌说完便要转身离开，可是下一秒，她的手腕却已被叶远声紧紧扣在了掌心里。

"算我求你，先听我把话说完！"他极少有这么固执的时候，然而一旦固执起来，却是九头牛也拉不回来的，"我对你已经不单单是当年懵懂的喜欢，正是因为过了这么多年，我才更加确定我忘不掉你，哪怕你变了，我也愿意重新了解如今的你，然后更深刻地爱上你。"

对于如此动听的情话，就连一个陌生的路人听了怕是也会被感动吧，可沈陌却不觉得。

她紧紧抿着嘴唇，缄口不言，并非不愿开口，实在是无话可说。

叶远声见她没有甩手走人，心里免不了又生出几分期待："沈陌，你还愿意给我个机会重新爱上你吗？"

这次，问题直接扔到了沈陌的面前，她便不能装聋作哑了。

"远声，不管从前如何，如今的我们……"她轻轻咬了咬嘴唇，狠心说道，"我们已经不合适了。"

"已经？"叶远声依旧没有放开她，"那就说明至少曾经是合适的，那为什么现在连试都不愿意试呢？沈陌，我这样从瑞士调职回国找你，还不足以让你相信我的心意吗？"

"我相信，可我拒绝。"她终于还是讲出了最苛刻的说辞，"对不起，你已经不再是我所渴望的人。"

如果他非要死得明白，那么，沈陌不介意给他一个理由——她不认为如今的叶远声，依然能够明白她的内心世界。

在分手之后的这几年里，她的内心世界和香水设计已经融为了不可分割的整体，在这个小世界里，有邵扬的身影贯穿始终，当然也有关于叶远声的梦，但那毕竟只是梦而已。

或者说得再确切一些，如今站在她面前的叶远声究竟是喜是悲，早已不在沈陌的考虑范围内。

初恋已成为青春记忆里抹不去的符号，而符号就算再美，也注定是无法续写成余生的……

她鼓足了勇气与回忆说再见，也鼓足了勇气抬起头与近在咫尺的初恋男友对视。

不过这一次，叶远声没有再追问，而是缓缓、缓缓地放开了手。

他微微地低下头，视线落在地面上虚无的一点。

沈陌因此看不清他脸上的神情，只听到他低声说："我明白了，我不会再来打扰你。"

她站在原地，目送叶远声拖着笨重的行李逐渐走远，忍不住百感交集。

失落吗？一点点。

遗憾吗？也会有。

后悔吗？却完全不后悔，不管是从前爱上他，还是如今拒绝他，她都不后悔。

叶远声的背影渐渐从沈陌的视野中消失，她这才轻不可闻地叹息一声，转身往回走。

刚回过身，她就看到了站在她身后的邵扬。

"师父，你怎么在这？"

"我怕你被人拐走了，所以下来看看。毕竟是上班时间，万一出了什么娄子，最后还得我给你兜着。"

沈陌知道他向来嘴硬心软，于是微笑着说道："还是师父父对我好，就知道你担心我。"

"少来什么'师父父'，恶意卖萌在我这里一点儿用都没有。"邵扬话虽说得不客气，然而他的眉角眼梢却有着藏不住的笑意。

沈陌凑近他的脸，狐疑地瞧了几秒钟，然后抬手摸摸自己的下巴，就像名侦探柯南一样仔细推理道："鉴于你鼻尖已经冻红了，所以可知，你下楼已经有一段时间了。再加上我一直站在距离楼门很近的位置，所以你一旦有事出门一定瞒不过我，那么，我有理由认为，你刚才一定是站在这里偷听我和叶远声讲话了！"

邵扬挑眉反问："所以呢？"

沈陌得意扬扬道："所以你脸上才会出现这种可疑的笑意啊！"

他静静盯了她两秒钟，然后毫不客气地戳穿了她的逻辑漏洞："你难道不是先有了最后这个结论，才开始推理的吗？"

沈陌："……"所以说啊，碰到邵扬这种情商爆表的人精儿，胡闹都变成了麻烦事儿……

邵扬抿唇笑起来，甩开长腿往楼里走去，走了两步又回过头来，对愣在原地的沈陌说道："杵在这儿装什么木头桩子？还不快跟我回去干活！"

沈陌莞尔一笑，三步并作两步，匆匆追上了邵扬的脚步。

狭窄的电梯间里，沈陌乖顺地站在邵扬身旁，却管不住自己的目光。

她一会儿看看不断变化的楼层数字，一会儿扭头偷瞄邵扬英俊的侧脸，心里的念头就像目光一样不肯安分。

等他们一前一后回到各自的工位，邵扬终于善解人意地问了一句："你是不是有什么话要跟我说？"

沈陌忙不迭地点头，将思量半晌的想法娓娓道来……

第十八章

首 次 调 香

邵扬耐着性子听沈陌讲了好一会儿，终于听明白她的用意。

"想借我实验室就直说，有这个兜圈子的工夫你都能试出来好几种香型了。"

沈陌仔细观察他的神色，还好，没有发现不悦的迹象。

她试探道："所以师父你这就算是答应了，对吧？"

邵扬点点头，又问："你打算用多久？"

"这个……还真不好说。"沈陌不是故意要霸占他的调香实验室，只是她真不确定以自己这半桶水的水准，要用多久才能配出一款令她自己比较满意的香水。

不过邵扬也没为难她，只说了句"你自己把握吧，别耽误其他工作就好"，而后便从抽屉里翻出钥匙，带沈陌往大厦更高层的实验区走去。

作为 Stellar 的首席调香师，邵扬绝对衬得起走廊尽头那间最为敞阔的实验室。

这不是沈陌第一次走进这间屋子，然而以前她只是作为见习生，在一旁给邵扬打打杂，而这次却是她第一次以"调香师"的身份来到这里。

在接下来的一段日子里，实验桌上整齐铺陈的各种香料试剂，便都归她所有。

进入 Stellar 3 年之后的今天，她终于在这个房间里找到了难得的归属感。

邵扬把钥匙放在实验桌的一角，再回头去看沈陌，发现她仍然站在门口，一双剪水明眸里闪烁着雀跃的光芒。

有那么一瞬间，他仿佛从她的眼眸中看到了自己心中最深的执着。

如果生命是一支舞曲，那么，每一种香氛元素都是邵扬生命里最华美的音符。在漫长的生命旅途中，他恣意挥洒着怎么也用不完的才情，将那些细碎而散乱的香料融合拼接，最终勾勒出一个又一个绚烂的篇章。

如今，他的眼前站着这样一个人——她是他唯一的徒弟，她的眼底藏着追逐的力量，她就是曾经的他。

"你愣在那儿做什么？"邵扬率先回过神来，开口叫她，"过来这边，我先大概给你说一下你可能用到的东西都放在什么位置。"

沈陌扬起嘴角对他展露明媚的笑容，兴冲冲地走到他身边，略有自信地说："师父，我好歹给你当了 3 年的小跟班，这里的摆设我都已经很熟悉了。"

"是吗？那你指给我看，咖啡豆放在哪里？"

沈陌低头瞄了一眼实验桌子上特别显眼的小罐子，说道："喏，不就在你手边嘛！"

"这批咖啡豆已经放得有些久了，需要新换一批。"邵扬不动声色地给她出难题，"既然你熟悉，那就你来换。"

"哎?"沈陌愣了一下,她还真没换过咖啡豆,"那个,咖啡豆存在什么地方了?"

邵扬似笑非笑地睨她一眼,仿佛在用眼神嘲笑她的愚蠢:"你不是什么都知道吗,还用得着问我?"

眼看着邵扬抬脚就要走,沈陌也顾不上什么尴尬不尴尬了,伸手就抓住了他的袖口,死皮赖脸不让他走。

"师父你先别走!帮人帮到底嘛……"

她睁着一双无辜的大眼睛,巴巴地望着他,怎么看怎么像是无害的兔子。

邵扬这才停住脚步,回头对她说道:"好了,松手吧,我也没打算真走。"

沈陌嘿嘿一笑,顺口就奉承了一句:"我就知道师父是嘴硬心软的代言人。"

当然,这话听在邵扬耳朵里,其实也算不上什么夸奖……

他瞧她一眼,还是忍住了上班时间揶揄她的冲动,摇摇头没再说什么废话。

邵扬领着沈陌一点一点了解实验室的摆设,事无巨细地交代了一番,然后便将自己守护多年的地盘全然交托到自家徒弟的手中。

离开之前,他好言叮嘱她:"沈陌,你以后也要记住我今天跟你说的话——永远把自己当成新人,永远对香水设计这件事情保留一颗敬畏的心。懂么?"

沈陌很郑重地点点头,凝视着他的眼睛,很认真地向他保证:"我明白,师父,我一直都会好好努力的,以前是,以后也是。"

"那就乖。"邵扬说着,抬手抚了抚她细软的发丝。

窗外明媚的阳光悄无声息地停驻在沈陌的发梢上，一点点融进了邵扬的掌心了。

糟糕的是，当她有些紧张地红了脸颊，他才忽然意识到这样的动作有多亲昵；而更糟的是，邵扬没办法否认——当他下意识地轻抚她的头发时，沈陌在他心里的位置已然不是"自家徒弟"那么简单。

她是娇俏可人的姑娘，有着最清丽的眉眼，以及最好的年华。

她已经不声不响地闯入他的心房，从此再不可能轻易离开。

像是被这样的念头灼痛了指尖，邵扬蓦地收回手，抿紧了嘴唇，一言不发地走了。他不是怯于面对感情，只是一切都还没到水落石出的时机。

沈陌呆呆地望着邵扬离开的身影，一时竟有些搞不清楚状况。

怔愣片刻后，她揉了揉自己的头发，劝说自己暂且将那些甜到微酸的念头统统压抑下去，将实验室的大门关好，而后回到实验台边，钻研起眼前那些陌生而又熟悉的瓶瓶罐罐。

沈陌常常觉得，时间的流速并不是一个恒定不变的量值。

当她潜心研究香水配方时，光阴便如同离弦的箭，以难以掌握的速度，迅疾地流淌而逝。

一晃眼的工夫，她已经连续在邵扬的专属实验室里宅了一个礼拜。

披星而来，戴月而归，中午困了可以在皮质沙发上小憩，饿了就叫外卖，水喝多了实在憋的想上厕所，只需要出门左拐走个十几步，就能找到离她最近的卫生间。

因此，在过去这说长不长说短不短的 7 天里，沈陌除了回出租房睡觉以外，几乎没怎么离开这间屋子。

努力总不至于白费，当邵扬终于从百忙之中抽出那么一点时间来查看她的进度时，沈陌居然真的可以骄傲地向他展示这些日子辛苦奋战的成果。

"师父，你随便坐吧。"她像模像样地招呼他，仿佛这里本来就是她沈陌的地盘，而邵扬才是访客。

邵扬有些好笑地看着她忙前忙后端茶倒水，忍不住调侃道："看你这架势，是打算鸠占鹊巢?"

她一边将刚冲好的咖啡递到邵扬手里，一边也笑起来："师父，您这么说可就误会大了啊，我这么一只蠢翻天的'鸠'，哪有那个豹子胆?"

邵扬接过咖啡抿一小口，眉眼之间暗藏喜色，不动声色地将话题扯回到正经事儿上。

"怎么样，在这儿闷了好一阵子了，有捣鼓出什么拿得出手的设计方案么? 拿来给为师过目一下。"

"有! 而且有两套我都觉得还不错，最近这一两天基本也就是徘徊在这两种设计方案之间，刚好师父你来帮我把把关。"

她说得煞有介事，可邵扬却免不了皱起了眉头，语气尖锐地反问道："一礼拜，两种，都还不错? 沈陌，你不觉得你有点儿太不挑剔了么?"

被他这么一说，沈陌突然就有点没底气了。

她是知道的，哪怕是邵扬这样出色的香水天才，想设计出一款令他满意的香水，也要至少大半个月的时间。不过很快，她又引用邵扬的名言，默默地给自己加油打气——她永远都把自己当新人，新人本来鉴赏能力就没有邵扬那么棒……

沈陌从杂乱的案头找到那两份她相对满意的设计方案，厚着脸皮递到了邵扬面前。一同呈上的，还有两只小巧而玲珑的试管。

邵扬仔细地审视着她呈递上来的方案，并且凝神感受着手中那两款"成品"所散发出的淡雅芬芳。

等了一会儿，见他还是没有给出什么评价，沈陌耐不住性子了，巴巴地蹲在他跟前，眼中的期待简直和出门玩要前的大狗狗别无二致。

"怎么样，师父你觉得哪一个更好？"

邵扬把试管还给她，半晌没说话，只是与她静静对视着。

沈陌隐约从他的眼神里读出了"不妙"的味道，她几乎以为，再过个一时片刻，邵扬就会发挥他的毒舌精神，用"两个都不怎么样"这种尖锐的言语对她进行一系列的连环打击……

可这一次，邵扬的反应却很出乎她的意料。

"首先，如果要在这二者之间选其一，结论是很明显的。"他抬手指了指沈陌拿在左手上的试管，"绝对是这一款略胜一筹，另外那个可以直接废掉了。"

沈陌乖乖点头，起身把另外那个被淘汰的试验品放回到实验桌上，又折回到他身边，蹲好，继续聆听师父的教诲。

她抬头仰视邵扬，而他略微低着头，从容的视线不着痕迹地从她脸上扫过，转而落在写满了设计方案的纸面上。

"针对你手里剩下的这一款，我有这么几个建议——第一，药香和水生调互相结合是个不错的创意，这一点值得保留；第二，你可以考虑换一种药香，白茯苓的气味太冲，用在这里不合适，你可以考虑苍术或者川芎；第三，水莲的气息很清新，你这里调配的比例略低，可以适当考虑增大水生植物的存在感，水薄荷也是一种不错的选择；第四……"

都说男人认真工作的时候最迷人，果然不假。

邵扬这边条分缕析，讲得头头是道，结果沈陌完全陷入了痴迷模式，只顾着用心感受这个男人的迷人，根本没听懂他在说什么……

"都记下了么？"

沈陌脑回路还游离在远方，于是随口应付道："嗯嗯嗯，我都记下了！"

"那你重复一遍我听听。"

"……啊？"沈陌欲哭无泪，支支吾吾了半晌也讲不出个所以然。

邵扬撇撇嘴角，怒其不争的神情简直溢于言表。

沈陌在他旁边正襟危坐，特别虔诚地说："师父，您大人有大量，就别计较我刚才对您的痴迷了！"顿了顿，又道："求再说一遍……"

每当她这样厚着脸皮拍马屁装乖巧，他总是拿她一点办法都没有。

邵扬低低地叹息一声，也只好耐着性子把刚才的条条框框再重新讲一遍。

"这回还有什么问题么？"

"没有了，我都记下来了，这两天再改改。"

沈陌虽然是个调皮的丫头，但至少在钻研香水设计这方面，她很自觉也很努力，可以说一点都不用邵扬操心。因此，邵扬只是点点头，没再叮嘱她什么。

"哦对了，师父，你说我再改出来几个版本，多听听你的意见对它加以完善，会不会有希望拿到市场部去参加下个季度的评估啊？"

问这话时，沈陌心里总有点忐忑。这毕竟是她第一次自己尝试独立调香，她有足够的热情，却没有足够的自信。

邵扬转头看着她的侧脸，波澜不惊地说："怎么会没有希望？"

"真的吗?!"她倏地抬头对上他的视线，激动得险些乱了分寸。

他轻声笑了，故意用轻松的语气说道："沈陌，你好歹是我手把手教出来的入室弟子。你信不过你自己我可以理解，但是，你难道连我也信不过吗?"

第十九章

比 肩 前 行

沈陌明媚一笑，发自内心地跟他贫嘴："我就算是把天底下的人都怀疑个遍，也轮不到师父你的头上啊！"

"你就嘴甜。"邵扬半开玩笑半认真地睨了她一眼，而后又煞有介事地说，"对了，说正经事。"

"嗯？还有什么事？"沈陌傻傻地反问，心思却没放在上边。

此刻，她满心惦记着怎么把自己设计出来的香水投放到市场上，被数不清的人们捧在手心里。只要一想到这个，她整个人就会瞬间陷入某种因激动而产生的眩晕中。

不过，邵扬要跟她说的，恰恰就是和这件事相关。

"你刚才说，想把这套方案拿给市场部评估。"

沈陌不解地看着邵扬，略微点了点头，心里却满是忐忑，生怕下一秒会有什么打击人的句子从他嘴巴里蹦出来。

她其实是个很有才华也很有想法的人，本不该自卑，然而换了谁在邵扬如此光芒四溢的羽翼下一躲3年，恐怕都会躲得自信全无。

"瞧你紧张的样子，我又不是要否定你的作品。"邵扬有些无奈地摇摇头，心里暗暗发誓，以后一定要找机会多给沈陌一些肯定，不过表面上依然不动声色，公事公办地说，"我是想问你，晓得申请市场投放的具体流程么？"

听他这样问，沈陌才觉得一颗悬在半空中的心又重新落回了原处。

她暗吁一口气，随即摇摇头，诚实地说："具体流程我不是太清楚，之前几乎没有接触过这方面的事情。"

"我等会儿转一封邮件给你，邮件里有详细的步骤，你仔细读一下，按照要求去准备材料，有不懂的再问我。"

沈陌频频点头，想说声"谢谢"，又觉得太生疏，于是到了嘴边的客套话就被临时篡改成："还是师父对我好。"

邵扬素来言出必行，并且办事情相当有效率。

他刚离开实验室没多一会儿，沈陌就收到了他的邮件。

沈陌抱着笔记本到沙发那边坐下，紧锁着眉头，仔仔细细地研究着市场部的标准申请表。

灵感来源，设计主题，香水类型，主打宣传方向，优势劣势分析，目标人群，针对目标人群的购买力初步分析……

一字不漏地看完所有必填事项，沈陌忍不住在心里默默吐槽——思想的实体化居然已经发展到如此繁复冗杂的地步了吗？那么，她可不可以申请一位全智能机器人帮她处理设计以外的琐事。又或者，干脆直接把她变成植物人，也算是一了百了。

当然，吐槽归吐槽，梦想既然存在，沈陌自然还是要拼尽全力去实现的。

之后的半个月，大概称得上是沈陌毕业以来所经历过的，最暗无天日的时期。

　　且不说上市申请流程有多麻烦，单说应付市场部那些专爱挑刺儿的人精，沈陌就已经一颗脑袋两个大。

　　她怎么也想不通，为什么那些搞市场分析的家伙总是想方设法地给她出难题?!

　　比如：目标人群不能只写年龄层，还应该包括比较详细的社会身份。

　　再比如：你这叫优势？我根本就看不出来它和扑街货有什么差别。

　　又或者：劣势写得这么文艺，你根本就没用心去思考吧？这样的劣势根本分析不出风险，没办法往后走风险评估的程序。

　　以及……

　　总而言之，诸如此类的苛刻命题一刻也没有停止出现过。

　　它们接二连三地涌现在沈陌原本单调而纯真的设计生涯里，几乎要将她本就不宽裕的脑容量全部占满。

　　时间飞逝，转眼就到了圣诞前后。

　　当整个北京城都被圣诞老人的喜乐气场感染，沈陌却仍旧劝自己看清楚前方的路，并且沿着既定的方向坚持走下去，不可以松懈。

　　平安夜那天的夜里 11 点多，整个 Stellar 大厦就只剩下邵扬的实验室还亮着灯。

　　灯光是孤单的，然而沈陌却不孤单，因为有邵扬的陪伴。

　　他们离开公司的时候，圣诞的钟声已经敲响。

　　夜色如泼墨般浓重而沉稳，夜空笼罩下的街角，播放着全世界都熟悉的圣诞歌。

　　所有人都在微笑，沈陌也不例外，甚至可以说，在整条街道上，再也找不出第二个人的笑容会比她的更明媚动人。

辛苦了那么久，如今，她倾尽全部心力设计出来的第一款香水，总算是跌跌撞撞地走完了全部的审批流程，并且正式定在新年之后上市发行。

昏天黑地的日子过去了，迎接她的，除了身边男人不离不弃的温暖，还有更加令人忐忑而憧憬的香水销量。

这个冬天，她收到的第一个圣诞祝福是邵扬给的。

他站在漫天的风雪里，温柔而笃定地对她说："相信我，你会越来越好的。沈陌，圣诞快乐！"

为了这句"你会越来越好的"，沈陌心中感慨万千，差点当街流下眼泪来。

她忍住鼻尖的酸楚，仰头望着他英俊的面庞，同样温柔地说："我愿意和你并肩前行，只要你信我。邵扬，圣诞快乐！"

他回望她，眉角眼梢尽是浅淡却化不开的笑意。

他抬手轻轻抚摸她的头发，柔声说了一句："傻丫头。"

虽然邵扬很少明着夸奖沈陌，然而不得不承认，她所设计的第一款香水确实令他眼前一亮。

香水取名叫作"初恋"，却巧妙地抓取了"初恋未满"的意象。

若是按常理来说，每当提及初恋，人们心中所涌起的第一个念头应该是——甜蜜。这种甜蜜恰似凝在蜂巢中的蜂蜜，虽然真实存在过，却无可触摸。

它是一种奇妙的感觉，也因此被很多调香师拿来涂抹添彩，最终演绎成他们心中独一无二的初恋味道。

然而沈陌的"初恋"却是苦涩的。淡淡的中药香，不猛烈，却沁入脾脏，令人无法忽视。这种苦涩的的确确就是初恋中不可或缺，却最不容忽视的一部分。

　　初恋极少圆满，只是时过境迁之后，少有人愿意像沈陌这样，再一次撕开昔日的伤口，将那种隐隐的疼痛感表达出来。

　　第一季度销售业绩出来的前一天，沈陌紧张地在办公室里走来走去，几乎每隔一刻钟就要抓着邵扬问一句："师父，你说'初恋'的成绩会不会太糟啊？"

　　他总是好言宽慰她："不会的，我觉得这款香水很独特。"

　　其实邵扬说这话，也不全是褒奖的意思。

　　在香水设计领域里，独树一帜并不是人见人爱的万能牌，而是一把飘忽不定的双刃剑。假如别致得还算符合大众口味，那么，便有机会一跃成为众人眼中明亮的存在；但若是特殊得有些过头，一旦不能被大部分人群接受，那么，这款香水便有很大几率要被束之高阁。

　　对于沈陌这款别具一格的另类"初恋"，其实邵扬也没有十成的把握。他只能说，除了沈陌自己以外，不会有人比他更盼望"初恋"受人追捧。

　　当罗茜手里捧着厚重的文件夹出现在香水设计部，沈陌只觉得自己心跳如鼓。在这一瞬间，那颗平时毫无存在感的心脏，简直像是要跳到嗓子外面来。

　　罗茜翻开文件夹，手中拿着的，便是整个 Stellar 第一季度的销售报告。

　　她用一种运筹帷幄的架势，将紧张的氛围调节得更加紧张了。

　　"上个季度销售业绩排在首位的，没有悬念，还是邵扬的'遗忘'。"

罗茜说着，向邵扬投以波澜不惊的目光，仿佛这是理所应当的事儿，不值得她将任何情绪掺入其中。

紧接着，她又宣布："排在末位的，是沈……"

沈陌惊得满手心都是冷汗！

"沈越桐，你设计'冬日微光'的时候脑子是被门夹了吗?! 看什么看，末位就是你的！"

听完这话，沈陌才松开了紧紧攥着的拳头，想擦擦额头上的冷汗，但还是没敢。

她想来想去，觉得自己还是应该努力降低存在感才对，天知道等会儿公布倒数第二的时候会不会就轮到菜鸟级别的她。

然而实际情况却大大出乎沈陌的意料。

罗茜几乎把设计部的人挨个点评了一番，而沈陌却被漏掉了，或者说，是被排在了最后的最后。

罗总监的目光落在沈陌脸上，不动声色地打量了她片刻。

也不知是不是沈陌的错觉，她竟从罗茜的眼神里看到了一晃而过的赞许。

赞许？沈陌很快又摇了摇头。

怎么会呢？罗茜的严苛可是出了名的啊……

就算是邵扬这样出色的人，好像也不曾得到过罗茜的一句嘉奖，何况是她这个初出茅庐的香水新鲜人。

"该说的话，我刚才差不多也都说完了。现在就剩下沈陌的'初恋'了。"罗茜扫视一圈，最后略带微笑地看向了沈陌，俨然是一副领导人风范。

大家都不说话，心中万般揣测，视线悄悄游移在罗茜和沈陌之间。

"不得不说，名师出高徒。"

罗茜此话一出，全场无人不惊！

虽然只是短短的9个字，可这却是最近3年来，罗茜第一次当众夸奖某个员工！这种待遇，其他人连想都不敢想。

有人不服，有人不甘，有人不屑，也有人不做他想。

百般心态在小小的设计部里云集一处，却在罗茜说完下一句话之后，全部统一成两个字——敬佩！

"沈陌设计的第一款香水，'初恋'，几乎要追上邵扬的'遗忘'。它在上个季度 Stellar 旗下所有香水的销售位居第二。"

一个初露头角的职场新人，一个毫无人气基础的不知名调香师，竟可以凭借一款有些别扭的奇葩香水直追业界神话邵扬?！

这究竟意味着什么，相比每个人心里都再清楚不过。

沈陌初次听到这个消息，还以为是自己笨，没有听出罗总监话里暗藏的嘲讽之意。直到她转头对上邵扬的目光，看到他眼中的欣喜，才突然意识到——这居然是真的?！她的"初恋"被很多很多人喜欢，这居然是真的！

她还没有从这样的高级惊喜中缓过神来，就听到邵扬对大家说："庆祝我徒弟顺利出师，明天晚上聚餐吧，我请客。"

他话音落下，全场静默3秒，然后瞬间炸开了锅。

路人甲："天啊啊啊！我有没有听错?！"

路人乙："首席万岁!!!"

路人丙："开天辟地头一遭啊，邵扬你居然要请客!"

……

沈陌一直没敢吱声，直到严肃的罗总监默默退出了这个嘈杂的办公区，她才默默蹭到邵扬身旁，将信将疑地问："师父，你以前真的从来没请过客？"

"嗯。"他似笑非笑地瞧她一眼，反问道，"至于这么惊讶么？"

"真看不出来，身为首席调香师的你居然这么样的……"抠门！

她识趣地把最后两个字憋了回去，取而代之的，是从未有过的自信笑容。

如果时光可以定格在一个点上，那么，沈陌希望就定格在此刻。

因为在这样令人欣喜的时候，她的眼中已然看不到旁人。

占据她全部心绪的，只有他这几年来为她付出的点点滴滴，只有他的浅淡笑容，只有他的俊朗，只有他。

第二十章

情愫萌动

在设计部全员的强烈要求下，原本约好的稀疏平常小聚餐，就以"给沈陌庆功"为由，被升级成了比新年派对还要豪华的庆功宴。

庆功宴的时间定在周六晚上。

邵扬提前两天在市中心的君华酒店定了奢华包间，并叮嘱服务生准备上好的香槟酒，留待庆祝时增添气氛。

庆功宴的前一个晚上，邵扬开车带沈陌去商场寻觅小礼服。

一路上，沈陌显得有点心不在焉。她总是不由自主地对着邵扬棱角分明的侧脸发呆，心里仿佛有千万个念头在纠缠翻涌，却无法从这千丝万缕的想法中理出个头绪。

快到商场时遇到红灯，车停在十字路口，邵扬得空转头瞧了瞧她，问道："怎么不说话，在想什么？"

沈陌咬唇想了想，觉得有些话题也不能总是逃避，索性鼓起勇气问他："是不是明天庆功宴之后，我就算是正式出师了？"

邵扬不知她问这话是什么意思，一时也不好贸然回答，于是又问："为什么突然想起来问这个？"

"就是突然想到出师以后，就算是当着同事的面儿，我也可以大大方方地直呼你名字了。"

"这很重要？"

"这当然很重要！"

邵扬摇头轻笑，没等他再度开口，红灯转绿，话题便就此搁置下来。

沈陌谈不上开心，但也不觉得有多失落，反正她心里的秘密早已被搁置过无数次。她有的是耐心去等待下一次机会。

一路前行，他们很快就到了市中心最大的购物中心。

地下停车场已经没位置了，邵扬只好又从地下停车场把车开出来，七拐八拐地兜转了好一阵子，好不容易才在地面停车场的角落里找到个不是很容易倒车的位置。

下车时，沈陌忍不住感叹："这家商场怎么平时下班时间也有这么多人啊，难不成这里的东西都是白给不要钱的？"

直到她跟着邵扬来到商场三楼的女装区，看到那高昂得令她不能直视的价格，才终于意识到——这里之所以人头攒动，并不是因为商品价格低，而是因为在这个看起来并不起眼的世界上，有钱人实在多到人神共愤啊！

邵扬把她带到一家晚礼服专营店，然后便在店铺的休息沙发上坐下，由着她自己挑挑选选，俨然一副甩手掌柜的模样。

沈陌在店里转了转，有些心虚地凑到邵扬旁边，小声说了句："师父，要不我看还是算了吧……"

"理由？"他挑眉看向她。

"呃，理由……"憋了足足 5 秒钟，沈陌终于眼前一亮，一本正经地找借口说，"天还那么冷，穿这种衣服出席宴会肯定会冻感冒的!"

说完，她还在心里默默地强调了一遍——没错! 就是这个原因! 她是怕穿得太少冻感冒，所以才不买什么晚礼服的! 才不是因为太贵……

结果邵扬这个犀利的男人，一眼就识破了她的谎话。

不过，他并没有直接戳穿她的小心思，反而以退为进，带着一副人畜无害的笑容对她说道："说的也是，那我带你去看看厚一点的衣服吧，好点儿的冬装可能会比礼服贵一些，但毕竟健康要紧，多花点钱也是值得的。"

说话的同时，邵扬已经站起身来，作势就要拖着她去往下一个更加昂贵的目的地。

他还真是"了解"她啊! 沈陌一把抓住他的衣角，满脸哀求地不让他走，要不是有外人在场，估计她会直接给他跪下，并且紧紧地抱着他的大腿叫他留下来!

"怎么，又改主意了?"他的唇边带着笑意，看起来捉弄沈陌确实有助于提升心情快乐指数。

"嗯嗯嗯，改了改了!"沈陌忙不迭地点头，顺带着附上一大摞的狗腿之辞，"我也觉得就穿小礼服去参加庆功宴最合适了，师父您一开始的决策就是对的!"

邵扬像往常一样嘲笑她没立场，然后迈开长腿走向店铺里侧的展示台，亲自上阵帮她挑选礼服。

和邵扬相处得越久，沈陌就越是觉得这个男人令人着迷。就单拿买衣服这一件事情来说，他就足以令沈陌刮目相看。

他的确是个有品位的人，不流于俗套，也无须刻意小众刁钻。他的品位总是体现在细枝末节中，低调而真实。

一刻钟后，沈陌换上邵扬为她挑选的暗蓝色单肩礼服，从试衣间里走了出来。

邵扬的视线落在她的脸上，然后一点点往下移，将她从头到脚仔仔细细地打量个遍。

沈陌看过很多偶像剧，她多希望自己也像剧中的女主角一样，从试衣间出来的瞬间，从男主角的脸上看到掩藏不住的惊艳。

可惜，她不是公主，邵扬也不是配合她演戏的王子。

他看她的眼神算是波澜不惊，可是点评的语气却带着那么点儿不容忽视的小嫌弃。

"衣服是不错，就是身材差了点儿。"

"……"沈陌低头看了看自己 C 型号的胸，S 型号的腰，以及 I 型号的腿，然后无言地瞪了邵扬一眼，心里默默地给他扣上了一顶"挑剔无度"的大帽子。

不过相识这么久，邵扬心口不一的属性沈陌多少还是了解的，所以当他站在收银台前坚持要求刷他的卡时，她也就没有反复推辞。

沈陌看着他拿着一支快要没油的圆珠笔，在银行流水单上唰唰签下"邵扬"两个字，忽然觉得心头一跳。

她不止一次地听到这样一个说法——男人在付款的瞬间是最帅的。

早先她总是不以为意地撇撇嘴，心里忍不住嘲笑那些女人是庸俗的拜金主义者。

可是当这件事情初次发生在她自己身上，沈陌竟也觉出来那句话里的真意……

她心爱的男人，送给她一件昂贵得甚至一年都舍不得穿两次的晚礼服。这种微妙而美妙的感觉，绝对不能简单地用"拜金"一词来概括。

沈陌更愿意将这看作是一种珍爱，是他对她的悉心，以及她对他的珍惜。

从商场回去的路上，沈陌突然想起什么，于是问道："明天要化妆吗?"

"不需要专门找什么化妆师，毕竟都是熟人。"他顿了顿声，又说："不过，素颜搭配晚礼服确实有点怪异，何况还是你这件暗蓝色的。我觉得可以自己化个淡妆。你会么?"

沈陌摇摇头，忽然觉得有那么点儿丢脸，于是下意识地垂下了脑袋。

都说"女为悦己者容"，她的"悦己者"就在眼前，可她却连化个简单的淡妆都不会。

邵扬似乎瞧出了她的失落，温声宽慰道："别愁眉苦脸的，明天下午我早点儿过去找你，顺便给你化个妆不就好了吗。"

"……啊?!"沈陌倏地抬头看向他，总觉得他这话里的信息量有点儿大，"你连化妆也会?"

"这有什么好奇怪的?"

虽然按照邵扬一贯的才华横溢来推断，这确实没什么好奇怪的，可是……

沈陌还是有点儿怀疑："那怎么从来没见你画过眼线呢?"

邵扬瞥她一眼："我一个男人画什么眼线? 神经病么!"

沈陌哭笑不得："所以你就是敢拿我当试验品啊……"

"就你这个底子，还真不适合当什么试验品，感觉会很没有成就感。"言外之意，她不美，怎么化也不美。

沈陌早就习惯了邵扬明里暗里的毒舌，也没放在心上，只是再次试图确认此人可靠："那个，你真的会化妆，不是唬我玩儿的吧？"

邵扬无奈地摇了摇头，言简意赅地说："放心吧，我练过。"

她这才放下心来，可转念一想，似乎哪里不对啊！

练过？拿谁练的？！那个好运得令人忌妒的女人到底是谁……

可是关于这方面的事情，沈陌不敢问，也没立场问。她只能将一肚子的疑惑，连同郁闷一起憋了回去。

次日下午 3 点半，邵扬如约来到沈陌租房的小区。

沈陌上午特意跑去附近的超市买了廉价的眼线笔和眼影，临到结账的时候还跑回到化妆品区域又挑了个粉饼和睫毛膏。天真如她，哪里会想到邵扬上门服务竟然还自带专业化妆包！

两人并肩走到沈陌居住的单元门外，她忽然就止步了。

"呃，我感觉我的出租房有点儿太不阔气了，可能……空间不够你施展拳脚。"

邵扬无语地瞪了她一眼："你又胡闹什么？"

见她还忸忸怩怩地不肯带他上楼，邵扬只得又催促道："快别磨磨蹭蹭的了，时间也不宽裕，你是庆功宴的主角，等会儿要是迟到了，该被人戳脊梁骨了。"

话都说到这个份儿上了，沈陌自然也没办法再回绝，只好硬着头皮带他往楼上走去。

邵扬送她回家无数次，却从来没有上楼坐过。说起来，这还是他第一次亲眼看到沈陌生活的出租房究竟是何模样，只是想不到，竟然是以化妆师的身份。

沈陌从冰箱里翻出来水果，洗好端到茶几这边来。

趁着这个空当儿，邵扬四下里打量了一番。

事实上，在他的印象里，沈陌一直是个迷迷糊糊的姑娘。他不止一次想过，她的家里应该是有些散乱的。

然而眼前的居所，却着实在邵扬的意料之外。

这么个迷迷糊糊贪睡贪吃的小女人，居然能将租来的一居室小房子打理得干干净净，井井有条。

客厅的顶灯洒落柔和的暖色光线，将沈陌的身影勾勒成温柔的模样。视线无意间四下流转，最后落在玄关的木质鞋柜上。邵扬看到摆放在那里的精致插花，看到花瓶旁边的钥匙串，心里莫名地生出一些不易察觉的温暖。

原来，在他自己都还没有意识到的时候，他已经开始渴望拥有这样一个家，这样一个常伴身侧的人。

邵扬骗不过自己，他知道，从今往后，他再也没办法只将沈陌看作是自己的徒弟。她是他渴望已久的小女人，她那么姣好而明媚，那么动人。

就在他情愫萌动时，沈陌已经在他身侧坐了下来，顺手递了个剥好的橘子到他面前。

"喏，给你吃这个，好像有点儿酸，不过也不至于酸得咧嘴。"

邵扬接过来，尝了一瓣。确实酸，有种盛情难却的味道。

沈陌见他很快就要吃完一整个橘子，以为他爱吃，正打算再剥一个给他，却被拦住了。

"别只顾着吃，你先去把礼服换好。"

她瞥一眼墙上的时钟："现在？这么早……"

他点点头，不由分说地把她往卧室里推："就现在，不然等会儿你一换衣服妆会花掉的。快去!"

沈陌"哦"了一声,乖乖把他关在了卧室外面。

她很快就换好了衣服,却迟迟不肯出来。

沈陌看了看床头梳妆镜里映出的自己的脸,下意识地深呼吸了好几次,才觉得稍微不那么紧张了。

可是就如同她所预料的那样,一旦邵扬开始给她化妆,一旦他的脸离她只有不到半米的距离,她那颗小心脏又会再一次跳成奔马律,怎么深呼吸都不会管用。

第二十一章

我 喜 欢 你

君华酒店比沈陌想象中的还要富丽堂皇。

她踩着一双 8 厘米高的深蓝水钻高跟鞋，"嗒嗒"走在酒店大厅的大理石地面上。邵扬穿一身休闲西装，不急不缓地走在她身侧。

许是因为天花板上的水晶吊灯投射而来的光线太过柔美，又或者是因为四处都被一种浅浅的香氛笼罩，总而言之，在这一刻，沈陌忽然产生了一种坚定的错觉——她并不比别人差许多，她也有足够的资本与身边的优秀男人一路同行。

庆功宴安排在君华 3 层，离电梯间不远的包间里。

沈陌看到包间门牌上的"撞羽朝颜" 4 个字，觉得有些好笑。

难不成在邵扬心里，她根本就不是什么杜若啊杜鹃啊，而是撞羽朝颜？就是那种俗称"矮牵牛"的平庸小花？

"是你选的这里吗？"

"是，有什么问题么？"与其说是反问，不如说是随口应了一句，"我们预定的比较晚，就只剩下这个包间了。"

原来不是因为她像矮牵牛啊。意识到这一点，沈陌不自知地笑起来。

她正要推门而入，却被邵扬拦住："等一下，你抬起头，闭眼。"

"……"沈陌突然就慌了！

抬头，闭眼？这是要作甚?!

邵扬见她满脸紧张，忍不住"扑哧"一声笑出来："你想到哪儿去了？我是想看一下你的眼线有没有晕开。"

她赧然一笑，还是乖顺地闭了眼。

隔了好半晌也没听到下一个指令，沈陌忍不住问了一声："还没好吗？"

经她这么一问，邵扬才恍然回过神来！他刚刚在做什么？他居然鬼使神差地想吻她，而且假如他再晚一秒钟开口，他就真的吻到了她的唇！

四顾无人，邵扬赶紧退开半步，故作从容地说："好了，睁眼吧。"

言罢，也不管沈陌是个什么反应，他就率先推开了包间的雕花门。

沈陌有些发愣，以为是自己高跟鞋穿久了头晕，所以才恍惚看到了邵扬脸红的模样……

男人挺括的背影落入她的眼中，在脑海中串联成某种独特的质感，这令她不期然想起下午的时候，他细心地为她化妆，温热的指腹一点点抚过她的眉眼。

包间里有人在叫沈陌的名字，直到这时，她才收回飘远的思绪，微笑着和屋里的同事们打了声招呼。

宴会开始没多久，罗茜就张罗着让沈陌说两句感想，并且着重强调——最好是关于"初恋"销售业绩的感慨。

这可把沈陌为难坏了，她端着红酒杯，站在众目睽睽下，支支吾吾了好半天也没憋出来一句动听的感言。

邵扬站出来替她解围："你们快别为难沈陌了，她哪说得出什么销售业绩的感慨？还不如让她谈一下香水设计初衷。"

沈陌刚好顺着他的话茬儿往下说："是啊，不然我们还是聊聊设计这方面？"

大家纷纷笑着摇头，只叫她不要下了班还谈设计这种严肃的事情。

有人问："第一款香水就大卖，你难道就不觉得很激动么？"

"怎么会不激动！我只是觉得这种时候我就不应该说什么感言，大家这些日子对我的照顾，我心里有再多感谢也没办法用一两句话表达出来。"沈陌歪着脑袋想了想，浩气凛然地说，"所以这杯酒，我先干为敬了！"

言罢，她也不管众人是起哄还是怎么，举起手中的高脚杯，一饮而尽。

一个女人如此豪爽，总归还是不常见的事儿。周围大多人都在叫好，唯有邵扬紧紧皱着眉头。

邵扬不是没和沈陌一起喝过酒，她的酒量和酒品到底有多差，想必没有人比他更清楚了。

本来下午的时候就应该叮嘱她不要主动喝酒，结果给她化妆的时候，全部注意力都被她细嫩的皮肤吸引了去，邵扬一时忘情，倒是把正经事儿都抛到了脑后。

此时当着同事们的面儿，他不好明着提醒沈陌少喝酒，只好明里暗里替她挡酒。

然而，设计部的家伙们好不容易逮住一个令人羡慕嫉妒恨的新人，哪里肯那么轻易就放过沈陌？更何况是她自己主动端起酒杯的，大家似乎更有了理由灌她酒。

同事之间的应酬总是来势汹汹，几轮敬酒结束后，邵扬也觉得头脑微微有些眩晕。

他几乎可以预见，如果再继续这样下去，不出一个小时他就会失去战斗力了。到时候，估计也不会再有其他人来关照沈陌的死活了。

就在他决定开始采取强硬态度打死也不喝的时候，罗茜站了出来。

"沈陌，这杯酒我敬你。"罗茜难得露出这样的和颜悦色，"以后好好加油，Stellar 设计部的未来少不了你一份儿！"

沈陌端着酒杯，犹豫了一瞬，也不知道到底是喝还是想办法婉拒。

罗总监亲自出面，照理说来，这个面子怎么也不能不给。可是……她真的觉得自己差不多快要喝吐了啊！

求助地扭头看了邵扬一眼，邵扬虽然也已经喝得八九不离十了，然而沈陌有难，他不可能见死不救。

邵扬一把夺过沈陌手里的高脚杯，豪气万千地碰上了罗茜的杯子："罗总，沈陌这杯，我代她喝了！"

俗话说得好，打肿脸充胖子是行不通的。

果然，大半杯红酒下肚之后，邵扬眼前就不是只有罗茜了，还多了两三个罗茜的重影。

他能感觉到自己状态不对，且不说头重脚轻，就连有人凑过来和他讲话，他都听得朦朦胧胧的，也不晓得应该如何作答。

"抱歉，我去趟洗手间。"邵扬下意识地推开周围的人，努力让自己走成直线，只是不知效果如何。

当趴在洗手台上吐得昏天暗地时，邵扬觉得自己大抵是疯了。

他不是不知道自己有慢性胃炎，也不是不知道这种病受不得酒精的猛烈刺激。可是没办法，他就是看不得别人为难她。

他为她而疯狂。

冰冷的流水拍打在炙热的脸颊上，这让邵扬瞬间清醒了不少。

他还想再独自冷静一会儿，却忽然想起了什么，连忙抽出几张纸巾胡乱擦了擦脸，迅速又往包间那边赶过去。

邵扬到底还是回来晚了一步。

当他推门而入时，沈陌已经不胜酒力直接趴在了杂乱的圆桌上。

他就猜到会是这样！这帮家伙肯定会趁他不在的时候可劲儿给沈陌灌酒。

他快步走过去，一边扶住沈陌的肩膀，一边对一旁看热闹的众人说道："好了好了，主角都喝趴下了，今儿差不多就散了吧。"

半晌，无人响应。

他抬眼扫视了一圈，刚刚还没完全消退的酒劲儿就在这么一瞬间退散了。

本来邵扬对 Stellar 的员工就没有多客气，只是最近看在沈陌的面子上对他们稍微和蔼了些，想不到这些人竟得寸进尺，居然趁他不留神的时候欺负他徒弟。

是可忍，孰不可忍?!

一旦酒醒了，身为首席调香师的冷傲气场就又回到了邵扬身上。

"我说今天就到这里，听不懂？"声音不大，却有着不容置喙的威严。

没有人再敢多言，但也没有人真的就此收拾东西滚蛋走人，毕竟……罗大总监还没撤退。

气氛有点尴尬，这不是罗茜所乐见的。

"好了，大家别都傻愣着了，该吃吃该喝喝，别为一点小事坏了兴致。邵扬，你好好照顾一下沈陌。"她一边打圆场，一边给邵扬递眼色，叫他不要在沈陌的庆功宴上太过计较。

邵扬也没什么闲心和旁人较劲，于是缄口不再多言。

喝醉酒的人因着无力可施，所以比平时重了很多。饶是沈陌这样一个纤瘦的姑娘，此刻竟也像被 502 粘在桌子上一般，懒懒地趴在那里，一动也不愿动。

邵扬费了好大的力气，才笨笨磕磕地把她扶了起来，让她的头靠在他肩膀上。

他不是没意识到这样的姿势有多暧昧，却也懒得在意旁人的眼光。

事实上，邵扬在香水界素来是个颇有争议的人，不论是他的设计还是他的私生活，都免不了成为别人茶余饭后的谈资。他从来都不在意别人怎么议论他，毕竟，事业是他自己的，生活也一样。

但是，当他隐隐听到周围有人小声议论沈陌的时候，他却有点儿绷不住了。

邵扬抬起头，视线清冷地睨了那人一眼，沉声说："要吃饭就专心点儿吃，别回头一不留神嚼了舌根，我这个请客的也不好交代。"

原本还在八卦不休的几个女人讪讪地噤了声。

邵扬刚缓了缓心神，低头一瞧沈陌，瞬间就觉得整个人都不对劲儿了！

微嘟起来的红唇，略略含笑的眉目，轻轻扑在他颈间的温热呼吸……

当着大庭广众的面儿，她这媚眼如丝的模样究竟是几个意思啊?！就算他不在乎别人怎么说，可她一个女孩子，难道也连名声都不顾了么！

邵扬愁得一声叹息，不期然想起上次在苏黎世的 Cherry 酒吧，她也是这样——喝点儿酒就原形毕露，酒品全无。

他几乎开动全部脑细胞，努力地思索着如何才能在沈陌更加失态之前结束这场庆功宴，或是先不管别人是走是留，想个办法让他们不要注意到沈陌就好。

可谁知，他这边还没想出对策，沈陌就自动自发地来拆台了。

她刚才还弱柳扶风地倚在他肩膀上，这会儿也不知哪里来的怪力气，突然就坐直了身子，一瞬不瞬地凝视着邵扬那张近在咫尺的英俊面容，目光里饱含的那个深情啊……简直羡煞了在场的一众单身男女。

这是什么情况？他们两个到底是个什么关系？大家你看看我，我望望你，最后一齐看向邵扬和沈陌，并且不约而同地噤了声。

别说那些没见过大场面的小伙伴，就连罗茜一时也有点儿惊呆了，竟忘了搬出总监的身份来打扰这对璧人。

邵扬咬牙切齿地对沈陌说："不、要、胡、闹！"

别看沈陌平时对这个师父景仰有加，只要喝醉了酒，她就彻底成了脱缰的野马，任他怎么怒斥也不听，而且桃色面颊上始终挂着魅人的笑容，看起来一点儿也不怕他。

她一点点凑近他的脸，在所有人都没反应过来的瞬间，"啵"地亲了邵扬脸蛋一口！

邵扬不知道自己现在是个什么样的脸色，可是从情绪上判断，他自认为应该是铁青色。

可是这还不算完，下一秒，沈陌稍稍拉开和邵扬之间的距离，如水般温蔼的眼眸凝望着他的眼睛。

"师父，这是我最后一次这样叫你了。"

"你这是什么意思?"

"邵扬，我不愿意再做你的徒弟了。"

他微微扬眉："所以呢?"

她却像个犯了错的小孩，缓缓垂下了眼帘。

再度开口时，她的声音轻若蚊吟，却坚定无比。

她说："邵扬，我喜欢你，很喜欢，很久很久了……"

第二十二章

斗 兽 之 争

沈陌醒在暮色浓重的夜里。

醉酒所带来的头痛感似要将她的脑袋紧紧箍住，她抬手揉揉胀痛的太阳穴，撑着手肘坐了起来。

她仰头迷迷糊糊地望着天花板，缓和了几秒钟的时间，这才突然意识到一个严峻的问题——这个天花板她从来没见过啊！

沈陌拧着眉头回想之前的事情，只记得在君华包间里开庆功派对，同事猛劲儿给她灌酒，然后记忆就从某个时间节点开始彻底断了线，再然后……她不知怎么就被拐到了如今这个陌生的卧室里。

就在她茫然无措时，低沉而熟悉的声音从落地窗边传来："你醒了。"

沈陌没想到屋子里还有别人，吓得"啊"了一嗓子，然后循声望过去，见到那人是邵扬，这才下意识地拍着胸口说："是你啊……"

邵扬走过来，居高临下地看着她，眼中有被黑夜笼罩住的关怀："还头痛么？"

"还好，不碍事儿。"沈陌努力牵起一个微笑，而后扭头四顾，犹疑地问，"这里是……"

"我家。"他顿了顿，又解释道："本来已经送你到你家楼下了，但是没找到大门的钥匙，进不去，只好又回这儿来。"

沈陌点点头，也不多计较这些，她知道如果护送她的人是邵扬，就不会有什么需要她操心的问题。

低头看到身上穿着的依旧是出席宴会的晚礼服，沈陌觉得这也算是在情理之中。

然而下一瞬，当她终于意识到自己正坐在谁的床上时，她忽然就觉得不知该做何反应了。

鸠占鹊巢？这个突如其来的认知印在她的脑海里，简直就像做梦一样。

她弱弱地开口："那个，我要不然……"还是回我自己家吧？

想法是有的，可是不知怎么的，这后半句话沈陌却怎么也说不出来，像是被某种依恋的情绪堵在了胸口。

邵扬将她欲言又止的模样看在眼里，彼此心照不宣。

"你再睡一会儿吧，现在才凌晨 3 点多。"他轻声说着，语气里是不容置喙的温柔，"我去客厅，你有什么事就出去叫我。"

沈陌点点头，没再多言，便目送邵扬稳步离开这间被她霸占的卧室。

房门开了又合，有一丝光线不经意间闯入她的眼眸。

沈陌还没来得及看清客厅的样貌，只隐约记得是很柔和的浅米色，而后，周遭就又恢复成夜色浓重的色调。

醉酒后的凌晨，本该困倦难当，可她却清醒得像是刚刚完成 24 小时的补眠。

柔软的双人床榻在这样的夜里显得太过空旷，沈陌翻来覆去地换了无数个睡姿，却还是难以入眠。

有太多抓不住也理不清的头绪在她心头萦绕不休，像是逼她起身去找邵扬说个清楚。

她知道不该这么冲动，可是当她意识到自己在做什么时，她已经起身去了客厅，并且就站在沙发旁边，一瞬不瞬地低下头，静静凝视着半睡半醒的邵扬。

他似乎没有睁开眼，含混不清地问了一句："哪里不舒服么？怎么又醒了？"

沈陌摇摇头，随即想起来他应该看不到，于是又低声说："有些事情想不通，你陪我说说话，好不好？"

说完，也不管邵扬是何反应，她便自发地在沙发边缘坐下。

他们鲜少挨得这样近，隔着薄薄的被子，沈陌甚至都能感觉到邵扬的体温正穿透一层又一层的布料，一点点传递到她的腰上。

忽然心跳如鼓，连他是什么时候坐起来的都没有留意到。

邵扬轻不可闻地叹息一声，开口时声音有些低哑，如同染上了夜色的迷离。

"说吧，什么事？"

"我就这样留在你家里过夜，是不是……"她顿了顿，到底还是觉得尴尬，"不大合适？"

他似乎是笑了一下，只是笑容融在暖色的光线里，氤氲成她看不懂的情绪。

"徒弟醉酒回不去家，师父好心收留一晚，没什么不合适的。"

沈陌缓缓低头，心想邵扬总是这样，有本事把任何暧昧的状况扭曲成冠冕堂皇的样子。

可她突然觉得他这话并不准确："庆功宴之后，我就不会再叫你师父了。"

他点点头，不以为意地说："我知道，这事儿你已经昭告天下了。"

"呃?"沈陌有些迷惑地回头看着他，反问道，"我有跟你说过吗?"

"你岂止是跟我说过啊，你是在宴会上当着大家的面跟全世界说的。"

沈陌目瞪口呆，而邵扬却轻笑起来，开玩笑似的继续说道："看样子你完全不记得自己的光荣事迹了，比如除了昭告天下你不要再当我徒弟以外，还亲口承认你喜欢……"

"我没有!"沈陌腾地站起身来，打断了他的话。

两人蓦然相望，一时之间，谁都没有再说话。

她肩膀微微颤抖，像是一只被撕开伤口的小兽。而他薄唇抿成了一条直线，深邃的眼眸里藏着某种探究，以及不为人知的挣扎。

过了良久，邵扬率先让步："好吧，你说没有就没有。"

沈陌依旧没言语，只是目光稍微软化下来，不再如同斗兽。

"先回去睡觉吧，等天亮了我送你回家。"邵扬也从沙发上起身，扶住她的双肩想把她推回到卧室里去。

沈陌不肯依他，执拗地躲开他的手，羞赧又坚定地说："我现在就回家，给你添麻烦了。"

邵扬定定地看了她片刻，心知是劝不住她了，只得妥协："那我送你。"

"不用了! 我下楼打车就好了。"

"这时间打不到车了。"

"那我导航走路回去!"

"沈陌，你闹够了么?!"邵扬的声音里分明染上了愠怒的味道，"现在是凌晨3点半，你不知道这里离你家有多远，你甚至不知道你手机已经没电自动关机了，你告诉我你要怎么走回去，嗯?"

沈陌也知道自己是无理取闹，可她还是想逃。她不是故意像斗兽一样和他吵，她只是害怕。

如果下一秒他把那句没说完整的"我喜欢你"再翻出来，她该怎么办呢?

邵扬低低地叹了口气，像是认输一般，放缓了声音对她说："沈陌，我知道你在害怕什么。我保证不再提起，所以，去睡吧。"

沈陌又盯着他看了片刻，而后才慢慢卸下了心中的盔甲，乖乖回到了卧室里。

这个夜晚，她很疲倦，而一门之隔的邵扬，也是如此。

周日一大早，沈陌就坐邵扬的车回到了她自己的出租房。

她客气地招待邵扬一起吃了早餐，然后送走了他，再然后，整整一天，她都没有走出家门半步。

心乱如麻的时候，沈陌宁愿像鸵鸟一样躲起来，而封闭的一居室就成了她最好的避风港。

对于酒后失言一事，其实沈陌心里多少是有定论的。

她努力回想起当晚的情况，确实记得自己曾迷迷糊糊地攀在邵扬身上，说了些奇奇怪怪的话。后来，虽然谈话的全部内容都已经从她脑海里清空了，可她仍然清楚地记得周围人错愕不已的反应。

那大概……她确实是当众对他表白了吧。

有些事情注定是要面对的，毕竟躲得了一时，却躲不了一世。

周一上午，沈陌心怀忐忑地出现在香水设计部，也就是在她一只脚刚迈进办公区的一瞬间，周围"唰"的一下静了下来。

所有人的目光都齐刷刷地落在了她的脸上，全场安静3秒钟后，所有人又都不约而同地移开了视线，故作一切正常。

沈陌撇撇嘴角，一边往自己的办公位走去，一边在心里暗暗叫苦——这些人一个两个都在装个什么劲儿啊，最不正常的状况不也就是这样了么。

旁边格子间是空的，邵扬还没来。

她原本就怕在办公室里和他碰面会很尴尬，看到他空空如也的工位，算是暂且放下心来。

可是直到中午时分，邵扬还没出现，这时沈陌就彻底坐不住了。

她随便抓了路过这里的赵姐问道："赵姐，你知道邵扬今儿怎么没来么？"

"听说是请了病假。"赵姐嘴上虽然像模像样的回答着，可是眼神却分明在说——你们自己家的事情，为什么要来问我一个外人？

沈陌"哦"了一声，有些无语地放开了她。

旁边有人问她要不要一起去吃午饭，她礼貌地拒绝了。

因为"病假"两个字，沈陌一颗心突然变得七上八下的，哪里还有胃口吃什么午饭。

只是一天没见，他就突然生病了。

是因为周六晚上被她闹得没休息好吗？如果是，她该去看看他吧。

沈陌在工位上傻傻地沉思了一阵子，而后决定下午请半天假，去探望一下卧病在床的首席调香师。

可是还没等罗茜吃完午饭回来，邵扬倒是先出现了。

"邵扬，你怎么来了？"沈陌倏地起身迎他，诧异地问，"你、你不是生病了吗？"

他不咸不淡地看了她一眼，语气也没什么波澜："只是有点儿头疼，没什么大事。"

她轻轻咬了咬下唇，鼓起勇气打量他的脸庞——好像比印象中苍白了些，也清瘦了些。

感冒是小，工作是大。

邵扬自己一副满不在意的样子，可沈陌却忍不住要为之心疼。

趁着午休时间办公区里没什么人，她大着胆子伸出手，想要探一探邵扬的额头，看他是不是在发低烧。

可他身子蓦地一僵，而后稍稍转头，不动声色地避开了她的手。

沈陌尴尬极了，却又不敢再向前一步，只得讪讪地收回手，转而摸了摸自己的鼻梁。

她有些心慌地四下张望，眼角余光无意间瞥向门口，于是……瞬间就惊呆了。

这是怎么个情况？前一秒办公区里还一个人都没有呢，这么一瞬间他们就都回来了？！而且，还都巴巴地站在门口看好戏，一点儿声音都没有。

此时，邵扬已经从容地坐在自己的工位上，开始整理今天下午的待办事宜，只剩下沈陌和门口的一帮同事大眼瞪小眼，彼此尴尬却又心照不宣。

这个僵局一直持续到罗茜也出现在门口。

随着罗大总监的那句"回来了就赶紧干活"，大家都各自散了，谁也没有再提及刚才的桃色事件。

整个下午，沈陌对着电脑，却完全无心工作。

她很懊恼，总觉得再这样下去她就没办法在 Stellar 混下去了。可是再一琢磨，她却又不觉得自己做错了什么。

不就是喜欢一个人吗？不就是她喜欢的人刚好是 Stellar 最耀眼的首席调香师么?!

已经是这么开放的年代了，这应该也算不得是什么违法乱纪的事情吧!

这样一想，沈陌多少又变得理直气壮了些。

她探着脑袋想约邵扬晚上一起吃饭，不料才刚转头看向他，他就恰巧回过头来，并且朗声问她："沈陌，晚上有没有空一起吃个饭?"

第二十三章

流 言 四 起

虽然其他人都在各忙各的工作，可沈陌还是觉得，大家的注意力已经悄悄转移到她和邵扬身上。

那么，他这样坦然地让所有人明白"是他主动约她"，算不算是间接地替她解围呢？

起初沈陌以为是自己自作多情，可后来她才明白，并不是。邵扬接连几日都在低调地维护她，甚至到了后来，这种维护已经不再像最开始那么低调，反而变成了整个设计部里不能不说的秘密。

转眼到了清明节，3 天小长假之前，同事们都在办公室里讨论假期去哪儿玩。

若是在往常，沈陌也会加入其中，可这一次却没有人主动询问她，或者说，每个人都在有意无意地避免和她提及私人话题。

待到休假回来，她更是发现大家看她的眼神又多了几分闪躲。

沈陌不解其中缘由，便找了个空闲的时间约邵扬谈谈。

聊天约在顶层实验区的休闲咖啡间里，沈陌先到，冲杯咖啡的工夫，邵扬也如约而至。

她开门见山地说："邵扬，我觉得最近大家对我们的关注度有点儿大得离谱了，你说呢？"

他不答反问："谁跟你说什么了？"

"那倒没有，我只是觉得他们的态度都不太正常，刻意的回避不就是另一种形式的关注么。"她抿一口咖啡，又问道："你说，我们该怎么办啊？"

"充耳不闻就行了。"他仔细观察着沈陌的神情，好在没从她脸上看出什么特别明显的情绪起伏。

看样子。有些难听的话还只是停留在邵扬这一层，尚未传到沈陌的耳朵里。

她歪着脑袋瞧他，略有犹疑地问："不需要避嫌么？"

邵扬以她刚才所说的话来作答："刻意的回避就是另一种形式的关注。"

他似乎不愿意和她过多讨论这个话题，于是很快就将聊天的重心转移到工作上："对了沈陌，你最近有什么新的设计方案出来吗？'初恋'毕竟已经是几个月前设计的了，既然有能力独当一面了，总不好一直吃老底。"

这问题恰好戳到了沈陌的痛处，只见她若有所思地低下头，面上有一闪而过的愁容。

"还没有。"在邵扬面前，她不需要刻意装作自己很有本事，因此也不需要隐瞒什么，"说实话，我觉得香水设计这件事儿，其实是要随缘的，没灵感的时候也勉强不来，否则即使设计出来也是不成气候的东西。

那种半调子香水，顶多能勉强通过市场部的评估，当作商品推广给用户，却不能指望它成为作品。"

邵扬沉吟片刻，未置可否。

她只好自顾自地说下去："我不是没有认真对待这件事情，只是……我真的不想一鸣惊人之后就拿出一款平庸的商品，那就是败坏自己的名声了。"

到这时，邵扬才开始发表意见。

"我见过很多刚入行的人都犯过跟你一样的错误。"

"错误？什么错误？"沈陌不解。

他很严肃地说："求好心切，或者说得通俗点儿，就是太高估自己的能力。"

沈陌有些不服气，嘟着嘴巴替自己辩解："这怎么能叫'求好心切'呢？这叫上进心啊！我是想设计出更好的作品，又不是因为偷懒。"

"你理解的上进，就是坐等下一次人品爆发吗？"不知不觉间，他的言辞就比刚才苛刻起来，神色也跟着变得威严，"如果是这样，我敢跟你打赌，你下一次人品爆发至少是在一年以后。"

"别这样啊，怪打击积极性的！"她本来是想和邵扬商量桃色事件的对策，却没曾想会被他当面泼来这么一桶冷水，一时之间，心里的阴霾面积呈指数增长，连勉强微笑都成了困难的事。

"沈陌，我跟你说这些不是为了给你添堵，而是要让你明白，在这家公司里，其他的都不重要，只有你设计香水的本事才是最重要的。"他沉默了片刻，再开口时就比刚才语重心长了许多，"你不需要花太多精力去在意别人怎么说怎么看，你只要努力成为更优秀的调香师，那就足够了。"

对于这一点，沈陌点头表示认同。

邵扬又接着说道："你要认清一个很简单的道理——没有不经历痛苦就能成长的好事。就算是再有才情的调香师，也不可能没有废品。如果我告诉你我每个季度都会废掉至少30种设计方案，最后拿出很少的一两个作品去给市场部评估，你又凭什么认为你可以做得比我更好？就凭'初恋'的成绩？"

"我明白了。"她岂止是明白了，简直是自惭形秽了。

邵扬点到为止，没多停留便独自往电梯间走去，而沈陌则直接去霸占邵扬的实验室，开始下一轮奋战……

每当她埋头于香水设计，时间总是以不可察觉的速度飞快流逝。

垃圾桶里堆满了揉成一团的废纸，上面记载着沈陌在这个下午捕捉到的无用思绪。

她揉揉酸痛的脖颈，抬头看一眼窗外，发现城市已是华灯初上。

之前忙起来不觉得饿，这会儿冷不丁听到肚子"咕噜"一声，倒是把她自己唬得一愣。

沈陌将实验台收拾整齐，而后锁好实验室的大门，转身去楼下办公区拿外套和单肩包。因为整个下午她都坐在一处没有活动，所以此刻，急需运动的沈陌毅然决然地选择了走楼梯，而非乘坐电梯。

沿着消防通道一路行至设计部所在的那一层，开门进入走廊之前，沈陌忽然听到了门的那边传来一阵议论。

陈岚气冲冲地说："还不就是恃宠而骄么！仗着邵扬处处护着她。"

"我觉得也不全是这个原因吧，毕竟人家第一款香水销量就挺不错的。"赵姐虽然言语之间是在维护沈陌的，可语气却分明带着酸溜溜的味道。

"算了吧，邵扬在这个圈子里的影响力不用我说你也知道吧？天晓得沈陌的销量里有没有什么不可告人的秘密呢！"许是察觉了赵姐的态度，陈岚讲话愈发刻薄起来，"她可是有人撑腰的人，跟我们这些拼死拼活努力搞设计的普通人可不一样呢！"

"好了好了，瞧你说着说着还当真了。"赵姐叹了口气，又说："她和邵扬既然在一起了，那有些事儿总归是咱们管不了的，何必给自己惹闲气呢？"

陈岚也顺着台阶而下："反正我也就那么一说，哎，电梯来了……"

沈陌躲在消防通道里，一字不漏地听完了这些令她愤怒到发抖的刻薄言辞。

她明明没有做错什么，不管是喜欢邵扬，还是努力设计出一款受人喜爱的香水，她都自认是问心无愧的。

可是为什么呢？她竟一直不敢打开那扇门，不敢直接站出来面对那些人的无端指责，就这么一直躲在门的另一侧，直到赵姐和陈岚上了电梯。

推开眼前的那扇门，沈陌竟在一瞬间产生某种错觉，以为眼前的世界并不是她所熟知的。

它变得那么陌生，那么充满了敌意，以至于她在第一时间记起邵扬的那句：谁跟你说什么了？

原来，他早就知道，只有她被好好地保护在壳子里，天真懵懂得近乎愚蠢。

沈陌快步走进办公区，看到邵扬还没走，便直接在他身边停住了脚步。

邵扬抬头看她："准备回家了么？"

她没有回答，看向他的眼神里分明带了三分怒意、七分委屈。

"邵扬，为什么你都不告诉我？"

他怔了一瞬，而后便明白了她的意思。毕竟，没有不透风的墙，他堵不住别人的嘴，更堵不住沈陌的耳朵。那些流言蜚语总会传到她的耳朵里，只不过他没想到，刚巧就赶在了今天。

他本想等下班之后给她一个惊喜，看这架势，惊喜是给不成了，只能祈祷别变成一场惊吓。

沈陌见他半晌没言语，不由得急了："怎么不说话，为什么你知道他们乱嚼舌根都不告诉我呢？"

"你不是已经知道了么？"邵扬淡淡地反问。

她怒瞪着他，也不顾旁边有没有人在看，就自顾自地大声叫道："那不一样！从别人嘴里听到那些话，和你亲自告诉我，毕竟不一样！"

邵扬没有立刻争辩什么，而是迅速关了电脑，自作主张地帮沈陌也把办公桌收拾好，便带着她离开了公司。

从 Stellar 往粤菜馆去的路上，沈陌闷声坐在副驾上，别过头去不肯看他，更不打算跟他说话。邵扬亦没有主动搭腔，两个人就这么各怀心事地沉默着，谁都没心思打破这个僵局。

此时已是晚上 8 点多，交通广播里的女主播正在用甜美的腔调讲述一个虐心的爱情故事。

沈陌有些无奈，想不通为什么还会有人愿意听这类故事。生活已经诸多不顺了，何苦要到广播里继续找虐呢？

她伸出手，想将广播切换成舒缓的音乐，却在下一瞬间觉得乱碰他的车子不合适，于是又讪讪地收回了手。

等到邵扬回过神来，发现广播内容不对胃口时，沈陌已经快要被甜心姐姐的语气给烦死了。

他关掉广播，趁她转头看他的机会，低声问道："还在生我气？"

邵扬既然率先放低了姿态，沈陌自然也不好得寸进尺："没有，我不是生你的气，只是觉得我们被别人这样乱传谣言，我也想站出来跟你一起面对，而不是像之前那样，什么都不知道，就只会当一只缩头乌龟。"

"傻丫头，没听过一个词叫'众口铄金'吗？你站出来除了当活靶子，还能有什么用？"

她不服气，不自知地又皱起了眉头："可是、可是你听到那些污蔑的话，也都无所谓么？"

"不是无所谓，而是时刻提醒自己保持心态的平和，然后本着'敌进我退，侧路包抄'的原则，和她们斗智斗勇。"

他像模像样地给她讲兵法，话音落下，两人相视一眼，便像约好了似的一起忍俊不禁。

沈陌笑道："快别这么一本正经地讲笑话了！本来挺严肃的事儿。"

"哪是在讲笑话？"他也轻轻扬起了嘴角，"我确实是有打算的，只是还没到爆发的时候，就先被你探到了消息。"

"什么打算，说来听听？"沈陌被他勾起了好奇心，忍不住一再追问，甚至开始威逼利诱，"你要是讲不清楚，那肯定就是随口糊弄我的。讲得清楚的话，今天这顿晚饭我请，怎么样？"

他故意不提自己的打算，只说："你要是有钱没处花就直说。"

沈陌撇撇嘴道："看你这故意卖关子的样儿，估计是问不出什么来了。"

她顿了顿，又认真起来，转头凝视着邵扬的眼睛，很执着地向他要一个保证:"你答应我,以后再有类似的事情,你不要全都扛在自己身上,毕竟我是跟你站在一起的,有什么事儿让我跟你一起分担,好不好?"

邵扬沉吟着,好久都没作答。

虽然告诉沈陌"没有不经历痛苦就能成长的好事"这句话的就是他本人,可是,最不愿意看到沈陌吃苦的,也恰恰是他。

只是,她一再拉扯他的衣袖,像是撒娇,又像是恳求。

最后的最后,邵扬也只好无奈地点了点头。

第二十四章
抄 袭 风 波

　　第二天上午，沈陌很早就到了公司。若是在以往，她大概会想逃，但是既然昨晚已经信誓旦旦对邵扬说"她和他在一起，她要一起分担"，那么沈陌想，自己应该像个打了鸡血的圣斗士一样，勇敢站出来。

　　她是第一个到办公区的，陈岚和赵姐她们都还不见踪影，这恰好给了沈陌一点理清头绪的时间。

　　等会儿若是与陈岚走了个迎面，她一定要昂首挺胸地和那女人对视3秒，然后给她一个以德报怨的从容微笑，如此才不显得小气。然后，如果有机会，沈陌还想当着大家的面儿，主动提一下她和邵扬的事儿——让别人明白，他们之间根本就没事儿，更不存在什么攀高枝儿的说法。

　　毕竟，她表过白，可他没回应，一切都不过是她自己一厢情愿。

　　沈陌对着办公电脑，兀自想着今天可能发生的种种情形，一时竟想得入了迷。

然而她忘掉了一句话——人算不如天算。

事实是，她根本就不会有机会好好地处理什么绯闻或者流言了。

因为就在早上 9 点半左右，总监罗茜匆匆闯进设计部办公区，并带来了令沈陌不可置信的坏消息！

罗茜往沈陌前面一站，一张脸黑得像是农家院里的铁锅底。

沈陌还没明白发生了什么，就见罗茜"啪"的一声，将厚厚一大摞报刊和杂志一股脑儿地摔到沈陌面前的办公桌上。

偌大的办公区里瞬间安静下来，也正因为如此，罗茜和沈陌这边的声响才显得尤为突兀。

沈陌被吓了一跳，然而这还不算完，和报刊一起扑面而来的，还有罗茜的厉声呵斥。

"沈陌，你倒是给我解释解释?!"罗茜俨然怒不可遏，一边说着，一边不住地在那堆报刊上指指点点。

沈陌顺着罗茜所指的方向一看，顿时就蒙了。

怎么会这样?! 今晨，数十家报刊竟然不约而同地刊登了这样一则头条——《Stellar "初恋"抄袭 RK "情之蜜语"》。

这些媒体怎么这么不要脸? 好好的夜生活不去过，偏要连夜编出这种"新闻"来造谣抹黑她! 她和他们到底有什么仇什么怨……

沈陌在心里不停地咒骂着，气得像一只被雷劈中的刺猬，浑身是刺，浑身发抖。她沉溺在自己的精神世界里，忙于宣泄，就连回答总监的问话也顾不上了。

"怎么，没得解释?"罗茜见沈陌半晌没言语，于是继续质问，语气比刚才还要恶劣几分，"还是你以为不说话这事儿就算过去了?"

沈陌这才恍然回过神来，抬头对上罗茜的视线，半点畏惧也没有。

她豁然站起身来，扯着嗓子替自己辩护："罗总，我没有抄袭！您应该知道的，'初恋'是我熬了多少个通宵才设计出来的第一款香水，绝不是抄来的！"

罗茜不耐烦地摆了摆手："你跟我说这些有什么用？"

其实她的本意是叫沈陌赶紧去联系媒体，跟公众澄清事实。谁知就在这时，一旁沉默已久的邵扬突然站出来，搅了个局。

"既然她跟你说没用，那我来说。"他从容开口，将事情娓娓道来，"沈陌设计'初恋'时刚入行没多久，很多设计细节她把握不住，都是经由我来把关的。"

罗茜不动声色地反问："所以呢？"

"所以媒体大费周章，联合爆出这样的头条，一定不是为了刁难沈陌这么个不知名的菜鸟。"他顿了顿声，继而表明态度："既然'初恋'设计也有我的一份，那么这件事，显然由我出面解释更合适一些。"

主动往自己头上揽这么大一个烂摊子，他这不是摆明了自找不自在吗？

沈陌心里有些讶异，禁不住回头看了邵扬一眼，只见他仍是平常那副淡定的模样，仿佛天塌下来也不过是小事一桩。

"你最好不要太自以为是！"罗茜斜睨了邵扬一眼，不悦之情溢于言表，"抄袭这种大事，还轮不到你替我管。该怎么处理，由我说了算！"

罗茜一直看邵扬不顺眼，这在设计部里早已不是什么秘密。

如果单看职位和名头，邵扬作为 Stellar 的首席调香师，自然算是设计部总监罗茜的下属。可实际上，整个设计部的人都很清楚，邵扬才是 Stellar 香水的灵魂人物。

众人对罗茜只不过是表面敬畏，而对邵扬，却是发自内心的尊崇。

这就难怪罗茜明里暗里给他找别扭，毕竟，谁也不想被自己的下属骑到头上。

沈陌纵然再怎么喜欢邵扬，再怎么想和他同仇敌忾，也万万不希望自己就是那个"别扭"。

她悄悄给邵扬递了个眼色，示意他老老实实躲一边去，别跟着蹚这浑水。

可邵扬却一如既往地无视她的意见，照旧我行我素，继续对罗茜冷眉冷眼："怎么就轮不到我管？沈陌好歹是我徒弟。"

罗茜沉吟片刻，若有所思地"嗯"了一声，然后就没下文了。

沈陌看着罗茜阴晴不定的脸色，隐隐觉得哪里不大对劲儿——这个神经兮兮的老女人，难不成又在心里酝酿什么诡计，想着要对付邵扬？

也不知怎的，一想到邵扬有可能受她连累，沈陌心里就突然蹿上来一股莫名其妙的魄力。

她想也没想就挡在邵扬身前，慷慨激昂地对罗茜说："罗总，我一人做事一人当！'初恋'这件事，我会站出来给媒体一个交代，您别为难邵扬！"

话音刚落，办公室里的氛围忽然就微妙起来。

是她说错话了吗？

沈陌下意识地回忆起刚才的细节，再联想起最近在办公室里疯传的关于她和邵扬的谣言，一时也觉得自己刚才的行为，确实……很欠妥当。

她小心翼翼地看向邵扬，恰巧他的目光也落在她脸上，只是淡淡的，看不出情绪。

对视只持续了 0.3 秒，邵扬很快就将视线移开，桀骜又笃定地对罗茜说："给我 3 天时间，如果事情还是压不下来，随便你怎么找我麻烦。

但在那之前，沈陌归我管。"

罗茜又"嗯"了一声，算是默许了邵扬的提议。

罗茜没有久留，离开办公区之前，她回头瞧了邵扬一眼。

也不知是不是沈陌的错觉，她仿佛看到罗茜那双精明的眼里，闪烁着志在必得的光芒。这女人到底在打什么算盘？沈陌想了很久，却怎么也猜不透。

"抄袭"二字，在任何与艺术有关的领域里都是最大的禁忌。

香水设计虽然很大程度上算是商业领域，但毕竟一旦涉及爱与美的主题，就变得比往常更神圣一些，也更容易吸引群众的注意力。

自从罗茜离开设计部办公区开始，整整一个上午，沈陌一句话都没有说。

偶尔有相熟的同事过来拍拍她的肩膀，好言安慰几句；当然也有陈岚这种早就看她不顺眼的人，借此机会凑过来刁钻一番。

有人劝她站出来给媒体给大众道个歉，也有人说相信她是被冤枉的，然而不管旁人做何说法，沈陌都只是礼貌地报之以微笑，并不发表意见。

罗茜走后，邵扬也没有多做停留，只对沈陌说了一句："放心，有我在。"就从容不迫地替她收拾烂摊子去了。

邵扬告诉过她，有个成语叫作"众口铄金"，所以哪怕她是无辜的，说不定也会被铺天盖地的媒体消息给歪曲成抄袭他人创意的香水界败类。

面对这样焦头烂额的状况，沈陌觉得自己虽然逞强说要向媒体澄清，但实际上，她全然没有头绪，根本不知道应该做些什么。

那么他呢？任何事情都信手拈来的邵扬，会如何帮她处理如此窘况呢？

沈陌猜想过无数种可能，比如他来顶罪，又比如他站在专业权威的角度对此事予以详尽分析，又或者……细想起来，每一种猜测都有可能实现，却又都不大可能。

邵扬并不是个愿意给自己惹麻烦的人，这一点，没有人比沈陌更清楚。

一直以来，她都在努力，心里盼着有那么一天，她可以变得足够强大，可以和他并肩作战，而不是像现在这样，一不小心就成为一个没用的累赘。

这种念头在沈陌的脑海里几乎是生了根的，哪怕是在被人诬陷抄袭的时刻，也没有半分动摇。

午饭时，她勉强自己吃了几口。虽然没胃口，但是饿着肚子终归没力气应对接下来的一场恶战。

经过一上午的深思熟虑，沈陌心里已经大概有了决定。

她不晓得邵扬会采取怎样的手段平息事端，但就她自己而言，她始终认为——越是在危急时刻，诚意越显得重要。

抄袭是原则问题，是她不容污蔑的底线。那么，在"不能认怂"这个大前提下，如果争辩无效，反驳也无效，她宁愿选择掏出一颗真心，放在媒体的闪光灯下。也许温热的诚心会被来自四面八方的强光伤到，但总好过虚情假意地背诵一篇公关作文。

打定了这样的主意，她便趁着午休时间跑到公司附近一个相对空旷的公园里，拨出一串鲜少记起，却从未忘记的电话号码。

电话连续响了半分钟，始终无人接听。在这漫长的半分钟等待里，沈陌能觉察到自己的勇气正在一点点流逝殆尽。

就在她几乎要放弃的一瞬间，叶远声的声音从听筒里传来。

"沈陌?"他清朗的声音里,有掩盖不住的欣喜,"怎么想起来打电话给我?"

她攥紧了拳头,艰难地开口:"远声,你……能不能帮我一个忙?"

他听出她话里的拘谨,不由得也严肃起来:"是很严重的事?"

"是,很严重。"沈陌咬了咬嘴唇,鼓起勇气问道,"我们能不能……见面说?"

叶远声一口答应:"没问题,那今天晚上我到你公司接你。"

她道了谢,便匆匆挂掉了电话。这时,手心已经因为紧张而变得潮湿。

她忽然就有些恨自己没有天大的本事,竟然还需要抓着叶远声一起打什么真情牌。

这边刚刚结束和叶远声的通话,下一瞬,邵扬的电话就打了过来。

"听赵姐说你中午没跟他们一起吃饭,我回来也没在办公室看见你,自己跑哪儿去了?"他从来没有这样急促地对她说过话,仿佛连呼吸里都写满了担忧。

她握着电话的手不由得一紧,没来由地觉得很揪心。

"对不起,叫你担心了,我……这就回来。"沈陌没有解释她去了哪里,做了什么,只说了这么一句话,就逃也似的挂掉了电话。

其实她很想问问邵扬,在这个兵荒马乱的上午,他到底在为她做些什么呢?可她不敢问,因为她怕邵扬会反问她的想法。

决定要利用叶远声澄清事实已经是逼不得已,无论如何,沈陌都不愿意再把那些陈年旧事丢到邵扬面前。

越是脆弱的时候,她越是害怕和邵扬之间生出间隙,哪怕只是一丝一厘,都会令她苦不堪言。

第二十五章

弄 巧 成 拙

临近下班时分，沈陌趁着邵扬外出还没回来，找借口说有些头疼，和罗茜请了两个小时的病假，便率先离开了公司。

她出门时，叶远声的车已经停在了马路对面。沈陌忽然有些恍惚，总觉得眼前的场景和上一次她狠心拒绝他时，如出一辙。

车子在路上稳稳行驶，车里，叶远声问沈陌："先去吃晚饭，你平时都去什么地方，也带我去尝尝?"

本来沈陌下意识地就要说出市中心那家粤菜馆子的名字，可话到嘴边滚了一圈又被她生生咽回了肚子里。

她不愿意顶着被邵扬碰见的风险去什么市中心，更不愿意带其他人去那家留下了有关邵扬记忆的餐厅，哪怕这个人是她的初恋前男友。

沈陌温和地笑笑，转头看着叶远声说："我平时不常在外面吃，基本也就是出租房附近的几家小饭馆，只是不知道那种街边的小馆子你吃不吃得惯。"

许是因为她的目光颇为真挚，叶远声二话没说，立刻爽朗地点了点头，开车往她家的方向驶去。

出租房附近有一条夜市小吃街，傍晚时分，小商小贩云集，看起来颇为热闹。

叶远声走在沈陌身侧，时不时地感慨道："这里还真有点儿像咱们大学外面的步行街，你说呢，沈陌？"

被他点到名字的沈陌，其实一直在走神，根本就没有融入市井之间的烟火气息中。

她勉强抬头对他笑笑，随手指着旁边一家卖鱼丸面的小店说："不如就在这家随便吃点儿吧？"

"好。"他很绅士地让她走在前面，两人一前一后进到那家小店，寻了位置坐下。

这边叶远声笑意浓浓地翻看着简陋的塑料菜单，那边沈陌却心事重重地直奔主题："远声，之前电话里我也说过，这次约你，确实是有事相求。"

他正在翻页的手似乎顿了很短的一瞬，很快又恢复如常。

叶远声跟服务员点了两碗章鱼面和几样搭配的小菜，又叮嘱其中一碗不要放香菜，而后才浅笑着回头对沈陌说："我也知道你找我出来的目的，只不过偶尔管不住自己，还是忍不住有点奢望。"

沈陌尴尬得不知说些什么才好，叶远声反倒落落大方地笑道："好了，说正事吧，需要我做什么？"

她朝他感激一笑，而后也不多绕弯，理清了思路便将"初恋"香水的由来、如今惹上的事端，以及需要他帮她一起澄清事实的想法娓娓道来。

在她描述事情经过的短短 5 分钟里，叶远声脸上的表情简直可以用"阴晴不定"来形容。

听说她设计了"初恋"，骤然晴空；再听说"初恋"是药香味儿的，瞬间转阴；而后得知她被人污蔑抄袭，忍不住为之担忧，阴转多云；最后，明白她此次的来意，想到她对他再无旧情，不过是想利用他处理事情，叶远声的脸色终于无言地变成了当下最流行的——霾。

其实不光是叶远声觉得堵心，就连沈陌自己也是越说越觉得自己这事儿做得太过分了。

她有些高估自己的智商了，但却低估了叶远声，更低估了她在他心里的位置。

沈陌怎么也没有想到，叶远声虽然阴沉着一张脸，但却没说一个"不"字。

他只是低声问了一句："你打算什么时候跟媒体见面？"

在沈陌回答了"后天"之后，他便又归于沉默，不再多说无用的话。

小餐馆的老板娘端上来两碗热腾腾的章鱼面，问道："不放香菜的是哪位的？"

沈陌还没开口，叶远声就自然而然地说："她的。"那么熟悉的眼神，仿佛他们又回到了几年前的大学时光。

"瞧你男朋友多体贴！"老板娘说完，见沈陌低下头，只当她是害羞的。

可是沈陌自己知道，她真的是无言以对。

沉默良久，也挣扎良久。

白天没见到叶远声时，她还只是担心这张感情牌不会管用，可是当她真的和叶远声面对面地坐在一起吃饭，她却怎么也过不了自己心里这关，总觉得这样利用他的一片真心，实在过分。

"远声，要不然……"她支支吾吾地说，"不然还是算了吧。"

那些犹豫不决，哪怕她不说，他也都看在了眼里。

本该推脱搪塞的是他，可偏偏是他主动替她解围："沈陌，你不要有什么心理负担，我也不全是为了帮你，再怎么说，这款香水的设计初衷里也有我一分子，那我不能亲眼看着它被人这样污蔑。"

她紧紧咬着下唇，好不容易才将那句"对不起，谢谢你"说出口。

正事儿聊到这里，就算是告一段落了。叶远声率先转移话题，与她聊起生活琐事。沈陌不好不答，但也不愿聊得太过深入，毕竟已经觉得退出了彼此的生活。

一顿饭吃到最后，章鱼面都凉了，两人之间的气氛也随之冷却下来。

沈陌脸色随心情一起变得有些糟糕，叶远声主动说要送她到楼下，她便没有拒绝。

可是就在他们并肩行至单元门附近时，沈陌一眼就看到了等在她楼下的邵扬，以及写在他脸上的不可言喻的失望。

叶远声识趣地先离开了，寂静的夜色里，只剩下沈陌和邵扬遥遥相望，相顾无言。

他原本是斜倚在墙壁上的，看到她走过来，便站直了身子，高挑的身材完美地挡住了沈陌回家的必经之路。

她在他面前站定，犹豫了好一阵子，才弱弱地开口："邵扬，不是你想的那样……"

邵扬冷笑着反问："哦？不是我想的哪样？"

"我之所以约他出来，是因为……"沈陌把头垂得很低，声音也越来越小，"呃，因为……"

说实话？肯定行不通；说谎？肯定会被他误会。

一时之间，沈陌左右为难，竟完全想不出应该如何解释刚才的一幕。

她深深呼吸，然后抬头凝望邵扬的脸，一字一顿地说："邵扬，请你相信我！"

他低头对上她的双眼，不出意外，从中看到了恳求与退让。

他本该心软的，可不知为什么，这一刻，他就是没办法压下心头蹿升的怒火。

"我一直相信你，可是你呢？"他几乎是咬牙切齿地反问她，"沈陌，你可曾同样信任过我？！"

从未有过的委屈、骄傲和苦涩，一股脑儿地涌上邵扬的心间，以至于他不论如何努力装出倨傲的模样，沈陌还是瞬间看透了他的伪装。

沈陌望着他眼底的苦楚，忽而就明白了什么叫爱情。

原来当你真的爱上一个人，你可以忍耐天大的委屈，可以忍耐无尽的伤害，却唯独不能忍耐他露出那样脆弱的神情。

他的难过，简直能在瞬间击溃她心底最固不可破的堤堰。

沈陌甚至来不及细想他话里的深意，就上前一步紧紧抱住他，一遍一遍地道歉："是我错了，邵扬，你别这样，我错了……"

这拥抱来得突兀，就像是皎洁月光下斑驳的树影，一枝一桠都延展到了邵扬的心里。

渴望已久的小女人，如今正乖顺地拥抱着他。她抱得那么用力，连矜持都不顾，仿佛只要稍不留神就会弄丢了他，而她那么害怕找不到他。

一种名为心疼的情愫悄然暗涌，邵扬虽没有展颜，但到底还是不忍心再对她说一句重话。

沈陌伏在他胸前，像个将被抛弃的无助孩童，嘴里反反复复地念着那句"对不起"。

他沉默半晌，却发现胸口的衣襟已经被眼泪洇湿了。

上一秒，温热的触感还存留在心口，而下一瞬，仲春时节的晚风徐徐吹过，他便觉得一种透骨的凉。这种凉意仿佛不单单存在于他的身上，也无声蔓延到沈陌的脸颊上，手指尖。

她哭着哭着就开始说不清楚话，再然后，整个身子都在战战发抖。

邵扬终于还是败给了这样楚楚可怜的她，再也无法抑制心中的怜惜，紧紧将她抱在了怀里。

他的唇轻轻吻上她的头发，再开口时，声线中不知怎的就染上几分喑哑的味道。

"我不是怪你，别哭了。"他一边用宽厚温暖的手掌轻轻抚顺她的脊背，一边柔声哄道，"听话，好不好？"

感受到他的抚慰，沈陌渐渐止住了哭声，改为有一搭没有搭的抽泣。

她泪眼蒙眬地抬头凝望他的脸，忽然觉得此时此地，纵使隔着蔼蔼水汽，他依然离她很近很近。

女人哭得久了就容易缺氧，缺氧了就容易说出感天动地的胡话。沈陌如果明白这个道理，就绝对不会在哭得脑子都蒙了的时刻，放下所有的防备，对邵扬说什么"你不要生我的气，以后我什么都听你的"。

这话虽然很没骨气，但听在邵扬耳朵里却是受用的，也恰是拜这句胡话所赐，沈陌有幸见到了"抄袭丑闻"之后，邵扬露出的第一个笑容。

爱情是多么奇妙的东西。

他难过，星空都跟着黯淡无光；而他展颜一笑，整个世界的花朵仿佛都在瞬间绽放。

沈陌见他不再恼怒，也跟着破涕为笑。

心情一旦缓和下来，关于正事儿的讨论自然就被提上了议程。

这一次，没等邵扬威逼利诱，沈陌就主动招认了。

她将自己找叶远声帮忙的事情，一五一十地讲给了邵扬听。不仅如此，她甚至没有放过任何一个细节，连自己心里的挣扎和内疚都和盘托出。

沈陌这边像连珠炮似的讲了好一阵子，谁知邵扬看起来却淡定得很，仿佛她说的一切都已在他掌握之中。

她本来还在很努力地澄清事实，却发现邵扬正在抿唇偷笑，于是她瞬间没了思路，嘟着嘴巴嘀咕了一句："喂，你笑什么啊？真是的，这么严肃的事情，有什么好笑的……"

邵扬眉眼弯弯地看着她，轻声反问："我早就看过剧本，你还非要事无巨细地念一遍给我听，怎么不好笑？"

明明是在讨论工作上的棘手事情，可为什么，听起来那么像是情人间的呢喃细语？

沈陌想，或许是因为从刚才到现在，他始终将她护在臂弯里，以宠溺和保护的姿态。

即便有微凉的风吹拂而过，凉意也都被他挡了去，最终落在沈陌肌肤上的，只剩下最温柔的触感。

她怔怔地望进他深邃的眸子，一时动情，竟忘了言语。

"怎么了？突然就静音了。"

"没怎么，就是突然意识到，以后我再也不能主动去约别的男人了。"

邵扬愣了片刻，而后轻笑起来，下巴磨蹭着她的额头，语气里尽是笑意："你倒还挺自觉。"

"要是连这点儿自觉都没有，怎么能当你的……"沈陌说不下去了。

她这才恍然意识到——手也牵了，抱也抱了，可是截止到目前，他们还是没有确认恋爱关系。

甚至……他从来就没说过喜欢她。

这个认知像是从天而降的一盆冷水，倏地就泼醒了沈陌。

她收敛了笑容，抬起头来，一瞬不瞬地看着他，像在等一个并不过分的答案。

第二十六章

一 纸 诉 讼

就像早已料到的那样，沈陌并没有等来她想要的答案。

明明是喜欢她的，却从来不肯给一个承诺。邵扬的心里到底装着怎样的世界？沈陌终究是看不透的。

她问："为什么？"为什么不愿意名正言顺地和她在一起？

而他只说："沈陌，再给我一点时间。"

沈陌不知道邵扬有什么难言的苦衷，要这样一而再，再而三地拖时间，可不管怎么说，她不愿意逼他。

求来的感情只能算是怜悯，那不是她想要的爱情。

许是察觉到她的低落，邵扬温柔地捧起沈陌的脸，认真地凝视她，试图用亲昵的肢体接触向她表明他的心意。

沈陌想起一句话——爱与不爱，并不是说出来的。

若是论及此刻的感觉，毫无疑问，她能感觉到他的爱。那么，这也就足够了。

她不再庸人自扰，唇角弯起一个浅浅的弧度，信誓旦旦着对他说："好了好了，给你时间就是了，反正多久我都等得起。"

眼看着活泼的小女人又回来了，邵扬也不由自主地笑起来。

不经意间，男人温热的呼吸洒落在她的耳畔，几乎要掩住晚风的温度。

均匀而从容的气息，轻而易举地扰乱了沈陌的心跳。她忽然就慌了，速速低下头，不敢再与他对视。

"好了，没什么事儿的话，我就先上楼了。"沈陌双手轻轻撑在他胸膛上，想要拉开彼此之间的距离，"你也早点回去休息吧。"

邵扬看到她红透的耳根，没来由地觉得心情很好。他其实很想使坏再捉弄她一下，不过为了男人某些时刻不得不留住的威严，他还是忍住了。

送沈陌上楼之前，他又提到了"初恋"的事儿。

"沈陌，我知道你原来的打算。"他的语气不似刚才那么温和，稍稍带着些不容置疑的倨傲感，"但是听我说，你的原计划作废，接下来每一步都跟着我走。"

沈陌呆呆地点了点头："我知道了，我相信你。"

至少在说这句话的一刻，沈陌是全然相信邵扬能 hold 住事态的发展，并且她相信，有他在，这件事不会搞得太难堪。

然而第二天早上，当她准时到 Stellar 上班，还没等打开办公电脑就被罗茜叫去总监办公室谈话了。

事情到底和她想象中的不大一样，比如说——摆在罗茜和沈陌之间的那张诉讼书。

"现在 RK 已经就'初恋抄袭恋之蜜语'一事，向区级法院提起诉讼，今天早上已经正式立案了。"罗茜每说一个字，沈陌的心就往下沉一点。

当她听到罗茜冷声问道："作为被告，你打算怎么办？"沈陌真的觉得天都塌了半边。

在过去的 20 多年里，沈陌从未想过有朝一日，自己也会和"违法乱纪"这样的字眼儿联系在一起。

可是眼下，这样规规矩矩的她，居然成了一起侵权案件的被告。

窗外恰是清晨阳光明媚时，可是再好的阳光，也驱不散她心底的阴霾。

本来沈陌心里就已经郁郁难舒，可罗茜偏要在这时雪上加霜。

"这件事情 RK 绝对不会善罢甘休，你一个新人是死是活倒还好说，可这么一闹，势必会影响 Stellar 在业界的声望。这个责任，沈陌，我看你怎么负得起！"

"罗总，我……"她真想找个地缝逃走，就像从没有来过 Stellar 一样。

就在这时，邵扬敲门而入。

沈陌回头看到是他，一瞬间像是看到了救星，连目光都变得炯炯有神。可是下一刻，她看到罗茜那张阴沉却带着冷笑的脸，又觉情况恐怕没那么乐观。

她忽然就想起"初恋事件"刚爆出来的那天，邵扬信誓旦旦说"给我 3 天时间，如果事情还是压不下来，随便你怎么找我麻烦"，以及罗茜工于心计的笑容。一时之间，前因后果都在沈陌心里串成了答案。

今天是第二天，事情非但没有好转，反而朝着更加糟糕的方向急转直下。

沈陌几乎已经可以预见，假若明天这场官司仍要继续，罗茜绝对会借此机会对邵扬进行打压，搞不好甚至会以"损害公司名誉"为由，直接将他扫地出门。

沈陌之所以只考虑邵扬而不考虑她自己，大概是因为她多少还有点自知之明，心知像自己这样弱不禁风的菜鸟，罗茜恐怕从来就没放在眼里过。她就像是攀附于邵扬的藤蔓，若是主心骨都倒了，藤蔓自然命不久矣。

头绪逐渐变得清晰通透，她本该觉得冷静一点，可是并没有。

本来她只需要担心自己的未来即可，然而走到了这一步，她就不得不连带着邵扬的那份儿也一起操心起来。

就在她忙着在心中计算小九九时，罗茜已经冷言冷语地开口："邵扬，你说这件事你会处理，叫我不要插手。难道，这张诉讼书就是你交给我的答卷?!"

沈陌暗自捏了一把冷汗，可是邵扬却淡定如常，面无表情地揶揄道："今天才第二天，罗总又何必这么心急？难道，你位居总监这么多年，还不足以培养出哪怕一点点的耐心么？"

罗茜气结，冷哼一声道："那好，我倒要看看你邵扬有什么通天的本事，能在一天之内逆转结局!"

邵扬优雅一笑，没再反唇相讥。

"诉讼书我先拿走了，如果没其他事儿，沈陌我也先带走了。"话音落下，邵扬便带着沈陌一起离开了总监办公室。

两人并肩回到办公室，吸引了各式各样的目光——同情，好奇，爱答不理，故作友善……

沈陌此刻满脑子都是和 RK 的官司，根本无心顾及周围人的八卦。

她刚在自己办公桌旁落座，就一不小心碰洒了桌上的茶水。

邵扬将沈陌的心神不宁全都看在了眼里。他轻轻拍着她的肩膀，低声却笃定地说："我不是说过么？我会处理好一切，你只要相信我就好了。"

沈陌缓缓抬头看他，眨巴着那双水汪汪的大眼睛，一副要哭不哭的样子。

"瞧你这表情，好像天要塌了似的。"

她撇撇嘴巴，声音低低地说："怎么不是？RK 都要起诉我了……"

邵扬低头瞥一眼手中的文件，淡然道："这份诉讼书不算是突然袭击，它是我预料之中的。"

"啊？你已经猜到 RK 会告我了?!"沈陌一激动，没控制住音量。

于是乎，她的光荣事迹就在一瞬间传遍了整个设计部。

面对四面八方投递而来的异样眼光，沈陌赧然不已，恨不得想把这张丢尽人的嫩脸埋进办公桌抽屉里去。

不过，丢人归丢人，事情还是要继续聊清楚的。

所以，当邵扬点头说出那句"我猜到了"，沈陌像只斗鸡似的腾地从椅子上站起来，怒瞪着他，扬声质问道："你猜到了为什么不告诉我?!好整以暇地看我一点儿心理准备都没有突然收到诉讼书时的狼狈表情，很好玩儿是吗?!"

邵扬被她这样当众质问，不悦之情溢于言表。

他拧着眉头说："沈陌，你给我冷静一点！怎么一胡闹起来就这么不知好歹呢？"

"我不知好歹？你到底是想帮我收拾烂摊子，还是想看我笑话，谁知道呢?!"这话说得着实有些过分了,就连沈陌自己也觉察到了。

果不其然,她话音尚未落下,邵扬一张俊脸已经冷得不能更冷。

他二话没说,在众目睽睽之下,直接拎住沈陌的后衣领,连拖带拽地把她拎出了办公区。

走廊拐角的光线很暗,沈陌与邵扬之间虽然只有一步之遥,可她却只能勉强看清楚他的轮廓,却瞧不清他的表情。

"沈陌,你把刚才的话再给我重复一遍。"他说的是陈述句,不像是威胁,却比威胁更有冷冻杀伤力。

沈陌瑟缩着肩膀立在他面前,连大气都不敢喘一下,哪里还有胆子重复那么狼心狗肺的话?

她知道邵扬这次是真生气了,而且,由他此刻淡定得像一尊石雕的样子就可以轻易推断,他大概还气得不轻。

这种时候,没有什么比认怂服软更明智了。

沈陌小心翼翼地凑近半步,头也不敢抬,细细弱弱地说:"对不起,我是急疯了才乱说话,你、你别生我气了,好不好?"

邵扬冷哼一声,反问:"我都看你笑话了,哪还敢生你气?"

"不是的,邵扬,你也知道我脑子一蒙讲话就满嘴跑火车,刚才我说的混账话你千万别往心里去啊!"她弱弱地抬头,瞄了他一眼,又开始打温情牌,"你是为我好,我都知道的……"

"这会儿你又知道我是为你好了,早在办公区里扯着嗓子跟我嚷嚷的时候想什么来着?"邵扬虽然嘴上仍说着刻薄的话,不过神色已经缓和了许多。

沈陌最会察言观色,见此情形赶忙乘胜追击,用一句简单又恳切的"我错了"彻底收买了邵扬的心。

他不再揪着刚才的事儿不放，转而与她谈论起 RK 的案子："沈陌，RK 这边你不用太担心，我这边已经有安排了。只要不出太大的问题，明天下午他们会撤诉的。"

沈陌像是没听懂他在说什么，傻傻地反问："撤诉?"

邵扬点点头，耐心解释道："嗯，就是会向法院递交一份撤诉申请，然后私下协商解决这件事。"

"可是，为什么呢?"她全然不解，"不管他们是听信了谣言还是确实有什么误会在里面，他们终归是认为我侵犯了他们设计师的权益，所以才会向法院提起诉讼吧。既然这样，又怎么会突然撤诉?"

"这里面的事情不是你想象的那么简单，总之你不需要在意细节上的东西，只要多一点耐心，等明天下午看结果就好了。"

"可是我……"她还想说什么，却被邵扬打断。

"好了，哪来的那么多可是。"他宠溺地揉揉她的头发，温声说道，"你就别想那么多了，该忙什么继续忙什么去。凡是你搞不定的事情，统统都交给我去处理，以后也是，知道了么?"

不知怎么的，这一刻，沈陌没来由地想起很多很多与邵扬有关的片段。

比如她刚入行时，好几次把他的半成品搞得一团糟。可他也只是骂她几句，便又耐着性子从头再来。

还有一次，他新买来好几包昂贵的香料，交给沈陌去找地方收着，结果她稀里糊涂搞错了存放条件，愣是把需要避光保存的东西放在阳光下暴晒得一塌糊涂。他虽然气急败坏得拍了她脑袋一巴掌，但好歹没有赶她走。

再后来，她逐渐熟悉了实验室的点点滴滴。他嘴上虽然不说什么，可是每当她有意无意地帮他搞定一件琐碎的小事，第二天早上他都会默默地把一杯热腾腾的南瓜粥放在她的桌上……

记忆像是突然开了闸门的洪水，转瞬之间，就将沈陌埋在了谁的温柔里。

她忽而很感动，想问他为什么对她这般好，到底觉得难为情，只将那句与"福分"有关的话语藏在了心底。

"小脑袋又在想什么？我跟你说的话，都听到了么？"

"每一个字都听到了。"甚至，就连他未曾说出口的在意，她也都听到了。

第二十七章

生 病 住 院

次日，邵扬一整天没出现在 Stellar，而沈陌忐忑等待了大半天的时间，终于等到了 RK 撤诉的消息。

令她喜出望外的是，RK 不仅撤诉了，甚至还派出专业的公关人士，郑重其事地向各大媒体澄清——"Stellar'初恋'抄袭 RK'恋之蜜语'"一事纯属谣传。

消息传到 Stellar 时，罗茜一张脸沉得几乎要耷拉到地上。

沈陌虽然不知道这个老女人之前打的是什么主意，可她知道，不管如何，罗茜都不会得逞了！

同事们纷纷围在沈陌旁边，七嘴八舌地讨论起来。她算是在这个下午见识了职场人两面三刀的本事。很多人昨天还满脸同情地劝她出来认错，今天却又拍着胸脯说绝对相信沈陌的实力。也有人昨天还充耳不闻，事不关己高高挂起，今天又跑来说三道四，仿佛拯救她于水火之中的不是邵扬，而是他们这些不相干的人。

周遭嘈杂纷扰，沈陌象征性地礼貌微笑，客气作答，然而一颗心早就不知道飞哪儿去了。

此时此刻，邵扬在哪里呢？

她很想知道他究竟是用什么条件作为交换，才为她争来这么一个万事无忧的结果。可是她更想知道，他这几日到处奔波辗转，有没有记得按时吃饭，有没有记得好好照顾自己。

千丝万缕的牵挂萦绕于心，可邵扬的电话始终是无人接听。

到了下班时分，沈陌又一次拿起手机，下意识地想拨电话给他，却意外地收到了他发来的短信：一切安好，勿念。

轻悄悄的 6 个字，却如同油彩画里的重彩浓墨，一点点氤氲在她的心里。

她疯狂地想要找到他，然后紧紧、紧紧地拥抱他，不容阻拦，不顾一切。

"您所拨打的用户已关机。"电话里反反复复传来陌生女人机械而冰冷的声音。

沈陌没来由地一阵心慌，总觉得哪里不对。

彻夜辗转反侧，第二天清早，她刚到公司就直奔罗茜办公室。

沈陌开门见山地问："罗总，邵扬是不是请假了？"

罗茜连眼皮都没抬一下："嗯。"

"是临时有事儿还是怎么呢？"

罗茜停下手里的工作，睨了沈陌一眼："不是忙着给你收拾烂摊子么？"

"可那是昨天啊，今天呢？"

"也请假了。"她顿了顿，又补充道："没说为什么。"

沈陌心知罗茜不是不知道，而是不愿意多说，于是也没再追问，只是道了声谢就匆匆离开了。

她回到自己办公的楼层，却在踏入办公区的一瞬察觉出异样——明明前一秒大家还在讨论"听说邵扬……"然而一看到她出现，就纷纷噤了声！

"邵扬怎么了?"沈陌急急地问，"你们是不是知道什么，为什么都不肯告诉我?!"

每个人的脸上都是一副欲言又止的神情，可是所有人却又很有默契地一起选择了缄口不言，谁也不愿意回答她的话。

沈陌急得讲话都带了哭腔："到底怎么了啊……"

还好，就在她真的哭出来之前，赵姐忧心忡忡地叹了口气，把她叫到了外面。

"沈陌，不是大家故意为难你，这次真的是邵扬不让说的。"

"他……发生什么事了?"沈陌的声音止不住地颤抖。

赵姐低声答道："住院了，肠胃炎引起高烧，就昨天晚上的事儿。"

她很想大声说一句"你丫再开这种玩笑别怪我跟你急"，可她知道，赵姐说的都是真的。

沈陌怔怔地站在原地，想起昨晚自己躺在床上，心脏反复传来真实的痛感，忽然觉得这世界那么微妙。

原来很爱一个人，真的可以体察到他的痛苦。

赵姐见她脸色不佳，语重心长地劝道："我知道你担心邵扬，但是别和自己过不去。今天下班我们约好了去医院看他，你要不要一起去?"

"不，我不跟你们一起去。"沈陌毫不犹豫地拒绝了她的好意，转瞬又斩钉截铁地说："赵姐，麻烦你告诉我他在什么地方住院，我现在就去。"

人民医院住院部，307 号病房。

沈陌站在门外，徘徊许久才攒足了开门的勇气。

在来医院的路上，她一直在脑海里描绘这样一幅画面——充满消毒水味的病床上，安安静静地躺着憔悴的、苍白的，却依旧从容的他。

可实际上，病房里的景象和她想象的并不相同。

恰是上午阳光最明朗的时候，遮光的窗帘已经拉开，只留下浅白色的纱帘，朦朦胧胧地透着由室外而来的美妙光线。

房间里总共只有两张病床，离门较近的这张是空着的。邵扬侧身趄在靠窗的床上，面朝窗子，只留给她一个修长的背影。

他仍在挂点滴，听到开门的声音，缓缓转过身来。

待到看清了来人，他的脸上瞬间闪过好几种复杂的神色——欣喜，惊诧，犹疑，沉静，以及似有而无的闪躲。

一时之间，五味陈杂。

她看到连在他手背的输液管，胸口忽然就泛起一阵尖锐的刺痛。

"邵扬……"只是这样轻声叫他的名字，仿佛就已经用尽了她全部的力气。

"你怎么来了？"他淡淡地开口，棱角分明的轮廓在微光里变得柔和，"过来坐吧。"

他稍稍往里挪了挪，在床沿给她留了落座的位置。

沈陌咬着下唇走到他身旁，却没有依言坐下，而是蹲在一旁，静静地平视他的脸，眸子里写满了心疼。

"如果我没有厚着脸皮去问别人到底发生了什么，你是不是就打算一直这么瞒着我?"

邵扬凝视着她的眼眸，心中纠结不已，半晌没有言语。

"你都住院了，还发短信叫我勿念? 邵扬，你是不是从来都只把我当成负担，从来都不相信我能好好地陪伴你……"沈陌越说越委屈，忍了一路的眼泪就这么夺眶而出，怎么努力都收不住。

邵扬轻不可闻地叹息一声，低低地说："想好好守着你，不愿意看到你有太多的顾虑和烦恼，难道这样也错了吗?"

沈陌心头酸楚，忍不住哭得更凶，连呼吸都不顺畅了。

"你对我千好万好，我都知道，可是你……你真的有考虑过我的感受吗?"她一边啜泣着，一边断断续续地说，"我喜欢你，不是……不是为了得到你对我的好，而是努力想要……想要对你好啊……"

他沉默了很久，最后轻轻握住了她哭得冰凉的手。

"我知道了，别哭了。"

沈陌抬手抹了抹眼泪，努力把眼泪憋回去，而后温声软语道："对不起，我不是来给你添堵的，我就是担心你……"

他稍用力握了握她的手，轻声说："我知道，你看，我这不是没什么事儿么。我也就是找这么个借口，赖在医院里躲几天清闲。"

"我又不是傻子，你逗我也没用。"她伸手去探了探他的额头，不禁严肃起来，"你还发着烧呢，要不再睡会儿? 刚才是我开门吵醒你了吧。"

他摇头："不是，本来就没在睡觉。我在看新闻，印度那边的香水走势又出幺蛾子了，好像……"

沈陌颇为无奈地打断他的话："你要不要这么敬业啊? 病了就好好休息，还研究哪门子的香水走势!"

邵扬倒是精神不错，还有闲心和她打趣："是是是，我这就好好休息，然后等出了院就立刻因为跟不上潮流而被香水界唾弃。"

如果说这世上只有一个人能够左右沈陌的心情，那么一定是他。

泪痕仍旧凝在眼角，她却也跟着他淡淡地笑了起来："你居然还有这份力气跟我开玩笑，看样子过不了几天你就能出院了。"

两人又闲聊几句，而后邵扬继续举着手机看业界新闻，而沈陌管不住他，也只好听之任之，自己默默去楼下买了些水果上来，坐在他病床旁边耐心地削皮切块儿。

晌午的时候，邵扬说要吃肉，沈陌满口应下来，却买了一些清淡的蔬菜粥。

"你就给我吃这个？"某首席调香师表示非常不能理解。

沈陌满脸赔笑解释说："肉类都很难消化的，你肠胃本来就不好，这几天就先喝点粥，等出院了再撒欢儿吃肉。"

谁知，邵先生大手一挥，直接说了句："我不吃这个。"

她忽然就来了气势，把粥往床边的柜子上一放，居高临下地对邵扬说："不吃这个？那您自己下楼买去啊！"

"……"邵扬瞪她一眼，作势就要起身。

沈陌见苗头不对，赶忙以迅雷不及掩耳盗铃之势扑到他身上，笑眯眯地认怂："别别别，我错了，您就赏个脸，凑合着吃点儿吧？"

"看在你这么有诚意的份儿上，去把折叠桌子支起来吧。"

她应了一声，便忙前忙后地照顾起邵扬。都说病人难伺候，她倒觉得邵扬这个倨傲的家伙，病了之后反而变得比平时温顺了许多。

午饭吃到一半，有护士来给邵扬拆点滴。沈陌也放下了碗筷，守在旁边，一瞬不瞬地盯着护士的动作，生怕小丫头没轻没重地弄疼了他。

待到护士离开病房，邵扬像是发现了什么好笑的事情，抿唇问道：

"沈陌，你是不是晕针啊？"

"啊？"她一愣，不明所以，"我不晕针啊……"

"那你刚才怎么一脸要死不活的表情？"

沈陌无语，悄声嘀咕着："那是因为针在你手上嘛！"

迟钝的邵扬这才了然，正准备逗逗她，却看到护士又走了进来。

沈陌也听到开门声，回头看了看，以为护士又要给邵扬挂什么别的点滴，瞬间有点紧张。好在护士小丫头不过是来叮嘱邵扬注意饮食，并且多注意休息，沈陌这才稍稍放下心来。

吃过午饭，邵扬习惯性地想查查行业咨询，却在打开浏览器的瞬间被沈陌夺走了手机。

"懂不懂什么叫遵医嘱啊？让你多休息，就乖乖休息。"这时候她倒是拿出了管人管到底的架势，仿佛在这间小小的病房里，她才是他的指导人，"手机我先没收了，你先好好睡个午觉，等会儿醒了再还给你。"

邵扬定定地望着她，忽然开始奢望生活里一直有她。

被他这样细细地打量了一小会儿，沈陌就开始觉得局促不安。

她有些不自在地替他掖一掖被子，轻声细语地说："我知道，手机属于个人隐私，可我也只是为了让你好好歇着，不是为了偷看什么。再者说，我根本就不知道密码是多少，这样你总可以相信我吧？"

他虽然稍做犹豫，但还是对她说："没有不相信你，那我睡会儿，手机你就先拿着吧。"

第二十八章

执 子 之 手

自从相识以来，她从未享受过这样平静而恬然的下午。

温暖的阳光透过纱窗的缝隙洒落在室内，将一桌一椅都涂抹成浅金色。这里虽是病房，却没有冰冷的感觉。

邵扬睡得很安稳，长长的睫毛在眼下投出一圈美好的暗影，呼吸均匀而绵长。

沈陌搬了椅子在旁边守着，借此机会仔仔细细地打量他的模样。

时光悠然而过，转眼已是下午3点半。

沈陌正在琢磨晚餐应该准备什么，就听得邵扬低声说了一句梦话。

他的声音极轻，像是不经意间的呢喃，以至于沈陌几乎不敢相信——他竟在梦里念着她的名字，沈陌。

一瞬间，仿佛有烟火绽放在心头，惹得她雀跃不已。

他是在意她的，甚至比她以为的还要在意！这样的认知如同甜蜜的毒药，猛然入侵，便在一瞬间主导了她的情绪。

沈陌小心翼翼地站起身来，想出门走走，又怕开门的声音吵醒他，于是就这么傻乎乎地站在椅子和房门之间，半晌没有动弹。

　　也不知是不是脑子抽了，有那么一瞬间，她忽然生出极其强烈的好奇心，想要确认一件微不足道的事。

　　从自己的单肩包里翻出手机，沈陌忐忑又甜蜜地拨出了那串熟记于心的号码。

　　短暂的等待后，搁在桌子上的邵扬的手机亮了，来电显示上赫然写着 4 个字——私家珍藏。

　　记不得是谁曾说过——要想知道你在一个人心里的地位，最好的办法就是看他在手机里给你备注成什么名字。

　　沈陌欣喜若狂地望着"私家珍藏"4 个字，激动得脸都红了，完全没意识到这手机不仅亮了，而且还……响了。

　　邵扬半睡半醒地看向她，含混不清地问："谁打来的电话？"

　　"啊？"沈陌瞬间无言以对了，"呃……"

　　见她表情不对，再瞧一眼她手里攥着的另外一部手机，邵扬心里便猜了个八九不离十。

　　"帮我把手机拿过来。"他不动声色地说。

　　沈陌磨磨蹭蹭地挂掉了电话，屋子里瞬间归于安静。

　　他目不转睛地瞧着她，不出半分钟，沈陌就被他盯得头皮直发麻。于是，再怎么不情不愿，她还是磨磨蹭蹭把邵扬的手机递了过去。

　　邵扬看了一眼未接来电，似笑非笑地抬头睨了她一眼。

　　沈陌尴尬地摸摸鼻梁，结结巴巴地找借口道："那个，我、我刚才拨错号码了……"

　　他挑眉反问："哦？本来想找谁？"

"……"沈陌瞬间就觉得，敢跟邵扬扯谎绝对就是死路一条，哪怕是在他生病的时候。

她本来有点心虚，但转念一想，自己既然已经是他的"私家珍藏"了，还有什么不敢理直气壮的呢？

昂首阔步走到他身旁，在床沿找个位置坐下来，沈陌笑意盈盈地看着他英俊的眉眼，只觉得心情好得快要飞到天上去。

"其实你也喜欢我，对吧？就像我对你那样。"这大概是她头一次在他面前露出这样的自信，就连问句也变成了陈述的感觉。

他没有正面回答，有些好笑地调侃道："女人真是种奇怪的生物，居然能被那么简单的 4 个字激发出无敌的自恋潜能。"

"这怎么是我自恋？"沈陌巧笑着说，"明明就是你为我不可自拔，喏，手机备注就是证据。"

"这世上不可自拔的只有智齿，你是吗？"

她眼前一亮，逗比专属的情话就这么脱口而出："我愿意当你的智齿！"

邵扬被她气乐了："沈陌，你给我适可而止……"

她又往他那边凑了凑，正想着要不要趁着势头大好，趴他身上蹭一个爱的抱抱，却没曾想，一大帮同事恰在这时推门而入。

众人没想到屋里竟是这么个画面——绯闻女孩沈陌亲昵地靠近他，而那位以"万年冰山"著称的邵扬，竟然笑得春风和煦。

沈陌被这几个不速之客唬得一愣，下意识就要站起身来。然而，未遂，因为就在同一时间，邵扬紧紧地握住了她的手，笃定得仿佛不容任何人质疑。

她愕然回望他，眸子里写满了不可置信。

在浅淡而明朗的日光里，他对她微笑，旁若无人。

这一刻，沈陌看到了他的答案——不论之前他为何几次三番地躲避，至少现在，他愿意堂堂正正地和她在一起。

同事们仍然愣在门口，进也不是，退也不是。

邵扬礼貌地开口，不失礼数地招待着他们："麻烦你们过来看我了，快进来坐吧。"

大家这才纷纷回过神来，压下心里的好奇，像所有探望病人的亲朋好友一样，例行对邵扬嘘寒问暖。可即便这样，他们还是忘记了移开视线，因此始终盯着邵扬和沈陌十指相扣的双手。

沈陌平日里虽然神经大条，可一旦牵扯到邵扬，她就变得比谁都精明。她知道，在场的八九个人里，不乏暗恋邵扬已久的两个女人。她看得到她们眼里的不甘心，以及某种藏都藏不住的忌妒。

她努力叫自己不要在意这些，也陪着邵扬一起招待客人。

前来看望邵扬的同事们留下水果和鲜花，便起身告辞了。

场面上的事，做久了就会有些疲倦。待到病房里重又归于安静，沈陌暗自长吁一口气，坐在了床边的椅子上。

她眉心微微蹙着，自顾自地闭目养神，直到听见邵扬叫她的名字。

"沈陌。"

"嗯？"她睁眼望向他。

"你知不知道，你刚才的样子特别像女主人。"

她故意追问："谁的女主人？"

他笑了。

以前，他总是不肯给她一个承诺，可这次不一样。

邵扬温柔地看着沈陌，对她说："我们家的女主人。"

心中掀起狂喜，沈陌几乎不敢相信自己的耳朵！

"邵扬，你……"

可是这还没完，紧接着，邵扬就像个开了闸的甜蜜炮弹，又继续说道——

"我喜欢你，沈陌，或许比你对我还多。"

"对不起，让你等了这么久。"

"从今往后，就只有我等你，不会再有你等我。"

"虽然有些事情我现在还不能告诉你，但请你相信我，也给我多一点时间。总有那么一天，我在你眼里将不再有秘密。"

他的每一个字，都郑重地刻在了她的心头。

短短几句话，胜过了山盟海誓，胜过了千言万语。

在这一刻，沈陌幸福得简直想要站到雪山之巅朗声放歌，想大声告诉全世界——她很爱很爱的人，刚好也爱上了她。

可事实却是，当幸福轰然侵占了她的心田，喜悦的泪水也顺势攻陷了她的泪腺。

"傻丫头，哭什么？"

她哭得哽咽，一个字都说不出来，只能紧紧、紧紧地抱住他，想通过心跳的节奏告诉他，她有多珍惜他的爱。

邵扬伸出修长的双臂，将她紧紧、紧紧地抱在怀里，轻吻她的额头。

"沈陌，不管前路如何，我都愿意带着你一直往前走，走 10 年，走更久。"

只字片语，出口便成誓言。

邵扬在医院里住了将近一个星期的时间。

他不让沈陌全天请假宅在医院，沈陌也就乖乖地去公司上班，只是趁着午休和下班时间来陪他。

起初她还有些恍惚，心里只记得他们已经在恋爱，可实际上，却一时半会儿拿不出恋爱的状态，比如当邵扬主动摸她头发时，她心里还会生出一种狂喜，仿佛这样的亲近是她从时间的缝隙里偷来的。

好在这种状态只持续了两三天，等到周末的时候，她已经完全适应了自己在这场恋爱中的新角色。

星期六的清晨，阳光透过蒙蒙的薄云洒落在北京城，有种温柔安宁的味道。

沈陌很早就起来了，在出租房的小厨房里捣鼓了一早上，煲了一锅浓浓的鸡汤，喜滋滋地带着去医院看望邵扬。

她是上午9点多钟到达医院的，这个时间，邵扬应该已经吃过粗粮面包片，并且看了半个多小时的香水行业新闻。

沈陌推门而入，看到他坐在微光笼罩的病床上，看起来很是神清气爽。

见她过来，邵扬拿起手机看了眼时间，抬头笑望着她说："怎么这时间就过来了？也没提前打个电话说一声。"

沈陌走到他身边，故意皱着眉头说："怎么，不想看见我啊？才在一起几天，你就嫌我烦了……"

他不禁莞尔，故意逗她："你这么一说还真是，我也不知道怎么就捡了个缠人得要命的姑娘。"

沈陌知道即使谈恋爱，也改变不了邵扬心口不一的毒舌属性，索性扬眉吐气地说了句："你后悔也来不及了！"

她在病床边坐下，邵扬笑着握住了她的手，轻声说："后悔也来不及了，还不如逮住机会多维度欺负一下。"

沈陌见他笑得和善，突然觉得哪里不对！一般邵扬出现这种表情，就一准儿没什么好事儿……

果不其然，她正忐忑着，就听得邵扬又说："我早上看新闻的时候，听说欧洲香水市场最近有点动荡，你看在我还生着病的份儿上，帮我整理一份详细的欧洲市场份额报告，没问题吧?"

她可以有问题吗? 沈陌愁眉苦脸地扪心反问，然后很没出息地点点头，就这么将这个凭空而降的差事应了下来。

结果就是，原以为温馨美好的周末上午，沈陌就只能在烦琐复杂的报表中度过了。

她被满满一屏幕的数据搞得焦头烂额，忍不住赌气地抬头瞪了邵扬一眼。可那个男人只顾着自己拿着手机刷网页，根本都懒得抬眼搭理她，就是这么个不懂恋爱的混蛋，偏偏眉目英俊得像是最迷人的贵公子。

沈陌望着他的侧脸，忍不住幽幽叹气，心中满是感慨——他们真的是在谈恋爱吗? 如果是，那为什么邵扬自从几天前情真意切地表白之后，就又变成了原来的样子，一点儿都不像个初尝爱恋的男朋友呢?

可是，陷入爱情的女人就像是被拿捏了七寸的蛇，挣扎也是白费。

一番纠结之后，沈陌又开始劝自己不要庸人自扰——不管怎么说，他除了是她的恋人，还是她所景仰的香水天才。那么，首席调香师交代下来的任务还是要仔细完成的。

她摇了摇头，趁着午饭之前还有点时间，又埋头和市场份额报表死磕去了。

她不知道的是，就在她仔细审读数据时，邵扬的目光悄然落在她的脸上，带着某种留恋的感觉，停留了很久很久。

当她终于搞定了市场份额分析，本以为可以享受一下恋爱的甜蜜，可以给卧病在床的男朋友端茶倒水悉心照料时，却不曾想，邵扬今天彻底化身为工作狂魔，交给她的任务一个接着一个。

直到晚上8点多，沈陌才搞定了所有的"紧急"工作，揉揉酸痛的脖颈，抬头望向邵扬。

她巴巴地盼着他能给点儿表示，不奢求一个吻，给个奖励的抱抱也可以啊……

谁知，他却已经睡着了。

沈陌把笔记本放在床边柜子上，有点儿气急败坏地戳了他一下。

没反应。

再戳，依旧没反应。

她垂头丧气地叹息一声，却还是厚着脸皮地凑过去，温柔地偷偷吻了一下他的唇角。

蜻蜓点水般的偷吻，轻轻一触就走，却足够令她血液沸腾。

沈陌几乎是逃也似的离开了病房，所以她不会知道，当她关上房门的一刻，一直在装睡的邵扬睁开了眼睛。

回想着她的甜美触感，素来倨傲的邵扬，竟然很没出息地羞红了耳根。

第二十九章

爱 恋 升 温

邵扬没在医院住太久，星期天上午就收拾东西出院了。

之前邵扬已经拜托朋友把他的车开到医院门前，两人出了医院大门，沈陌就自告奋勇，抢着要把邵扬带来医院的为数不多的行李搬到后备厢里。

邵扬没有推辞，笑着看她忙来忙去，只等她整理好后备厢之后，便将她打横抱了起来。

"喂！生病的是你，不是我啊……"沈陌担心他刚出院，身体吃不消，可是心头又甜蜜无比，于是这番推拒就成了欲拒还迎，"快放我下来。"

"我已经装病好几天了，也差不多够了。"邵扬有力的臂膀将她牢牢地锁在怀里，一刻也不放松。

他就这么抱着她，从车尾绕到侧面，霸道又温柔地将沈陌放在了副驾驶的位置上。

待到邵扬也坐在车里，沈陌扭头问了他一句："现在是去你家吗？"

邵扬瞥她一眼，故意歪解她的意思，反问道："你这么心急？"

"……"沈陌起初还没反应过来，愣愣地和他对望片刻，突然明白他指的是什么，顿时羞红了脸，小声抗议着："你别什么都往外乱说啊！"

"好了，不逗你了。"邵扬笑着轻咳两声，转而一本正经地说，"先不急着回家，带你去个好地方。"

"什么好地方？"

他故意卖关子："去了不就知道了么。"

言罢，邵扬踩一脚油门，开车带她往目的地行去。

这一路上，沈陌幻想过千百种可能——奢侈的商场，优雅的餐厅，浪漫的游乐场，温馨的电影院……

可是后来她才发现自己这些想法到底有多无聊，当然，前提是有了某些堪称奇葩的创意作为对比。

车停在北京城东边的一个公园外，他们下了车，改为步行。

这是他们在一起之后第一次约会，所以，牵着手走路这种事儿，对沈陌来说依然是甜蜜而陌生的。

以前也不是没触碰过他的手，可这一次，她能感觉到自己的手被他温柔地握在掌心里，甚至能感觉到他手心的纹路，以及细密的汗珠。

这种亲密的触觉令她紧张，以至于邵扬连续问了 3 遍"你觉得这个位置怎么样"，她都没有听见。

第 4 遍的时候，她茫茫然地抬头看着他，回答了一个字："啊？"

这里是中央公园的正中央，绿色植被四下环绕，沈陌站在原地环顾周围，入眼的尽是碧绿的芳草，以及高低不一的树木。

"亏你在这里生活了这么久，怎么连中央公园的情侣树林都没听说过。"

"情侣树林？"沈陌傻傻地想着，那不是每个大学校园里必备的恋爱圣地么？怎么会出现在如此公众的公园里。

邵扬见沈陌依旧搞不懂状况，只好耐着性子向她解释："这里的每一棵树，都是情侣种下的，他们用一株植物的生长来比喻彼此之间的爱情。"

沈陌其实觉得情侣种树这种事情，有点儿……烂俗。

但如果是和邵扬一起，倒也不失为一种浪漫。

她笑着抬头看他，说道："那我们也一起种一棵吧？就算是我们爱情的见证。"

谁知，邵扬直接摇头拒绝了。

"不需要了。"

"为什么？"沈陌不解，眼神里有掩不住的失落。

邵扬朝着沈陌的右边指了指，她顺着他所指的方向望过去，看到了一棵不算很苗壮的红杉幼苗。

她回过头来看着他，犹疑地问："这是……"

他半晌没言语，定定地望着她的眼眸，良久才说："这是我种的。"

"你和……前女友吗？"沈陌心里一紧，脸色都在瞬间变得难堪了许多。

邵扬一愣，转瞬又笑了起来："你想哪儿去了，这棵红杉是我为你种的。"

见她仍是满脸不解，邵扬又说道："别人的爱情都讲究两相情悦，我的不是。从一开始，我就认准了自己的心意，不论有没有回应，我的感情都应该随着时间一起生长。"他的目光落在那棵尚且年幼的红杉上，

"沈陌，我对你的感情是和它一起生根发芽的，只是那时候你并不知道。如今你看，它已经长得这么高了。"

"什么时候种的？"

"3年前。"

沈陌不说话了，上前一步紧紧抱住邵扬，眼泪就这么猝不及防地落了下来。

原来在她恍然无所知的时候，他已经在默默地爱着她。

他是那么优秀的男人，优秀到令她痴迷不已，却又不敢靠近。可就是这样的他，怎么刚巧就也爱上如此平凡的她呢？

此时，沈陌只觉得心里百感交集。若说是受宠若惊，其实也并不确切，更多的还是对面前这个男人的心疼和珍惜。

心疼他这几年来的付出，也珍惜这份得来不易的爱。

"哭什么？傻丫头。"他怜惜地吻了吻她的发线。

沈陌闷闷地摇头，也不回答，只是抽泣着念他的名字，一声又一声。

"邵扬，邵扬……"这两个字反反复复流连于她的心间，如同这世界上最奢侈的珍宝。

她的眼泪润湿了邵扬胸前的衣襟，也一并浸润了他的心。

"别哭了，以后再不让你受委屈了。"他低头温柔地亲吻她的泪痕，从眼角，一直吻到唇边。

连绵的吻触到这里刻意停下，沈陌朦胧着一双泪眼，抬头看着他，用一点温存回应了他眼中的询问。

我可以吻你吗？

不可以，我想主动吻你。

眼神的交流到此为止，而后，便是她踮起脚尖覆上了他的唇。

从轻吻到缠绵，她闭着双眼，脑海里只有他的模样，心里也是。

与爱的人亲吻，原来是这样独特微妙的感觉——沈陌觉得自己是漂浮在半空中的，宇宙已然消失，而指尖触及的轮廓，就是她的宇宙。

离开中央公园时，沈陌挽着邵扬的胳膊，轻声细语地说："我今天晚上肯定要失眠了。"

"为什么?"

"我得好好回忆一下，红杉树默默生长的这几年，你都为我做了些什么。"

"傻不傻，过去有什么好回忆的?"他笑着捏捏她的脸蛋，"既然在一起了，眼下和以后才是最重要的。"

沈陌配合地问他："那眼下我们要去哪里?"

"再带你去另外一个好地方。"

这次她学乖了，没有问东问西，直接跟着他走了。沈陌相信邵扬不会让她失望，而事实也的确如此。

邵扬把车停在人行道旁边，而后牵着沈陌的手，带她往陌生的街巷里面走。

这条巷子有些狭窄，但是很干净。石板路两旁的房屋看起来都有些年头了，斑驳的墙壁上时而能看到旺盛生长的藤蔓植物。

沈陌从没想过都市化的北京城里竟然还有这样温婉的地方，不由好奇地四下张望。

她忍不住猜想，在这条别致的巷子深处，究竟藏着怎样的宝贝，值得邵扬这样大费周章。

越往深处走，城市的感觉就越淡薄，沈陌恍惚有种错觉，以为自己已不在喧嚷的北京城，而是和他一同南下，去寻找假日里的一点静谧安宁。

走完很长一段路，再走过下一个拐角，她隐约闻到了桂花的香味儿。

她一脸期待地问邵扬："都说'酒香不怕巷子深'，我们这是奔着桂花酒来的么？"

他宠溺地看她一眼，答道："想喝桂花酒等会儿买来给你，但现在不是带你来买酒的。"

压抑了一路的好奇心终于按捺不住了，沈陌撒娇似的摇晃着他的手臂，连连问道："那是什么？快别卖关子啦，告诉我吧，好不好？"

邵扬恰巧在这时停住了脚步，指着眼前的一家小铺子说："到了，就是这里。"

"真的假的啊？"沈陌犹疑地瞅了瞅那个太不起眼的门面店，小声嘀咕着，"你不是随便糊弄我的吧……"

"怎么会？"他失笑道，"走吧，进去看看就知道了。"

她抬头望了望铺子周围，竟然没有看到店名。邵扬已经迈开步子率先进了店里，边走边催促她不要磨蹭。沈陌只好作罢，跟在他身后，也走进了这家无名的小店。

常听人说起"别有洞天"4个字，此时，沈陌身处在无名店铺里，才真正明白了这个成语的含义。

门外是古老的寻常巷陌，门里却是欧式风格的长长走廊，而走廊的尽头，连接着一个精致典雅的室内院落。

沈陌看到院落的墙壁上有一排排内嵌的格子间，每一个格子里摆放着三五个玲珑小巧的玻璃瓶，远远望过去，也看不清瓶子里装的是什么，只觉得五彩缤纷的，很是漂亮。

邵扬牵着她的手往里走，刚走几步，就有留着长发的青年男子过来迎接："两位需要点儿什么香料？"

沈陌一怔，喃喃反问："……香料？"

"是啊，"长发男子点点头，指着院落那边的一排排格子间说，"我虽然不敢打包票说我这儿的香料是全世界最齐全的，但最起码，在中国能找到的，或是有途径从外国找到并且进口来的香料，这院子里都有。"

对于一个痴迷香水的调香师来说，还有什么地方会比香料作坊更令沈陌着迷呢？

所有关于香水的梦想，似乎都在这个院子里被点燃，汇集成一方灼热的火焰，熊熊盘踞在她的心里。

她几乎是下意识地挣开邵扬的手，满心狂喜地奔向那一排又一排的格子间。

林林总总的香氛元素，各自分装在不同的玻璃瓶里，再分门别类地摆放成艺术品的模样。

水生调，花果香，木质香，沙龙香，药香……

除了常见的这些，沈陌甚至还在一个角落里发现了一种名叫"没药"的香料。

"没药？"她拿起分装没药的小瓶，扭头问长发男子，"是不是古代埃及王祭祀的时候用到的那种东西？"

长发男子点点头，而站在一旁的邵扬解释道："Annick Goutal 有一款很小众的沙龙香，名叫'没药微焰'，用的就是这种元素。"

沈陌入行虽然不算太久，但至少也不算是新人。可是对于 Annick Goutal 这种低调又小众的香水品牌，她还真的不是很了解。她虚心求问，追着邵扬讲了一些 AG 香水的情况，又上网查了"没药微焰"的前中后调，这才依依不舍地将没药放回原处。

邵扬上前一步揽住她的肩膀，宠溺地问道："有什么想买的？我们搜罗几样平时不常见的，带回家研究研究。"

沈陌歪着脑袋想了想，特别认真地问了长发小哥一句："您这儿有红杉吗？"

"……"长发小哥一脸无言以对的表情，仿佛沈陌这一问，彻底侮辱了这家店的品质，因为……红杉实在是一种太常见的香料了，根本不需要到这种刁钻的香氛聚集地特意寻找。

沈陌其实也知道，可她也很认真地从店里买走了几个小瓶装的红杉。

自从她在中央公园里看到邵扬为她种下的红杉树开始，这种植物就成了她心里的一点朱砂。

第三十章

赠 尔 温 柔

邵扬和沈陌淘了几十种市面上难以找到的香氛元素，然后牵手离开了那家无名的铺子。

沈陌站在店外的拐角，回头看了看那个完全看不出个中精髓的简陋店门，忍不住扭头问邵扬："这家店这么隐蔽，你是怎么找到的?"

"我收到了邀请，这里的每一位顾客都是刚才那个长头发的小伙子亲自邀请来的。"

"他是什么大人物啊?"沈陌不由得好奇追问，"这么有面子，竟然连我们的'香水天才'都请得来。"

邵扬却淡笑着说："能被他邀请，也算是我的荣幸。"

沈陌轻笑一声，反问："你在我面前还谦虚?"

"这次不是谦虚。"邵扬一本正经地向她解释着，"其实这家店在香水界非常有名，你应该也听说过，就是传说中的'Anonymity'。"

沈陌本来一直对这家小店不以为意，却在听到"Anonymity"这个单词时，愕然睁大了眼睛。

"你、你说这个铺子，就是传说中的'匿名者'?!"她简直不能置信！

混迹香水圈子的人，没有不晓得"匿名者"的。

江湖传言，这是迄今为止整个欧亚大陆上经营香料最出色的店铺。然而，在互联网如此发达的今天，网上竟然只能搜到匿名者的各种传奇故事，却找不到任何联络方式，甚至很多人都在纷纷猜测这家神秘小铺到底在哪个国家。

邵扬没有骗她，沈陌也早就听说过，匿名者不接受圈外人士的来访，所有顾客都是由店主亲自发出邀请的。没有人知道店主到底是何方神圣，竟然有办法把香水界诸多大咖的邮箱地址都拿到手，也没有人知道到底什么样的人才会接到邀请。

凡是去过的人，都不曾对外界提起，仿佛这里是个世外桃源，每个与之相关的人都有义务悉心保护。

沈陌怎么也没想到，以为远在天边的匿名者，竟然就在北京城，在这么一个颇具江南气息的巷子，在那扇老旧的木门后面！

邵扬见她一脸崇拜地望着他，心下又温柔又觉得有点儿好笑。

他抬手揉揉她的头发，故意笑她道："你说你都跟了我这么多年了，怎么还一副没见过世面的样子？"

说这话时，他们俩相对望，不约而同想起了苏黎世之行。

沈陌忽然很感慨，那时候她哪敢奢望和邵扬之间会有今天？那个站在香水界巅峰的璀璨星辰，如今竟然与她共同经营俗世烟火。

往事如潮水般涌来，她回忆起他们自相识至今的点点滴滴，回忆起自己如何从一个懵懂无知的职场新人，一点点走到如今拥有自己的招牌香水，也回忆起在那漫长却又恍如昨日的年月里，邵扬究竟扮演着怎样重要却不张扬的角色。

这边邵扬和她打趣之后还在等着看她做何反应，谁知沈陌的小心思已经九曲十八弯地绕了好大一圈。

她把手里拎着的纸袋塞到邵扬手里，还没等他搞清楚状况，就张开双臂紧紧抱住了他。

"邵扬，谢谢你。"

"谢我什么？"

"谢谢你这几年来一直在我身边。"

邵扬明白她在说什么，没有多言，只是紧紧、紧紧地将她抱在怀里，用漫长而温存的拥抱告诉她——傻丫头，有你在，是我最大的幸运。

从那天之后，沈陌就拿邵扬当幌子，借机成了匿名者的常客。

有时候，邵扬周末要加班忙工作，她也不跟去公司打扰他，自己在匿名者的院落里一待就是一整个下午，仔仔细细地探究不同香料所拥有的独特味道，再选出中意的三五种，买下来带回家去继续进行各种各样的大胆尝试。

仲夏到来前的一个傍晚，邵扬送沈陌回家时，看到客厅茶几上摆着几种香料。他一眼就认出那是匿名者的香料瓶子。

沈陌从厨房洗好了水果端到客厅来，还没等开吃，就被邵扬抱到腿上询问了一番。

"调香怎么不去公司实验室，自己在家里偷偷摸摸地捣鼓什么呢？"

她微微低着头，带着点儿娇羞，又带着点儿赧然。

"你怎么好奇心重得跟我有一拼？本来还想给你个小惊喜的。"

他眸色一亮，表面还故作淡定："什么小惊喜？调个独一无二的限量香水还是……"邵扬又瞟了一眼茶几上的香料瓶子，觉得也不会有什么别的选项的。

果不其然，沈陌点头说道："确实是想调一款香水送你的。"

"那怎么不在公司做实验？"

沈陌低声说："既然是送给你的礼物，就很想单独凭自己的直觉，把你送我的红杉演绎成我们都喜欢的样子。"

她的小女人心思邵扬都收进心里，于是也不再多言，只是随手拿起一个苹果，削好了递给她。

其实他尚不能完全相信沈陌目前的调香水平，她会用红杉和什么奇怪的东西搭配都很难讲，本该是很厚重的木质香调，说不准会被她和水生香料融在一起。

但不管怎么说，这件事情从没有第二人为他做过。

他除了期待，也生不出平日里那些挑剔。

很多时候，沈陌觉得自己的香水之路虽有波折，但总的来说还是顺风顺水的。

去年设计的"初恋"一直红火到今年，即便是在仲夏时节，那款温和醇厚、带着淡淡苦涩的水生药香的销量依然在持续飙升。

而她独立完成的第二款香水也在推行初期就获得了各大媒体的注意。

这一次，她呈现在众人面前的木质香水名叫"温柔"，用传统的麝香作为基调，配以红杉树的淡雅木香，以及稍稍一点蜂蜜的味道作为中调，虽然纯简之至，却真的给人一种地老天荒的宁静感。

对于这款香水的设计初衷，公众和媒体都很感兴趣，而沈陌其实也从来没有刻意想要隐瞒什么。

她虽然没有主动昭告天下这款香水是为谁而设计，但所有人都开始越来越频繁地听到沈陌提及邵扬的名字，于是，"温柔"设计师寄情于谁，自然不言而喻。

对于她的这份礼物，邵扬的回应和沈陌想象中不一样。

最早的时候，她拿着香水调试小样，以及千辛万苦才经过市场部审批的定稿方案去找他，问他喜不喜欢这种感觉。

那天的阳光很温柔，他的侧脸看起来也很温柔，可他对香水的评价却简单得令沈陌有些哭笑不得。

"喜欢。"只有这么两个字，完全没有站在行业前辈的立场评价一句好还是不好，更别说指点她哪里需要改进。

后来，香水上市初期，沈陌担心销量，一直没怎么主动提起此事，直到它被大众接受，她才有勇气再次问邵扬："消费者好像还挺买账的，你呢，你喜欢它吗？"

这次他除了"喜欢"两个字外，又加了一句"但我更喜欢你"。

没有女人不喜欢听甜言蜜语，可沈陌的情况另当别论。当她用心准备的礼物，最需要的就不再是随便的哄慰，而是他对这份心意的珍惜。

可惜，邵扬始终吝于给予。

夏天转眼过去，金秋十月，邵扬带沈陌再度前往瑞士参加香水沙龙时，才有意无意地又提起"温柔"，以及中央公园那棵红杉树。

"沈陌，我有没有跟你说过……"邵扬转头看着她随风而动的长发，温声说道，"你的'温柔'虽然被包装成女香了，但我还是自己收藏了几瓶，而且有时候会在家里用。"

"真的？"这是邵扬第一次主动提起他对这款香水的态度，沈陌不禁有些讶异，或者更确切地说，是受宠若惊。

邵扬淡笑道："这有什么好骗你的。"

许是因为身处国外，沈陌望着道路两旁的德语店标，会时不时地产生一种错觉，恍惚以为他们又回到了在一起之前。

那时候，沈陌只不过是邵扬不成气候的徒弟。她心里对自己的期望并不高，也因此更容易坦诚与他交流。

而当她成为他的女朋友，当她努力想要成为一个配得上他的女人，当她终于在这条路上艰难地行进了半程，沈陌却觉得很多话，反倒没法说出口了。

她沉默了好一阵子，才轻声开口："我一直以为……你不是很在意这个。"

他牵着她的手下意识地收紧，低声反问："怎么会？"

"之前很少听你提起，我问过两次，你也只说喜欢。"说起这个，沈陌免不了就有些委屈，"你都没有跟我聊过你的想法，我不知道你喜欢它什么，或者希望我改进什么。"

邵扬听到这里，停住了脚步。他与沈陌面对面站着，一双如水的眸子很认真地望着她的眼睛。

"沈陌，我想这其中有点儿误会。"事实上，在说这话的一刻，邵扬心里并不是表面上看起来的那么淡定。

他也会有害怕的时候，虽然很少。

两个人在一起的这几个月里，他第一次出现这样的感觉，仿佛这个心结如果不及时解释清楚，他就会失去一些很重要的东西，比如她对他的依赖，以及那种令他为之动容的热情与付出。

沈陌不是无理取闹的人，听他提起"误会"一词，也就顺着他的意思问道："什么误会？"

"我之所以没有对你的'温柔'做过多评论，不是因为我不在乎，而是因为……"他轻不可闻地叹息一声，又继续说道："因为它在我心里不是商品，甚至也不是作品，而是礼物。"

沈陌轻轻咬了咬下唇，凝眸望着他，没有说话。

邵扬以为她仍然心有介怀，有些着急地上前一步将她抱在怀里，连声解释说："它对我来说很重要，很重要的人和事我都很少一直挂在嘴边念着，可我是放在心里的。你的礼物，那棵红杉，还有我们之间的很多很多，我都很珍视，真的……"

沈陌佯装怒意好半天，终于憋不住了，"扑哧"一声笑出来，闷头在他怀里说："我刚才故意跟你开玩笑的，我又怎么会不信你？"

邵扬见她这样，一时好气又好笑，低头轻轻在她脸蛋上咬了一下。

"沈陌，你现在真是翅膀硬了，给点儿阳光就开始乱颤。"

"你还好意思说我？"沈陌嘟着嘴巴，半是撒娇半是控诉，"你都不提前说清楚，就'无视'我的心意，给我来了这么一出冷暴力，还不准我小小地报复你一下吗？"

邵扬没提什么报复不报复的，只是挑着眉头反问她："我怎么就冷暴力了？"

"就是！你都不热心，就是冷暴力！"沈陌开始耍赖。

他拿她没辙，也只好吻吻她的额头，依着她道："好好好，你说是就是。"

沈陌又笑起来，上扬的嘴角勾勒出甜蜜的弧度。

"邵扬，你这样子可真乖。"

他还没来得及和她抬杠，就又沦陷在她的甜蜜攻势里。

"看到你这样，我也愿意为你变得更乖。"她的小脑袋在他怀里不安分地蹭了蹭，又乖又温情，"有句话是这样说的——因为懂得，所以慈悲。你刚才说的每个字我都好好地记下来了，下次遇到我就懂了。"

邵扬一时说不出话，只将她抱得更紧，良久才轻轻说了声："沈陌，我有你真好。"

第三十一章
天 壤 之 别

沈陌曾经天真地以为，他们可以一直那样简简单单地爱下去。

很多时候，她心中也会有很多迷茫和疑惑，关于他，以及他和她的爱情。

比如说，邵扬最初对爱情的抗拒，到底是为什么？又比如，她知道是邵扬摆平了 RK 集团那场官司，可是，他不过是 Stellar 的调香师，又哪里来的那么大本事，在 3 天之内就搞定了 RK 那样的大公司？再比如，他从来没有提起过他的父母……

若是仔细想想，那些都是很重要的事，关乎他们的未来。可是，凭着初恋所特有的那股天真劲儿，沈陌却始终没有过多探究。

她总奢望着会有那么一天，邵扬能主动告诉她问题的答案。

可是很多时候，事实总不如人意。

事情的苗头越来越不对劲儿，而真正引起沈陌重视的，是在寒冬料峭的 11 月末。

那时候，"温柔"已经上市半年的时间，这段说长不长说短也不短的时间里，素来灵感不断的邵扬竟然连一款像样的香水都没有推出。

沈陌看他每天也在没日没夜地忙碌着，却不知道他究竟在忙些什么。他们虽然是爱人，但有些工作上的事儿，到底不是她应该插手的。沈陌是个有分寸的女人，可当她觉察到问题时，恨不能自己从来没有过分寸。

由于邵扬在设计方面产生了大半年的空缺，Stellar 的年度明星香水评选就多了一些机会给其他员工。

沈陌的"温柔"因其创意、意义，以及遥遥领先的销量，在几番角逐中连连胜出，最终被评为年度三款明星香水之一。

这样的荣耀，早在 4 年前刚入行时，她是连想都不敢想的。如今奢望成现实，她迫不及待想要和邵扬分享心中喜悦，可他却凭空失踪了！

没错，他真的是不打一声招呼就失踪了。

本来评优之前的那个星期，邵扬还会在每天上午在办公区露个面，可到了 12 月下旬，Stellar 全员都热情洋溢地开始筹备年度庆功 party 的时候，他却再也没在公司出现过。

不上班可以有很多原因——病假，事假，年假……

可是，既不上班，也不和女朋友联系，这就没办法解释了。

她已经连续 3 天没见到邵扬了，电话拨了无数个，全都是无人接听，就连他常年在线的微信也联络不上了。

短短 72 小时，沈陌想过无数种可能，越想就越糟糕。

如果只是和她分手，就算不想当面说清楚，也不至于连工作都一并扔了。更何况，最近他们连吵架都没有吵过，因为他实在是忙得没时间吵架。

但如果是有其他事情，为什么接连几天都不知会她一声？他明明知道，她会很担心他啊……

这样难解的日子又持续了几天，沈陌实在急得不行，几乎处于崩溃的边缘。不管是在办公室里还是在公司走廊里，甚至在前台，她只要碰见有可能认识邵扬的人就会问上一问。

可是仍然没有结果，他就像人间蒸发了似的，没留下一星半点的行踪。

到了最后，沈陌的脑海里徘徊的只剩下最差最差的一种可能——邵扬出事了。

这种可能性，她甚至连想想都会觉得受不了。于是，她开始对他的行踪不闻不问，并不是不再关心，而是很怕听到任何令她难以承受的消息。

这段日子以来，她虽然佯作不在意，可心里仍然是记挂着邵扬的。连续几个夜晚，她躺在床上翻来覆去难以入眠，以至于原本水灵灵的脸上明显有了憔悴的痕迹。

元旦前一天晚上，Stellar 全员到城东的富家酒楼参加新年酒会。全世界仿佛都沉浸在喜乐的氛围中，唯独沈陌连挤出一丝笑容都觉得吃力。

她去罗茜的办公室，开门见山地向她请假："罗总，我最近身体不太舒服，今天晚上的 party 我就不参加了，来跟你请个假。"

罗茜正忙着手里的工作，一时半会儿没抬眼看沈陌，只把她晾在门口。

若在往常，沈陌可能还会迎着笑脸再说些什么，可现在，她实在是心力交瘁。

既然罗茜忙着不说话，沈陌就默认自己的请假申请得到了批准。

"没其他事儿的话，我就先走了。"她留下这么一句话，转身就要离开。

这时，罗茜才慢悠悠地对着沈陌的背影说："虽然我没什么兴趣掺和你们两个的事儿，但是作为你的上级，有些能给的建议我还是要给的。"

沈陌蓦地顿住脚步，回头看向罗茜，"罗总，您知道邵扬的消息，是不是？"

她虽然说的是问句，心里却是百分之百肯定的。

罗茜叹息一声，一脸同情地望着沈陌。

沈陌耐不住性子，往罗茜那边走了几步，急急地说："拜托您告诉我吧！"

罗茜也不再卖关子，直言道："什么人可以招惹，什么人招惹不起，你还是应该睁大眼睛看看清楚的。"她似乎是在以前辈的身份劝诫后辈，可仔细听这话，又有点儿自我讽刺的意思。

沈陌只觉得越来越糊涂了，不解地继续追问道："您这话是什么意思？您是说邵扬……"是她招惹不起的人？

罗茜摇摇头，又叹息了一声，这叹息里包含了太明显的无奈，连沈陌都听得出来。仿佛一时之间，除了就此认命以外，罗茜也没有别的好办法了。

她没有正面回答沈陌的问题，只说："晚上的 party 你也一起去吧，我开车带你。到时候你就能找到答案了。"言罢，她摆摆手，沉默地下了逐客令。

"不麻烦您了，我会去的。"沈陌说完就离开了总监办公室。

等在未来的，究竟是什么？

沈陌其实有些害怕知道，可她还是宁愿勇敢一点，清楚地看一眼前方的路，以及路的远处是否还有邵扬与她一起。

据说 Stellar 今年整体业绩比往年又有提升，所以管理层破例挥金如土，包下了富家酒楼最豪华的宴会大厅。

但也有人说，今年的新年庆功 party 之所以比以往都大手笔，其中另有不可言说的原因。

沈陌想，也许是和邵扬有关。

自从和罗茜谈完话，沈陌就渐渐想通了一些事情。真相已然呼之欲出，她只是仍不敢确定，或者说，是打心底里不愿意相信。

沈陌下班之后直接从 Stellar 打车到了酒店，酒会是晚上 8 点钟开始，她提早了一个多小时就到了宴会厅，那时候还没几个人到场。

沈陌寻了个正对着会场入口的位置坐了下来。摆在她面前的是进口的果汁，可她却连拧开瓶盖的心思都没有，就这么一瞬不瞬地盯着入口处，仔仔细细地瞧着每一个前来参会的人，只盼着下一秒就能看到那张熟悉的面孔。

可惜，直到主持人上台宣布年度庆功酒会正式开始，沈陌也没看到邵扬的身影，甚至连一个像他的背影都没有瞧见。

如此一来，再怎么奢华的酒会对她来说也只是一场煎熬。

酒会进行过半时，作为明星香水的设计人之一，沈陌被主持人请到了台上。

平日里难得一见的公司高管亲自为她和其他几位设计师颁发了奖杯和奖金支票，而后，其他人都回到了席间，只有她作为资历最浅、号称最有潜力的新人设计师，被留在台上发表获奖感言。

沈陌静静地看着宴会厅里成百上千的 Stellar 员工，其中不乏与她共事几年的同事，可这一刻，她心中说不出有多孤单。

感言？她默默自嘲——她现在唯一的感言就是想问一句在场各位，谁知道邵扬跑哪去了。

即便心里千百个不愿意，沈陌还是规规矩矩地说了些感谢之辞，而后面带微笑地走下了讲台。

回到座位上的一瞬间，她像是再也没力气强装笑颜一般，沉默地垂下了嘴角。同在一桌的同事对她说"恭喜"，她也只是点头应着。

就在这时，主持人忽然朗声宣布："接下来的一刻，对于 Stellar，对于在场的每个人，甚至对于整个世界的香水行业都将有着非比寻常的意义！"

沈陌忽然感觉到自己心跳在加速，她知道，罗茜所说的答案，指的就是这一刻。

"下面请看大屏幕——"主持人说完这句话，便自觉退让到一边。

整个宴会厅灯光转暗，荧屏亮起，一则英文新闻逐渐淡入，一位白胡子新闻播报员用标准的伦敦腔向全世界宣布："从新年元旦开始，Stellar 集团即将易主。令整个香水界为之轰动的是，Stellar 新任继承人竟是其首席调香师，赫赫有名的'香水天才'邵扬！"

紧接着，镜头切换，邵扬姿态优雅地坐在各国记者面前，客气而不失诚意地回答着媒体提出的一系列问题。

不论是他颇为迷人的伦敦音，还是举手投足间的细节，都流露着掩藏不住的贵族气质。

再接下来，画面忽然变得充满设计感，与之互相呼应的，是邵扬在 Stellar 任职调香师这些年，极具创意与诚意的香水设计作品。在场所有人都静默了，也不知是在传递一种景仰，或者是别的什么感情。

沈陌怔怔地望着屏幕上的男人，只觉得一切都很虚幻，令她琢磨不透。

那样优秀的男人，其实她早就应该猜到他并非池中之物，只是他从未亲口说过自己的身份，所以她至今仍然不敢相信。

沈陌握着酒杯的手指紧了又紧，她甚至担心如果关于邵扬的短片再长一点，她就要把玻璃杯捏碎了。

在她的心理防线行将坍塌的一刻，短片结束了，硕大的 LED 屏幕上只留下一行字——

曾经，他是 Stellar 的灵魂；如今，他是 Stellar 的灵魂与心脏。

屏幕逐渐黯淡，灯光复又亮起，全场静默 3 秒之后，爆发出前所未有的雷鸣掌声。

这是怎样一种不言而喻的领导力与凝聚力？那个耀目的男人甚至不需要出现在酒会现场，就足以令所有员工臣服。

他就像是香水帝国里最才华横溢的国王，恣意领导着那些为他而折服的臣民们。

明明是那样激动人心的掌声，可是为什么，听在沈陌耳朵里却是说不清的刺耳，就像是连绵不绝的耳光，毫不留情地落在她心上。

这是她第一次那样心甘情愿地仰视他，却也是第一次被这种早该习以为常的"仰视"刺伤。

在天差地别的距离面前，如何才能不被伤得体无完肤？

这个问题，沈陌在心中问了自己千千万万遍，却从来没有得到过答案……

第三十二章

小 别 重 逢

沈陌记不清自己是如何离开酒会，又是如何回到家中的。

她只记得罗茜跟她说了些什么，好像是劝她，又好像只是自我感慨。不论怎样都不重要了，沈陌只想给自己留出一点空间，躲到无人的角落里，好好消化一下那个突如其来的消息。

之后的 3 天刚好是元旦假期，沈陌几乎没有走出家门。她关掉了手机，彻底切断了和外界的所有联系。

第 3 天的傍晚，她在水龙头边冲了一阵子冷水，然后抬头望着镜子里那张憔悴瘦弱的脸，默默对自己说——从今往后，好好疼爱自己，把原本应该拿给他的那份爱，也一并还给自己。

自从和邵扬断了联系，这是沈陌第一次早早入眠，并且彻夜无梦，一觉睡到了天亮。

次日清晨，沈陌很早就洗漱完毕，像模像样地化了个淡妆，而后搭乘公交去 Stellar 上班。

她在公司门口遇见了同样早来的罗茜，主动迎上去打了声招呼："罗总早啊，新年快乐！"

罗茜脚步一顿，盯着沈陌瞧了片刻，才淡淡地应了声"新年快乐"。事实上，罗茜虽然表面上是不动声色的，但她心里是有些讶异的——邵扬继任 Stellar 董事长的消息传出来不过短短 3 天，沈陌竟然就已经恢复了她往常的活力。到底是年轻人，经得起感情上的折腾。

沈陌不是没感觉到罗茜看她时的微妙转变，只是这些对她来说并不重要。

如今最重要的，就是活出一个更加精彩的自己，哪怕不是为了与他比肩前行，但至少对得起自己曾与那么优秀的人相爱过。

这个念头成为沈陌心中的一种执着，或者更夸张一点，"成为更优秀的自己"已成为她的信仰。

罗茜已经迈开步子往 Stellar 大厦里走去，沈陌也昂首阔步往电梯间的方向行去。

如果说，她曾经渴望小鸟依人式的爱情，那么如今，她已经不再是藤蔓，而是一棵正在成长的红杉。

高跟鞋踏在大理石地面上，发出"嗒嗒"的声响。高跟鞋令女人自信，而自信的女人则会拥有令人敬佩的勇气。

因为是新年之后第一天上班，设计部大部分员工都请了年假没来上班，偌大的办公区显得空空荡荡的，可是沈陌周围却有点拥挤。

一位年轻貌美的秘书正在仔细地整理沈陌邻桌的办公用品，一样一样放进纸箱里，准备等下搬去董事长办公室。此外，还有另外一个模样青涩的女生站在秘书身后，既不上前帮忙，也没有和周围人讲话。

沈陌的目光只在那个年轻秘书的脸上停留了短短一瞬，很快又若无其事地移开视线，埋头于繁杂的工作中，直到罗茜出现在她旁边，并且将秘书身后的青涩女生介绍给她。

"这是新入职的林琳，以后就交给你来带了。"罗茜对沈陌说完，又转头看向林琳，"这是沈陌，你在 Stellar 的指导人。"

林琳虽然是学生打扮，说起话来倒是有模有样："很高兴能跟你学习，请师父多多关照。"

沈陌礼貌而疏离地对林琳说："教学相长，以后多交流。还有，你直接叫我沈陌就好了。"

林琳笑着说"好"，等秘书把邵扬的东西都搬走后，就开始着手打点自己的办公桌。

送走罗茜之后，沈陌给林琳讲了讲设计部的大概情况，而后借口说还有工作要忙，没再与她过多交谈。

沈陌总觉得罗茜是故意来给她添堵的。饶是她再怎么坚强勇敢，可是"指导人"、"师父"这些称呼，她还是一想起来就觉得心里揪着痛。

对于一个刚刚失恋的女人来说，与他有关的一切都不再是盔甲，而是软肋。

罗茜就是那个故意戳她软肋的人。

沈陌有些无奈地摇摇头，而后继续整理手头的待办事项，思考怎么把下午有限的时间都利用起来。

就在这时，负责公司邮政快递的工作人员出现在设计部办公区，并且直奔沈陌走来。

她感觉到来自陌生人的目光，既疑惑又有些不耐烦，忍不住在心中暗忖——这"充实"的一上午啊！有的没的事情都一股脑儿地往她这儿招呼，也真是够了……

邮政人员递过来一个 EMS 文件信封，沈陌瞄了一眼寄件人——是空的。一瞬间，她仿佛明白了什么，签收快递时手都是颤抖的。

送信的人前脚刚走，沈陌立刻就拆开了信封。

信封里并没有太多余的东西，只有一张从北京飞往华盛顿的机票，和一封手写的信件。可就是这两张轻飘飘的薄纸，却仿佛有着千斤的重量，沉甸甸地烙在了沈陌的心头。

那是邵扬的字迹，她认得出。

邵扬并没有在信里说明这几天无故失联的原因，甚至也没有给他和她以后的关系下个结论，只是很简洁地向她发出了邀请。

"沈陌，1 月 10 日上午 10 点钟，我在首都国际机场 T3 航站楼入口处等你，不见不散。"

沈陌怔怔地望着落款处苍劲有力的"邵扬"二字，很久都没回过神来。

有路过她身旁的同事见她脸色不对，关心地摇了摇她的肩膀："沈陌，你没事吧?"

听到有人唤自己的名字，沈陌这才从神游中扯回思绪。她赶忙把手中的信纸叠好，连同机票一起塞进了单肩包里。她虽然口中连连说着"没事"，心里却如雷如鼓，生怕旁人看到了邵扬的名字。

附近另外几个同事听到动静纷纷过来围观，沈陌强颜欢笑地一一应对，直到她们都各回各位，才又重新陷入了沉思。

沈陌扪心自问，邵扬突然消失又突然回归，自己究竟应该何去何从？是追随他的脚步，还是就此停留，不再靠近任何可能随他同来的伤害？

如今，机票和信件都已送达，可是，他们之间的感情却仿佛凭空生出了罅隙。

那晚回家后，沈陌捧着他的书信，在客厅沙发上呆坐了很久很久……

爱情一旦出现了裂缝，再多钻戒和机票都补不回它原本的样子。对于这一点，沈陌从不怀疑。

可既然是爱情，自然就伴随着一种名叫"血清胺"的物质一同出现，而血清胺总会使人变得盲目疯狂。

沈陌想，其实为了邵扬，她已经盲目而疯狂了。所以1月10日那天清晨，天光还没完全亮起来，她就已经拖着行李箱走出家门，叫了出租车直奔机场。

这天刚巧是黑色星期一，沈陌出门赶上了早高峰，出租车还没到机场高速就被堵在了半路。

整个东三环主路被数不清的私家车堵了个水泄不通，大半个小时过去，出租车只挪动了一站地的距离。

飞往华盛顿的机票上明确写着起飞时间"12：05pm"，沈陌必须要赶在10点之前和邵扬会合，这样才不至于误了check-in（办理登机手续）的时间。

她低头看了一眼手机上的时间，此时已经是9点15分，不免心中又急又恼。

若是在平时，从东三环主路开车到机场只需要半个小时左右，可是星期一是帝都交通瘫痪日，她真的没把握及时赶到机场去。

"师傅，有办法绕行吗？我赶时间去机场，麻烦您帮忙想想办法。"沈陌从后排座位探出半个脑袋，恳切地问出租司机。

"我说姑娘，这可真不是我不帮忙。"司机师傅打着京腔说，"您也看到了，咱现在堵在这么个要命的地儿，要是不给车上安一对儿翅膀，就甭指望能飞出去了。"

"再帮忙想想办法吧，我真的不能迟到啊……拜托您了！"沈陌根本没心情和司机说笑，讲话都带着若有似无的哭腔。

司机回头看了她一眼："很重要的行程啊？"

虽然知道司机是明知故问，沈陌还是很郑重地点了点："很重要。"

很重要的是那个人，而不是行程。

车流依旧拥堵，沈陌没来由地想起《小时代》里的一个镜头——几个女孩在高速公路上疯跑，似乎是为了什么很重要的事情。

当时看电影时她还默默吐槽这个镜头简直没有逻辑可言，可如今，她却又觉得，如果在高速公路上疯跑真的可以保证不迟到，她倒是完全不介意一路跑到机场去。

也不知是不是她的诚心感动了长龙似的车流，终于，出租车又以相对正常的速度往前行驶，抵达 T3 航站楼时，刚好 10 点钟。

她从后备箱里拿出行李，跟司机师傅道谢告别，而后一回头就看到了不远处的邵扬。

他笑着朝她走来，沈陌竟愣在原地不知如何是好。

虽然只是几天没有见到邵扬，可这一刻，她心里分明有种睽违已久的感觉，仿佛她已经经历了一场漫长的失去，而今又跌跌撞撞将他寻回。

邵扬在她面前停下了脚步，彼此都没有开口，紧紧地拥抱却代替了千言万语。

邵扬一只手搂住她不盈一握的腰肢，另外一只手轻轻抚摸她的头发，一下又一下，掌心里满是爱怜。

沈陌脸颊靠在他的胸膛上，聆听他有力而沉稳的心跳声，只觉得犹如天籁。

　　他的心跳就在耳畔，他的呼吸就在颈项之间，他的味道取代了全世界的鸟语花香。

　　他回来了，回到她的身边了。这种真实感落在心头，转瞬化为泪水，喜悦与心酸随着泪水流淌，一同汇聚在心海最深处。

　　"……邵扬，你怎么现在才回来。"沈陌语声哽咽地说。

　　他吻上她眼角的泪痕，低低地说："对不起，让你受委屈了。"

第三十三章

君 子 之 约

得不到安慰的时候，她可以很坚强，可是现在被邵扬这样温柔地安慰着，她却突然被勾起了全部的委屈。

沈陌倚在邵扬的胸膛上，哭得越发伤心，眼泪像断了线的珠子，怎么也止不住。

她虚握的拳头一下一下捶打着他，不轻不重的力度，反倒让邵扬更加心疼她。

末了，她也哭得累了，轻轻揪住他胸前的衣襟，委屈地说："就算有天大的事，我也愿意跟你一起去面对，可我受不了你就这么不联系我了……"

邵扬低低叹息一声，稍稍放开她说："我们先去 check-in，这几天的事情，我在路上慢慢讲给你听。"

沈陌看了看时间，也担心延误了航班，于是抹干眼泪跟着邵扬一同往托运柜台走去。

登机手续办理的很快，安检也很顺利。在这个过程里，沈陌几乎一句话都没有说，仿佛只要有他在身边，她就可以像婴孩一样什么都不需担心。

从北京飞往华盛顿，大概要 13.5 个小时。航班在 3 万英尺的高空平稳飞行，偶尔有气流擦过，机舱象征性地摇晃几下。

因为是逆着地球自转的方向前行，所以时间过得飞快。

沈陌打开舷窗挡板向外望去，一开始还是湛蓝的天，连绵无垠的云朵，没多一会儿就看到了天边的晚霞，再过个一时半刻，窗外已是天黑。

与她紧邻的座位上，邵扬正在闭目养神，也不知睡着没有。

夜空没有现象中美妙，沈陌关上舷窗挡板，百无聊赖地盯着电子屏幕上的导航图发呆，脑子里像过电影一般回忆她与邵扬之间的种种过往。

飞机从北极上空飞过时，沈陌刚巧想到了刚才登机的时候，邵扬对她说："我既然答应了会带你一起走很久，就不会丢下你不管。"

他说，前几天邵老爷子刚从希腊回到国内，时差都还没倒好，就迫不及待地把他的宝贝儿子邵扬拎到了董事长办公室。

事实上，邵老爷子一直希望邵扬继承 Stellar 的产业。邵扬也不是不喜欢替父亲守住打下来的江山，只是不想太早就被"董事长"这样的名头压住。

他在国内读完大学，考进宾夕法尼亚大学最著名的沃顿商学院就读，其实也是为将来子承父业做准备。

邵扬从沃顿商学院毕业的时候，邵老爷子特意飞去美国出席他的毕业典礼。就是在那场典礼上，邵扬和父亲定下了君子条约——等到邵扬 30 岁时，就来接任 Stellar 董事长一职，在此之前，他愿意走南闯北，邵老爷子都不做干涉。

经商的人都讲究信誉，邵老爷子就是个言出必行的人，当然，他的儿子也是如此。

从毕业开始，邵扬就在自家公司里担任调香师。

他行事向来低调，这点也和邵老爷子如出一辙。在过去的几年里，邵扬从来没有将自己和 Stellar 的真实关系透露出去一星半点，别说是普通员工，就连 Stellar 的核心管理层也没有人知道传说中的神秘太子爷到底是谁。

没有人能想象邵氏少爷就混迹在设计部的诸多员工之间，时不时地搭配出一款颇受赞誉的香水，时不时又因为工作哪里没做好而被罗茜那么个小小的总监批评找茬儿。

而今年，邵扬已经 30 岁，邵老爷子专程回来找他履行当年的君子条约。

邵扬心里虽然感激父亲这些年给予他的全部自由，也明知什么是自己应该做的，但当他接过公司法务递过来的股权转让协议时，心里还是生出了一种不情不愿的感觉。

他只是突然想起沈陌的面容，觉得很不舍得。其实他很清楚 Stellar 董事长的身份意味着什么，那意味着他与她之间的鸿沟，意味着如果她还与他在一起，会备受压力。

邵扬不愿意失去她，更不愿意她顶着压力与他在一起，于是当场就跟邵老爷子明说了。

他以为父亲是个足够开明的父亲，可惜，邵老爷子就算的确比别人家的父亲都开明一些，可他到底是个商人。

邵扬与沈陌的恋情终究还是把邵老爷子惹恼了，他强行断了邵扬与外界的联系，直到公关总监亲自将新闻发布会的一切都安排妥当，直接拎着邵扬去了现场。

发布会开始之前，邵老爷子对邵扬说了这么句话："想给一个女人幸福，你必须足够强大。逃避没有用，如果连我都能轻轻松松拆散你们，你又怎么敢保证一辈子护她周全？"

邵扬这才明白，父亲并不是真的反对他和沈陌，只是看不惯他以这种消极的方式来爱一个女人。

那一刻，邵扬坐在新闻发布会的现场，忽然就明白了很多道理。

好的爱情应该是一场双赢，而不是牺牲一方来成全另外一方，更不是双双牺牲却无所得。

也就是从这时起，他打心底里想要好好经营 Stellar，想从 Stellar 的灵魂蜕变成它的心脏，引领这个企业走向更深远的未来，也给予自己足够的空间去成长。

邵扬想，他应该如父亲所说，成为一个足够强大的男人，为她遮挡一世风雨。

当他礼貌得体地完成那场发布会，又平心静气地和邵老爷子做完股权交接，邵老爷子这才心满意足地恢复了邵扬与外界的联络途径，然后他老人家自己又飞往毛里求斯度假去了。

元旦放假那几天，邵扬打了无数个电话给沈陌，可是一直是关机。

他知道自己无故断了联系一定让她很难过，也知道她突然看到新闻上爆出那样的消息，心里一定会觉得绝望，所以他不顾一切地开车去找她。

可是车刚开到半路，就接到高级副总裁的电话，说是和日本一家商场的合约出了点儿问题。因为事情影响的金额非常大，所以急需解决，而且按照公司流程，是需要董事长特批的。

于是，他握紧方向盘，又调头去公司，给那帮捅了娄子的员工签批

"处理烂摊子许可证"……

失去联络的漫长几日，解释起来，其实不过是想念却又无能为力。事实如此简单，却又如此令人心力交瘁。

从来都不是不爱，只是在诸多动荡面前，他一直没能找到恰当的机会，让她明白这种深入骨子里的爱。

沈陌曾在书中读过这样一句话——因为懂得，所以慈悲。

这8个字，在爱与生活里都很适用。

来首都机场之前，甚至包括来的路上，她心里都装满了委屈，脑子里想到的全都是自己如何被他抛弃。

可是，与邵扬见面之后，当他将过去种种一点点讲给她听，当她知晓了他与父亲的君子约定，当她明白他愿意为了她而付出怎样令人惊叹的代价……她终于懂得，也终于放下了藏在心底的那些曾以为比天还大的委屈。

此时，飞机正飞行在格陵兰岛上空。沈陌忽然意识到，这里是北极，是整个地球的最北端。如果有一天她也能和他一起飞跃南极，那么，是不是就意味着他们牵手环游了整个世界？

这个浪漫主义念头顷刻间占据了她的心房，心绪都因此变得柔软，仿佛凭空生出一种天长地久的温柔。

沈陌侧过头去深情凝望他的容颜，轻声说："邵扬，我爱你。"

邵扬没有睁开眼睛，却语声温柔地对她说了一句："我爱你，沈陌，我一直爱你。"

她忍不住凑近他英俊的面庞，小心翼翼地吻上他的嘴唇。

邵扬缓缓睁开眼睛望向她，长长的睫毛微微颤动，在机舱昏暗的灯光下，映成迷人的扇形暗影。他的视线中仍然带着迷离的味道，仿佛仍是半睡半醒。

沈陌一直在他唇边留恋着，像是捡回棉花糖的小孩子，怎么也不肯再放手，似乎再怎么贪恋也不嫌多。

片刻之后，邵扬的目光恢复成平日里清澈澄明的模样。他不由得想——自己活了这么多年，还是第一次被一个女人吻醒。

宽厚而温暖的手掌扣在沈陌的脑后，邵扬缠绵地加深了这个吻。他坚硬的鼻尖时而擦过她的，两个人的呼吸都有些乱了节奏，一时竟压抑不住地意乱情迷。

与心爱的人亲吻，总是令人忘记时间与空间，仿佛全世界就只剩下自己与他，而最动听的音乐就是他的呼吸与心跳。

沈陌不知道这个吻持续了多久，只知道当他放开她时，她的脸蛋烫得像是要烧起来。

她爱意浓浓地望进他的眸子里，像小猫一样慵懒地开口："邵扬，你刚才在地球的最北端吻我了，以后你走到哪儿都不能再丢下我。"

他温柔地抚摸她发烫的脸，柔声说："傻瓜，我早就说过，要带着你走 10 年，走更久。"

沈陌终于甜甜地笑起来，那样的笑容，是邵扬很久都没有看到过的。

前阵子的短暂分离，把沈陌变成了一个在寒冬雪地里玩雪的孩子。在机场重逢时，她就像是刚刚回到温暖的屋子里，冻得冰凉而麻木的小手仍然觉得尖锐刺骨的疼痛。

而此刻，她依偎在他宽广的怀抱里，与他一同飞跃大半个地球，她才终于觉察到拾回幸福的喜悦与温情。

如果时间能在这里停住，那该是多美好的事情。

第三十四章
香 水 盛 宴

因为时差的原因，沈陌和邵扬1月10日中午从北京出发，抵达华盛顿时，也还是1月10日中午。

负责办理美国入境手续的是一位白胡子老头，看起来和蔼从容。沈陌对美国的第一印象大概也是这样，安安静静，又带着点儿悠游。

办完手续从航站楼出来，立刻有 Stellar 的海外员工开车来迎接邵扬。

沈陌跟他并肩坐在奔驰商务车的后排座位上，心里感慨万千。

"什么叫'今非昔比'？这就是吧！之前去苏黎世开会的时候，你还带我在机场等大巴车呢。哦对，你当时怎么说的来着？"沈陌像模像样地学着邵扬的口气，斜睨着他说，"不然我们打个商量，你负责掏打车费，我负责跟你做朋友，怎么样啊土豪？"

"我以前怎么没发现你这么记仇啊？"邵扬笑着搂住她，"不过这事儿可真不怪我当时小气，我那时候跟父亲商量好的，他不干涉我的自由，作为条件，我要自己谋生，不能坐吃山空地花家里钱。"

沈陌点头道："要是这样的话，其实也还是可以理解的，毕竟调香师的工资不好赚，提成更是少得可怜，不比你现在……"

她突然噤了声，仿佛一不小心说了什么不该说的。

果然，邵扬下意识地蹙起了眉头，认真地说："沈陌，你是不是觉得现在的我，和你从前认识的我很不一样，甚至变了一个人？"

聊到严肃的问题，沈陌也不再嬉笑。

"从地位上来说，是这样没错……不过就你给我的感觉来讲，好像又没有什么变化。"这是沈陌的真心话。

她知道他们之间的地位相差有多悬殊，可是现在他就在她身边，像从前一样将她抱在怀里，时而引导，时而揶揄，仿佛他还是她熟知的"Stellar 指导人"，而不是什么"Stellar 董事长"。

"你听我说，不管在外人眼里我变成什么样子，我对你始终是和从前一样的。"他的目光落在她的脸上，笃定语气中又带着一种令人坚信不疑的力量，"拥有一间实验室也好，拥有整个 Stellar 企业也罢，对我来说其实没有太大分别。不论在哪里，只要努力成为更加优秀的人，那就算是对得起自己。"

沈陌没有言语，邵扬又自顾自地说下去："而我对你的心一如从前，那么我的优秀就是我们感情的堡垒，保护我们更好地走下去。我这样说，你能明白吗？"

"我明白，而且我相信你。其实你在我心里从来都不是'优秀'这么简单的词语能够概括的。"沈陌凝视他的眼睛，字字清楚地说，"你是我心里的恒星，与其说是恋人，不如说是信仰。邵扬，我是不是从来都没有跟你说过？"

"什么？"

"你是我的信仰。"

"你……"你什么呢？邵扬也说不清。他只是忽然觉得很感动，想把她一辈子呵护在他的羽翼下，不让她受到一点点伤害。

照常理来说，在这种温存十足的时候，沈陌应该主动倾身给邵扬一个吻的。

可也不知怎么的，这会儿她的脑子里突然有根筋搭错了，于是，她张口就问了一个很煞风景的问题："哦对了，你这次带我来美国，应该不是单纯来玩儿的吧？最近这几天都有什么安排？"

"今天、明天给你安排的都是我，后天晚上陪我去参加今年的国际香水节，再之后，给你安排的又都是我。"

沈陌听完他这一长串的任务安排，莞尔道："说了半天，除了出席香水节，其他时间都是拿来挥霍的。"

"一点儿也没错。"邵扬点头说道，"有句话怎么说的来着？人不能疯一辈子，但可以疯一阵子。所以最近这几天，我就先带你四处疯一下。"

她故意跟他贫嘴："既然老板都发话了，我这个当下属的自然是'拿人钱财，替人办事'，奉陪到底了！"

他们你一言我一语地彼此调侃着，与此同时，商务车稳稳前行，很快就载着他们抵达早已预定好的超五星四季酒店。

邵扬本来想带她四处逛逛，奈何沈陌已经困得睁不开眼睛，只好先在酒店休息补眠。

第二天闲来无事，邵扬雇佣的当地司机开车带他们四处兜风。

邵扬提议去博物馆看看，沈陌没有异议，也就随着车一起去了。

其实邵扬原以为女人都会喜欢珠宝之类的东西，而华盛顿博物馆的自然展厅里，琳琅满目的自然宝石足够让每个女人一饱眼福。

可他没想到，沈陌不仅是平日里大大咧咧的像个女汉子，就连参观博物馆时，喜好都和别的姑娘不大一样。

她一进门就毅然决然地扯着邵扬奔向二楼的航天馆。

邵扬不死心地试图激发她的爱美之心："航天馆有 3D 电影，可以看到很漂亮的星空，要不要去看看？"

结果，沈陌一秒都没犹豫，立刻回了一句："不去，你看这多有意思，看什么星空啊。"

她所说的"这"，指的是展柜里那些年代久远的卫星发射器。

邵扬忍不住扶额："你一个女孩子，怎么还对军工的东西感兴趣啊？"

沈陌满脑子都在研究各种各样的飞行器，随口就应了一声："没事儿，我都长大了。"

"……"完全答非所问啊！邵扬无语问苍天了。

他从来没见过哪个女孩子对军事啊航模啊这么感兴趣，感兴趣到茶不思饭不想，就连午饭都是邵扬一个人去博物馆门口买的汉堡可乐，再带回来给她吃的。

沈陌一直在博物馆里逛到人家闭馆，这才依依不舍地跟着邵扬离开，还贼心不死地念叨着："不然明天白天再来一趟吧，香水节不是晚上吗？"

邵扬断然否决："想都别想，早知道你一看到航模什么的就魔怔成这样，我就不带你来了。"

沈陌搂着他的胳膊摇啊摇，忽闪着一双水灵灵的大眼睛，讨好似的抬头看着他。

可惜邵扬这次彻底不为所动，任她怎么撒娇卖萌就是不肯松口。末了，沈陌也只好作罢。

次日傍晚，沈陌与邵扬一同盛装出席一年一度的国际香水节。

其实在来的路上，沈陌心里一直有点忐忑，她不知道自己究竟应该以怎样的立场与邵扬一同出现。

单纯的下属？如果只是下属，又何必陪他到这个份儿上。

那么，邵扬的恋人？可是他从未对外承认过他们之间的关系。

而当他们抵达香水节典礼现场，一切犹疑与彷徨都随着邵扬一句"这位是我的未婚妻"而烟消云散。

听到他用迷人的伦敦腔说出这句话时，沈陌只觉得整颗心都醉了。

闪光灯闪个不停，周围有很多外媒记者都在追根究底地八卦她和他的故事，邵扬微笑着应答，看起来心情很好。

沈陌的手始终被他握在手心里，时间久了，两个人的掌心都蒙了一层细密的汗珠，冬日的冷风从指缝间吹过，带起一丝凉意，但因为十指相扣不曾放开，所以她并不觉得寒冷。

这个夜晚，邵扬是整个典礼上最为耀眼的恒星。

他从人们心中的"香水天才"，一跃成为整个香水行业里最年轻、最有才华的董事长。

他是香水界的传奇。

而对沈陌来说，最幸福的事莫过于这颗璀璨的星辰，竟愿意为她而停留。

她跟在邵扬身边，一同走进了礼堂，在最前排的贵宾区落座。

主持人请邵扬上台讲话，他站起身来，轻轻握了握沈陌的手，而后步伐稳健地走上台去。

台下掌声响起，沈陌忽然产生一种错觉，仿佛又回到苏黎世的香水交流会，她仍是他不学无术的徒弟，而他作为世界顶尖的调香师，与众人分享当下最时尚的香水设计理念。

那时，她还没有放任自己喜欢他；那时，她对他仍然有种敬畏之心，恰似一道壁垒，阻挡了爱情的萌芽；那时，她心中的梦尚且与他无关。

如今想来，这样的男人，如果他爱她，她怎么舍得不去爱他呢？能被他放在心间，那是怎样一种毕生难求的幸福……

沈陌在台下胡思乱想的时候，邵扬已经在台上开始讲话。

这一次不同以往，他讲的不是香水设计，而是站在企业管理人的角度，详谈行业走势与未来市场状况分析。

沈陌忽然想起来早先邵扬住院时，她帮他整理的那份详尽的香水市场分析报告，终于后知后觉地想通了个中关联。原来他早就开始为接手Stellar做准备，而那时他迟迟不肯接受这份感情，想必也是担心日后出现变动时会出问题。

他心里总是比她考虑得更周到，而她总是像个长不大的孩子，一边很努力地追赶，一边接连不断地给他添麻烦。

此时，邵扬仍在滔滔不绝地讲述着他对于香水未来的独到见解，沈陌却自顾自地走神了。

直到全场爆发出雷鸣般的掌声，她才恍如梦中惊醒，抬头看向不远处的邵扬。

国际香水节，是整个香水界的盛会，但却不是她沈陌的盛会。

因为她从来没有像现在这样迷茫过，也从来没有像现在这样，觉得自己竟然一点都不了解邵扬。

第三十五章
佛 罗 里 达

邵扬从台上下来，就发觉沈陌的脸色不大对劲儿。

他关心地问她怎么了，可是不管他问多少遍，或者怎么温柔地哄她，她就是什么都不肯说。

明明之前还好好的，他只不过是上台讲了一段话，怎么回来的时候她就自己躲起来郁闷了呢？邵扬心里纳闷儿，也不知道自己是哪里惹到她了。

这个困惑直到典礼结束后才得以解答。

从典礼现场离开后，司机载着他们回到了四季酒店。

直到乘电梯上楼时，沈陌才闷闷地揪住邵扬的袖口，细声细气地说："邵扬，你说我是不是……"话刚说了一半，就又支吾着说不下去了。

沈陌难得开口，邵扬自然不肯放过这个机会。

他连忙温声追问："是不是什么？"

她深深叹息一声，问道："我是不是太拖累你了？"

"……你一整晚上不声不响的，就因为这个？"

沈陌点点头，望向他的目光里写满了歉疚和纠结。

邵扬险些被她气得笑出声来，他抬手揉了揉她的头发，好气又好笑地说："你这小脑袋想正事儿没能耐，胡思乱想倒是比谁都厉害。"

"这怎么是胡思乱想？"沈陌不服气地说，"如果我一直这么拖累你，迟早会出问题的啊！我……不想想我们之间出问题。"

他无奈地揽住她的肩膀，宽慰说："我从来不觉得你拖累了我，反而因为你的存在，我才想努力成为更优秀的人，这其实是你带给我的正能量。"

她怔怔地望着他，似乎一时还不能完全消化他的话。

"你之前说，我是你的信仰。"邵扬笃定而深沉地望进她的眼眸，字字清晰地说，"沈陌，你也一样是我的信仰。"

他话音刚落，电梯刚好到达他们所在楼层。沈陌都没来得及对"信仰"二字做出反应，就被邵扬搂着回房间了。

以往他们一起出差，从来都是订两间相邻的标准商务房，可这次邵扬预订的却是两居室的温馨套间，主卧给沈陌住，他自己则住在客厅另一边的次卧。

进门之后，邵扬就去卫生间洗漱了一番，然而出来时，看到沈陌依然在客厅的沙发上呆坐着，似乎从进门到现在一动都没动。

他不由得轻轻皱起眉头，走过去在她身侧坐下，修长的手臂将她圈在他温暖的怀抱里。

"这么晚了，怎么还不去收拾睡觉，自己坐在这儿磨什么呢？"

她微微抬起头望着他的面庞，嘴唇动了动，半响才磨磨蹭蹭地说了一句："你把我当作'信仰'，我觉得有点儿接受不了……不是，是承受不起。"

他眉毛微微上扬，问道："有什么承受不起的?"

"你那么好，简直是完美。"她垂下眼帘，不禁有些自怨自艾，"可是我呢？我有什么好的……"

若是按照邵扬以往的聊天风格，此刻他应该揶揄她一句"是啊，我怎么就找了你这么个蠢蛋"。

可是现在，这种玩笑话他怎么也说不出口。

他看得出来，沈陌是打心底里纠结，而她的诸多情绪，归根结底都是因为他们之间突然有了那样明显的差别。

邵扬并不觉得董事长比调香师高档很多，恰恰相反，他总觉得董事长这种角色，穷得就只剩下钱了。走上这个位置纯属子承父业迫不得已，而他的内心世界反而比从前虚无了许多。

这其实是一种退化，只是落在沈陌眼里，一不小心变成了飞跃。

"我并不是你想象中的那么完美，而你也不是你自己以为的那么……卑微。"他小心翼翼地措辞，生怕说错了什么，再刺痛她本就缺乏安全感的心，"沈陌，你认真听我说——我说把你当成信仰，不是为了哄你开心，而是你真的带给我力量。我愿意与你携手往前走，也不是为了让你觉得幸福，而是为了我自己的幸福，因为你的的确确就是我想要共度此生的人。"

沈陌常听人说，男人的情话都是谎言，听不得也信不得。

可是邵扬说得那样认真，就连眼神里也是专注又诚挚的模样，她怎么能去怀疑？

"其实我也是个自私的人，与你在一起，是因为……"邵扬顿了顿声，双手捧着她的脸，温柔地凝视着她的眼眸，"因为我爱你，很爱你。"

她从来都是个很缺乏安全感的人，所以总想要反反复复地确认那份得来不易的感情是否完好如初。

　　邵扬明明是那样倨傲的人，然而为了带给她多一点安全感，他总是这样不厌其烦地让她明白——她对他来说很重要，她值得他爱。

　　沈陌静静凝视着他的脸，忽然就觉得一切都没有想象中那么糟糕。

　　不论她能了解他到何种程度，也不管他们之间的结局究竟如何，只要有他这样待她，她这辈子爱他一场也就值得了。

　　"我也爱你，很爱你。"她感动得有点想哭，却还是对他微笑起来，"我不乱想了。"

　　他爱怜地摸摸她的脸蛋，说道："那就乖，去吧，洗漱完了就赶快休息，明天上午还得早一点退房，不然怕赶不及去机场。"

　　"去机场?"沈陌讶异地瞪大了眼睛，"这么快就要回国了吗?!"

　　"你脑仁儿是歪着长的么? 怎么可能这就回国。"邵扬忍不住吐槽她，但还是耐心解释道，"明天是转机去佛罗里达州，接下来几天都在佛罗里达度假，好日子才刚刚开始。"

　　虽然是在冬季，热情的佛罗里达州依然拥有和煦的暖风以及明朗的日光。

　　从迈阿密机场出来后，邵扬去 Henz 店租来一辆敞篷野马，载着沈陌，直奔整个北美洲的最南端——基韦斯特岛。

　　从迈阿密小镇去往基韦斯特岛的路只有一条，就是传说中的美国一号公路。

　　笔直的公路一直延伸到目光看不到的地方，让人凭空产生错觉，仿佛他们的行程没有尽头，仿佛他们可以就这样并肩前行一辈子。

这种典型的美式公路其实在整个北美地区非常常见，然而像一号公路这样架筑在海洋之上的，就很难找到第二处了。

敞篷野马在路上飞驰，如同在大西洋上肆意舞蹈。

迈阿密的纬度和海南差不多，冬天的海风也是暖洋洋的，丝毫没有肃杀凛冽的感觉。

沈陌一路兜着风，心情好得想要飞起来，忍不住将电台广播开到最大音量，大声地跟着唱歌，身子也随着美国乡村摇滚的节奏而左右摇摆，好不惬意。

邵扬看到沈陌笑容明媚的样子，也忍不住要感慨一句"Ces't la vie（这就是生活）"。

从迈阿密去往基韦斯特岛，大概需要五六个小时的车程。

半路上邵扬找地方停车休息，刚巧遇上一家当地特色的海鲜自助，两人酒足饭饱后继续赶路，总算是在天黑之前抵达了目的地。

不论冬夏晨昏，都能在佛罗里达州看到游客的身影，而迈阿密作为声名远扬的蜜月圣地，更是吸引了诸多心怀浪漫之人。

邵扬在靠近岸边的地方预定了海景别墅，双层小洋楼，院子里有私人泳池和健身器材。

当晚，他们在别墅附近闲逛，沈陌被当地特色的烤龙虾迷得不行，巴掌大的龙虾尾，她连着吃了三个还没够。

邵扬瞧她撑得肚子都圆滚滚的，忍不住打趣道："你要再这么吃下去，估计一回国咱们就得赶紧办婚礼准备生娃了。"

"唔？为什么啊……"她还在回味龙虾尾的美妙，说起话来含含混混的。

"你自己瞅瞅你浑圆的肚子，像不像怀孕 3 个月了，嗯?"

听到"怀孕"二字，沈陌脸一红，赶忙低声道："你别乱说。"

她害羞的模样落在邵扬眼里，说不出的招人疼爱。

"好了，不逗你了。"他抬手捏捏她的脸蛋，尽是宠溺的味道，"不过说真的啊，你少吃点儿，不然晚上一时半会儿消化不好，没法早睡。"

沈陌扁了扁嘴巴，不情不愿地问："怎么今天也要早睡？我还想在外面多溜达一会儿。"

邵扬似乎没想到她会有此一问，愣了一下才恍然说道："哦，对了，有件事情我之前忘了跟你说。"

"嗯？"

"我提前联系了一家当地的潜水店，打算明天上午带你去潜水的。"他低头看向沈陌，征询着她的意见，"你想不想去？还是想多休息一下，睡个懒觉？"

其实沈陌本来是想宅在别墅里睡懒觉的，可是她从来没潜过水，一听说有这等新鲜事儿可以做，立刻就来了精神。

"不睡不睡，去潜水！"她望向邵扬，一双星眸里闪烁着新奇的光，然而转念想了想，又有点儿担心地说："可是我……呃，我不会游泳能行吗？"

邵扬神色严肃起来，说道："不会游泳没问题，潜水不需要练习换气，但是你会觉得怕水么？"

她摇头说："那倒是不怕，我挺喜欢待在水里的。"

"不怕水就好，那明天我带你去试试深潜。"

沈陌对于潜水真的是一窍不通，听到专业名词就犯晕，虚心问道："什么是'深潜'？"

"一般娱乐潜水有两种，一种是浮潜，就是带着面镜和呼吸管，穿救生衣漂在海面上，这样呼吸管就能露出水面。"邵扬在这方面很是专业，颇有耐心地向沈陌解释着，"另外一种就是我刚才说的深潜，要背着氧气罐下水，一般没有潜水证的人只允许下潜到10米左右。"

沈陌彻底被他勾起了好奇心，连连追问道，"你考了潜水证吗？能潜到多少米？之前看电视里经常播放海底世界，各种奇奇怪怪的漂亮的鱼，我潜到10米深的地方能看到吗？"

他耐着性子说："我考了高级开放水域潜水证，也就是AOW，所以可以下潜到40米。不过你喜欢看的深海鱼，其实10米就能看到，如果当地的潜导能带我们找到合适的潜水点，浮潜应该也可以。"

"那好那好！"她整个人都变得雀跃起来，"明天一早我们就出发，你是潜水专家，我什么事都乖乖听你的！"

她纯真的模样一如孩童，惹得邵扬心中满满都是怜爱。

他不由得微笑起来，缓缓低头，在这蜜月海岛的小路上，温柔地与爱人亲吻，仿佛就此拥有了地老与天荒。

第三十六章

初 尝 潜 水

次日清晨，阳光明媚，海风从大西洋深处徐徐吹向陆地，轻拂过每个人的脸庞。

沈陌起个大早跟着邵扬去了潜水店，租了一套深潜装备，便搭乘潜水店的专用游轮，去往大西洋的中央。

海上漂浮着坐标点，游轮徐徐朝着那边驶去，待到停下来时，距离海岸线已经 7 英里远。

趁着穿戴装备的空当儿，潜水店的专业潜导笑脸盈盈地为邵扬和沈陌讲解着目前他们所在的这个潜水点——这里是距离基韦斯特岛最近的深海海沟，300 多种深海鱼群聚集在此处，豆丁海马、尼莫、火珊瑚……可谓应有尽有。

沈陌一边津津有味地听着，一边穿上紧身潜水服，带上气罐和面镜，整理好其他七零八碎的装备，而后乖乖地站在船舷一端等候邵扬和潜导。

下水之前，潜导为她和邵扬增加了配重，好让他们在入水时能够加速下沉。

金发碧眼的潜导见沈陌装备整齐，又给她说了好长一串话，可惜沈陌满心雀跃和紧张，一时没能理解他说的英文是什么意思。

"刚才潜导说的话都记住了么？"邵扬瞧着她一脸茫然的样子，只好再重复一遍，"今天总共三潜，一潜的时候可能会有点紧张，但是千万别慌，有任何事情及时打手势沟通。"

有时候，旁人越是劝她不要紧张，那种紧张的情绪反而像是被添加了催化剂，越涨越高。沈陌现在就是如此。

邵扬看出她脸色有些不对，于是跟潜导申请延迟下水，又回过头来和沈陌聊天，以此来缓解她的紧张感。

沈陌看着邵扬和煦而明朗的笑容，渐渐放宽了心。不管怎么说，只要邵扬在，不管哪里她都能够放心地跟着他走。

人与人之间的信任，大概就是通过一次又一次地兑现承诺来巩固加深的。邵扬从来都没有把她引向错误的方向，所以她相信这一次也会很好。

"你只要学会'上浮'的手势就好，毕竟只是娱乐潜水，就是带你下去看看海底世界，要是觉得哪不舒服了，比这个手势给我，我就带你上浮。"邵扬说完，宠溺地摸摸她的脸，叫她准备开始第一潜。

沈陌不敢直接从船上背入式跳水，于是潜导放了梯子，让他们扶着栏杆走下去。

入水的一瞬间，沈陌感觉到了很明显的失重，仿佛自己正被身上的那些配重铅块牵引着，一点点坠入深渊。

她下意识地低头往下看，只觉得海洋深不见底。这一刻，她忽然就慌了，觉得自己简直在作死，好好的一个陆地动物，怎么偏要去大西洋深处探个究竟。

心生不定时，呼吸就会比平常急促，而清楚的头脑也会逐渐远离。

随着下沉的速度越来越快，沈陌开始由心慌转为害怕。她怕等会儿到了预计深处也停不下来，怕就这么一直坠向死亡。

就在她不知所措时，有人替她打开了充气阀，而后紧紧地牵住了她有些发抖的手。

下沉速度逐渐缓和下来，没多一会儿，他们就停在了预计的 10 米深处。

沈陌努力平静下来，转头看着邵扬英俊的脸，心里忽然就有种四海漂泊、相依为命的感觉。

他们十指交扣，一同在潜点附近徜徉寻乐。

一旦摆脱最初的紧张，沈陌的好奇心就又复苏了。她开始用心感受这个前所未有的新鲜世界，看水母悠游闲逛，听尼莫与珊瑚耳语。

这一潜的时间不长，她还没看够，就被邵扬托着开始上浮。

回到甲板上时，邵扬替她摘掉面罩，关切地问道："觉得怎么样，刚才一潜有没有哪里不舒服？"

沈陌摇头笑道："只有最开始下沉的时候因为失重有点紧张，后来就好了，水下好多有趣的东西，我还想下去。"

听她这样说，邵扬就放下心来。

"休息一下，喝点饮料补充点儿体力再去二潜。"

"我一点都不觉得累！"

"那只是你不觉得，你在水下还不觉得冷了，但其实在深海里很容易失温。"邵扬神色严肃地对她说，"凡事还是多小心才好，尤其像潜水这种本身就存在危险的运动，怎么谨慎都不为过。"

沈陌乖顺地点点头，也没再多言。

既然邵扬是专业的潜水员，那么，相信他总不会出错。

他们休息了一刻钟的时间，便开始第二次深潜。

因为有了上一次的经验，这次沈陌并没有觉得太紧张。邵扬紧跟潜导，而沈陌紧跟邵扬，三人很顺利就潜到了 10 米深处。

这地方不愧为全美最著名的潜点，海洋生物多得不像话，就连邵扬这种很有经验的潜水员都为之惊叹，就更别说沈陌这种初尝潜水的新手。

五彩斑斓的鱼群在沈陌周身绕来绕去，时而为她舞蹈，时而遮挡住海面投来的光。四处都是动人的画面，她就像是直接走进了电视荧屏的画面里一样，竟有一种很不真实的错觉。

沈陌嘴上叼着呼吸管，没办法对那些奇妙的鱼儿微笑，可心里却是平静而喜悦的。

她勇敢地松开邵扬的手，小心翼翼地在周边游荡，很留心地不去触碰那些美丽却有毒的大珊瑚。

当她再抬头想去寻找邵扬的身影时，却忽然感觉到一股强大的涡流，席卷着鱼群往海沟旁边的暗礁上移动，而她孤身一人，也被涡流的力量卷走，直直地撞向暗礁！

邵扬虽然离她不远，但此时此刻却没有发觉她这边的异样，仍在和潜导打着手势商量什么事情。

人在水下，有太多太多的力不从心。此刻，她想求救，却连一句"救命"都喊不出口。

脊背被撞得生疼，她能感觉到背上的潜水服被划开了一个不大不小的口子。

缺少潜水服的保护，冰冷的海水便直接触碰到沈陌的肌肤，令她忍不住开始发抖。

　　她忽然想起邵扬说的水下失温，心里逐渐升腾出一种缓慢而真切的绝望，这种感觉就好像鱼儿离开了海水，在陆地上徒劳地挣扎。

　　邵扬这时回过头来，看她一个人贴在暗礁上，顿时明白了几分。

　　他立刻游到沈陌身边，仔仔细细地查看着她的装备，发现潜水服的裂口时，二话不说立刻决定带她上浮。

　　潜导没有阻拦，三人一同回到了船上。

　　摘掉面罩的一瞬间，沈陌有种死里逃生的感动和后怕。

　　她望着邵扬满是关切的眉眼，颤抖着说："如果刚才涡流力量再大一点，我就……"

　　"不要乱想，有我在，你不会有事的。"他紧紧将她抱在怀里，温厚的手掌一下一下轻抚她的脊背，心疼地问："是不是撞疼了？"

　　她的脸颊轻轻蹭了蹭他的脸，沈陌小声说："不疼。"

　　邵扬抱着她，犹豫了半晌才说："其实本来不应该再带你去三潜，怕你心里紧张会出问题，但是……"

　　沈陌从他肩膀上抬起头来，定定地望着他问："怎么？"

　　"你能不能为了我，再勇敢一次？"

　　她什么都没说，只是紧紧地回抱住他的臂膀，轻轻点了点头。

　　邵扬在她颈子间轻声说："你为我而勇敢，我送你一份礼物，好不好？"

　　她期待地问道："什么礼物？"

　　"一会儿就知道了。"他抱她起来，去找工作人员拿一套新装备，"走吧，换一身潜水衣，这个不能用了。"

沈陌这才意识到，她这身衣服是租来的，可是被她弄坏了。

"唔，我是不是闯祸了，弄坏了人家的东西……"

他低头亲一下她的额头，笑着说道："你快别想东想西了，这些都是小事儿，你没事就最要紧了。"

邵扬和沈陌一前一后行至游轮的负一层，在装备领取处和负责分发装备的白胡子老头沟通了好一阵子，这才给沈陌换了一套相对高端一些的潜水服。

沈陌下意识地用英文问了潜导一句："之前那套衣服的押金还能不能退还给我们?"

结果，被白胡子老头明确告知："不能，因为装备已经损坏了。"

沈陌闷闷地"哦"了一声，也不敢再多说。

她不晓得如果买这样一套潜水服需要花多少银子，假如比押金贵很多，那么她该庆幸潜水店没有叫她赔偿损失。

做错了事的孩子总是没有什么底气和大人讨价还价，直到有人替她背黑锅为止。

而如今，邵扬就是那个替她背黑锅的人。

邵扬看到白胡子老头一个劲儿地给沈陌甩脸色看，一时心有不爽，朗声说道："刚才那套衣服我出原价的双倍买了，如果现在租的这身装备没问题，到时候押金照退，如何?"

白胡子老头用一种看外星人的眼神打量了邵扬一阵子，末了还是没多说什么，耸着肩膀扔下一句"随便你"，就又回过身去继续整理装备，只留下一个微胖的背影给沈陌和邵扬二人。

邵扬把刚刚领来的新装备塞到沈陌手里，催促她去换衣服。

沈陌抱着潜水服往换衣间那边走，一边走一边还回头看了邵扬几眼，眼神里多多少少带着点儿诧异。

其实不怪白胡子老头理解不了邵扬的神逻辑，就连她也理解不了——为什么非要花更多的钱，就只为了争一口气呢？更何况，弄坏了租来的衣服还能退回押金，这事儿说出去好像也不怎么体面啊⋯⋯

有钱人家的孩子，脑回路是不是都和她这种普通人不一样？

沈陌这样想着，再回头悄悄瞄一眼邵扬那张看起来也蛮接地气的俊脸，总觉得有点儿违和，又有点儿好笑。

她不自知地抿着嘴唇，就这么一路憋着笑意，款步走进了换衣间。

第三十七章

海 底 求 婚

换好潜水服，沈陌深呼吸几次，而后鼓足了勇气跟着邵扬和潜导一起，开始了第三潜。

这次没有漩涡也没有暗流，她很小心地跟在邵扬身边，一有异样就立刻牵住他的手，防止自己掉队。

每个潜水点都有很多七彩斑斓的景色，然而总有那么一个地方风景独好，拥有恰到好处的光线，连绵成趣的珊瑚和水生植物，以及来来往往的游鱼、水母。

邵扬就是在这样一个地方停下来的。

沈陌不知他要做什么，于是乖乖地待在一旁，一会儿看看成群结队的热带鱼，一会儿扭头看看他。

当她不知道第几次回头时，突然就呆住了！

邵扬像是变戏法一样，从潜水衣的袖口里揪出来一个细长的字幅，一点点展开，露出这样几个字：沈陌，嫁给我吧！

他求婚了！他居然在这深海之底，无声地向她求婚了！

这个念头不管不顾地撞进脑海里，沈陌只觉得脑子嗡的一下，整个人都在这一瞬间失去了全部的重心。

猝不及防的幸福，令她一时不知如何回应。

隔着不远不近的距离，透过水雾蒙蒙的面镜，沈陌就这么怔怔地望着邵扬，一不小心就湿润了眼眶。

她本能地觉得哽咽，却因为嘴巴里叼着呼吸管，连抽泣都做不到。

也不知过了多久，沈陌才郑重其事地点了点头。接受求婚的一刻，她能感觉到自己的心跳都在加速。

每个女人都曾幻想过心爱之人求婚的场面，沈陌也不例外。她想过鲜花草地，想过碧水蓝天，却没曾想到——原来，她竟是在这样一个奇妙而华美的深海潜点，把自己的后半辈子交到了那个名叫邵扬的男人手里。

邵扬眉目之间尽是笑意。他将求婚的字幅对折叠好，然后游到她身边，又从不知哪个装备的附加口袋里掏出了一个精美的小盒子。

轻轻打开，一枚钻戒被大西洋的海水折射出璀璨如星的光泽。

他牵起沈陌的手，缓缓将戒指戴在了她左手的无名指上，而后在她纤长的手上，印下一个虔诚的吻。

他那样爱她，牵着她的手，就像是拥有了这世上最珍贵的一切。

爱意借由指尖一点点蔓延开来，沈陌从未有过如此幸福的感觉——她能感受到他的珍惜，真切如许。

她很想哭，却还是努力地忍住了。毕竟是在水下，情绪的波动都不该肆意夸大。

邵扬紧紧握了一下她的手，然后放开，对她做了一个"Follow Me

（跟我走）"的手势，带她一起游向珊瑚群的另外一边，去探索未知的海域。

沈陌一边跟紧邵扬，一边尽快平复情绪。

可谁知，她好不容易才平静下来，心中甜蜜地想要再看一眼无名指上的钻戒，却愕然发现——钻戒丢了！

她赶忙游快一点，追赶到邵扬身边，伸手扯住他的手臂不让他再往前游，用手势与他沟通。

邵扬不解地看着她："怎么了？"

她指了指自己的左手无名指，然后摆摆手，示意他："戒指！没了！"

结果，邵扬默默地看了她几秒钟，回了一个："OK！"

纳尼？戒指没了怎么会 OK？！

沈陌贼心不死地又比画了一遍，结果邵扬还是 OK，并且还像模像样地点了点头，以示确认。

她没辙了，也只好摊手作罢，继续跟着他前行。

直到长达半小时的三潜结束，他们再回到游轮上，沈陌才再次提起此事。

"邵扬，现在该怎么办？"她愁眉苦脸地说，"大海捞针似的，肯定找不回来了吧……"

谁知邵扬一脸不解地看着她，问道："找什么？"

"戒指啊！"

"……戒指？"他愣了 3 秒，"没了？！"

沈陌扶额道："是啊，我在水里给你比画了半天。"说着，她又像在水里那样，指了指左手无名指，再摆摆手，而后又继续说道："你当时还一直打手势跟我说'OK'，敢情你是压根儿就没看懂啊……"

邵扬也无语问苍天了："我以为你说的是'左手有点不舒服'，仔细看了看好像没有被珊瑚什么的伤到，这才跟你说了个'OK'。"

两个人潜水衣还没换下来，就这么大眼瞪小眼地对望了一阵子，谁也没想到该说点什么。

本来浪漫到极致的海底求婚，因为钻戒的丢失，变成了如今这个让人哭笑不得的局面。

末了，还是邵扬叹了口气，淡笑着说："算了，丢就丢了，怪我搞错了戒指尺寸，买大了。"

"我就是个麻烦精，一会儿弄坏衣服，一会儿弄丢戒指。"她低着头，委委屈屈地摆弄着自己的手指头，说话声音也低低的。

邵扬摸了摸她依然水淋淋的头发，像安慰小孩子似的宽慰她道："今天运气不大好，潜水服太不结实，暗礁太锐，钻戒太大，都不能怪你。"

"你不用安慰我了，应该我安慰你才对。"

他好笑地问她："我又没有怎么样，安慰我做什么？"

"钻戒和潜水服，哪个不是钱买来的啊……"她撇撇嘴巴，又说："你的银子也不是大风刮来的，我要是没想错的话，至少你买钻戒用的肯定不是家里的钱。"

确实，给心爱的女人奉上一辈子的承诺，邵扬打心底里觉得应该凭自己的本事。

毕竟要娶沈陌的是他，而不是他亲爹。

"连这都让你猜到了。"他笑起来，"你这么懂我，我给你买一箩筐钻戒也心甘情愿。"

她被他宠得甜蜜，忍俊不禁道："你说是这么说，可是过日子还是要仔细一点才好。"

"是是是，还是你最明白怎么顾家。"他打量着自己的贤惠未婚妻，怎么看怎么顺眼，"以后咱们家的经济命脉就都交到你手里了。"

沈陌遥想着自己与邵扬之间的天长地久，只觉得心里温柔得无以复加。

两人各自去换衣间换上自己的衣服，归还潜水服的时候，沈陌到底没让邵扬买下那件已经彻底报销的衣服，自觉地没有要求退还她那份儿押金。

办好各种手续时，已经到了午饭时间。

沈陌早上起的有些迟了，匆匆忙忙赶着出发，只吃了一片面包和半个煎蛋，这会儿早就饿得前胸贴后背了。

邵扬之所以在众多潜水店中独独选择了这一家，也恰是因为这家店提供豪华的游轮午餐。

服务生提早在甲板上摆好了餐桌，精致的台布和餐具，以及相对而放的剔透高脚杯。

沈陌刚在邵扬对面落座，他就招呼服务生快一点拿菜单过来。

她虽然很饿，但还是象征性地对邵扬说："你这么急不可耐的，一点儿都没个吃西餐的样子。"

"在意那些形式化的东西有什么用？你不是饿了么，饿了就赶紧点菜。"他说着，将一叠厚厚的菜单递到了沈陌面前。

她也懒得再矫情，索性翻看菜单，瞧见什么秀色可餐的佳肴就来一份儿。

他们点了各式各样的配菜，而主餐都是 24 磅的超大牛排。

当服务生问他们要几分熟的牛排时，沈陌规规矩矩地答道："Medium（五分熟），谢谢。"

而邵扬则说："麻烦帮我做成 Rare（全生）的，谢谢。"

服务生微笑着为他们下好了单子，沈陌仍然一脸新奇地瞧着邵扬。

"你这是什么眼神看我？"

虽然沈陌摇头说"没什么"，可是当邵扬的 Rare 牛排摆上餐桌时，她还是禁不住为之咂舌。

"啧啧，茹毛饮血，说的就是你这样的野蛮人吧。"

"生牛肉比较嫩，还真的蛮符合我这个野蛮人的口味。"

"比较嫩？"沈陌听他这么说，也有点好奇，"那要不给我也尝一小块儿……"

他拿起刀叉一边切着牛排，一边答道："口感是很嫩，但是吃到胃里不容易消化，你一个女孩子还是算了。"

沈陌本来还想再央求他一下，可是随着他一刀下去，颜色鲜艳的血就从 Rare 牛排里流了出来，这下她彻底放弃了。

只是看着都觉得接受不了，还谈何尝一尝啊……

还好她的牛排也很快就上来了，要不然她看着心目中最璀璨的星辰坐在餐桌对面吃生肉，那该是怎样一种不言而喻的纠结心情。

午餐吃到后来，他们开始有一搭没一搭地闲聊。

餐桌离外围栏杆并不远，沈陌微微侧过头，就能看到游轮在大西洋上荡起的涓涓涟漪。

游轮从深海区逐渐往岸边的方向行驶，起初，映入沈陌眼帘的仍是墨蓝色的海水，之后突然出现一条明显的分界线，跨过这条线，海水便成了碧蓝色。

她不解地问邵扬这是怎么一回事，他淡笑着解释道："这就是大西洋海岸线附近的海底断层，一般这种地方都是危险地带，因为水流会很不稳定，潜水的时候都要小心避开的。分界线这边的浅海区域适合浮潜，因为海洋生物大多离海面不远，浮在水面上就能看到；而另外一边则更适合深潜。"

沈陌似懂非懂地点点头，也没再多问。她忽然意识到在这样广博的世界面前，她是多么渺小的存在。这世上有太多美景太多奇闻，是她不曾懂得，甚至不曾见过的。

就在她漫无边际地想着心事时，一只比越野车车轮还大的海龟徐徐出现在沈陌的视线里。

她第一次见到这么大的海龟，一下子就想起来西游记里驮着师徒四人过江的龟丞相。

"邵扬邵扬，快看！好大一只海龟……"她兴奋地扯着他的袖子，像个刚买了洋娃娃的小姑娘。

他轻轻握住她的手说："你没听过那个说法吗？说是如果恋人一起看过很大的海龟，他们的爱情就会像海龟的寿命一样长长久久，永不分离。"

"……真的吗？"为什么她只听说过在摩天轮最高点接吻的恋人不会分开？

邵扬一本正经地点点头，分明不是在开玩笑："真的。"

真的是编出来哄她的，可他也真的希望他们永不分离。

第三十八章

重 回 帝 都

　　邵扬原本打算在佛罗里达多住一阵子，可是没过几天就接到邵家亲戚从中国打来的越洋电话，说是邵老爷子在外度假的时候病倒了，当地大使馆紧急联系了医疗专用机送他回到中国，飞机刚一落地就有司机来接，载着邵老爷子直奔人民医院，当晚就住进了高级监护病房。

　　坐在从迈阿密回北京的飞机上，邵扬一直郁郁寡欢，就算沈陌有意哄他一笑，他也没办法真的为之开怀。

　　沈陌也听说了邵老爷子病倒的事儿，自然明白他为何情绪低落。她知道，在这种时候，邵扬需要的不是欢欣，而是懂得，以及沉默笃定的陪伴。

　　空姐来送餐时，邵扬正在合眼小憩。

　　沈陌示意空姐不要吵醒他，并且为他留了一份土豆牛肉盖饭。

　　空姐刚走出几步，邵扬就睁开了眼睛，也不知是刚被吵醒，还是本来就没有睡着。

他转头看了看沈陌温柔的侧脸，没等开口，就听到她说："给你要的牛肉饭，还有凉茶。"

邵扬没有言语，她便又自顾自地说下去："我知道你喜欢喝咖啡，可是这几天你容易上火，想了想还是给你要了一杯凉茶。"

他点了点头，想说声"谢谢"，却没说出口。并不是腼腆扭捏，而是觉得这两个字远远不够。

窗外正当白日，大多人不习惯高空的紫外线强光，纷纷拉下了舷窗挡板，因此机舱里昏暗得一如夜晚。

沈陌从随身拎包里翻出来一个浅灰色眼罩，递给了邵扬。

"你戴上这个，安心睡一会儿，好不好？"她望着他，目光里写满了心疼，"要不然等到了北京，你又有得忙了。"

他低声说："我没事，不用担心我。"言罢，伸手搂过她的肩膀，将她抱在了怀里。

"并不是你说不用担心你，我就真的可以不担心。邵扬，我……"她顿了顿，小声说，"我心疼你，却不知道能为你做什么。"

"我需要你的时候，你在我身边，这不就是你为我做的吗？"

她闷闷地摇头："可是这样还不够，我想给你更多一点。"

他把脸埋在她的颈窝里，声音极低地说："那就抱紧我。"

就是这么轻不可闻的5个字，灼痛了沈陌的心。

她感受到他的脆弱，忽然意识到，这个看似无所不能的男人，其实也会有疲倦的时候。

英雄的脆弱，只有他的女人懂。而沈陌就是邵扬的女人。

她紧紧地搂住他的腰，像是借由手臂的力量，努力带给他一点微不足道的温暖。

"你在发抖。"

邵扬深深呼吸，呢喃说："我在害怕。我已经很多年都没有母亲了，不能再失去父亲。"

沈陌没有回答，他们都没有再说话，只是静静地拥抱着彼此，也不知抱了多久。

他想起父亲这些年的操劳，心里刺得生疼；而她想着他的心疼，亦觉得心脏揪痛。

从今往后，邵扬的疲惫不再无处安放。她就是他的依靠，她瘦弱的肩膀就是他的避风港。

只是他们都不曾想到，这一刻的种种纠结，其实都是一种徒劳的困扰。

北京时间次日清晨，飞机抵达北京，有司机专程来接邵扬和沈陌去邵老爷子那边。

可是很快，邵扬就觉出不对劲儿了。

他拧着眉头问司机："人民医院在东城，为什么车是往西城开的？"

司机老老实实地回答道："邵老爷子就是这么交代的，我也不清楚具体是怎么回事儿呢。"

邵扬冷了脸，也冷了声线："我懂了。"

"少爷，您懂什么了？"司机一脸茫然，透过后视镜看向邵扬。

照理来说，这是邵家的家务事，沈陌本来不应该插嘴的。可是她看着邵扬越来越冷的脸色，实在忍不住搭腔道："怎么了，会是发生什么事了吗？"

"没有，没出什么大事。"邵扬摇了摇头，又说："我只是想不到，他竟然会搬出商场上尔虞我诈的那一套，来对付他的亲生儿子。而且我也想不通，Stellar 我都已经接过来了，还有什么事情值得他这样做。"

沈陌还是不甚明白，只是很懂分寸地没再追问。显然，这已经远远超出了她力所能及的范围。

车很快就停在了一个豪门别院里。

"这里是……"沈陌探寻地看着邵扬，心里已然猜到了八九分。

邵扬没用"家"这个字眼儿，却说的是："这是我父亲的别墅。"

这时，跟随邵老爷子多年的宋管家从别墅楼里走出来，对邵扬和沈陌均是笑脸相迎："少爷，沈小姐，请跟我上楼吧，老爷子已经等了好一阵子了。"

沈陌恭敬道："辛苦您了。"

而邵扬则没有开口，甚至连一丝笑容都吝于给予。

宋管家熟门熟路地领着他们上到二楼，沿着长廊往里走，一直走到尽头，然后敲门而入，毕恭毕敬地对那个坐在沙发上的老人说："少爷和沈小姐到了。"

"辛苦，你先去休息吧。"邵老爷子说着，站起身来面向门口，内敛而沉着的目光不偏不倚地落在了沈陌的脸上。

宋管家道了声"是"，便自觉告退，还很识趣地替邵老爷子带上了门。

沈陌站在邵氏父子二人之间，局促得恨不能找个地缝钻进去。

以前她总觉得邵扬是个特别有气场的男人，如今她总算明白他的强大气场是从哪儿来的了——有其父必有其子，这根本就是遗传学的典范啊！

趁着邵老爷子转身回去沙发的短暂空当儿，沈陌赶紧扯了扯邵扬的衣角，忽闪着一双大眼睛，拼了命地给他递眼色，只盼着他能提出单独和老爷子谈谈，让她这个外人暂时回避一下。

谁知还不等邵扬有所表示，老爷子倒是先发话了："一家人别站着说话，都过来坐吧。"顿了顿，又特意对沈陌说："你也过来一起，这件事情离了你还真没法谈。"

在如此威严的长辈面前，沈陌怎么也不敢造次。尤其这位长辈还有可能是她未来的公公，就更要尽量顺着他老人家的意了。

邵扬在沙发上坐了下来，沈陌也挨着他坐下。

她看到茶几上散乱地放着厚厚一摞报纸，隐约有种不妙的预感。

上次媒体诬陷她的"初恋"抄袭 RK 的"恋之蜜语"时，迎接她的也是这些冷冰冰的报刊杂志。

女人的第六感往往灵验得莫名其妙。

果不其然，沈老爷子用食指一下一下地点着报纸的大头条，不怒自威地问沈陌和邵扬："看到了吗？看到媒体是怎么说咱们 Stellar 的吗？"

邵扬伸手拿过最上面的一张报纸，看了一眼，又把它放回到茶几上。

沈陌从旁瞄到了标题的内容，心下一凛，咬住下唇不知如何是好。

恒星少爷苦恋旗下调香师，抄袭事件欲包庇瞒天过海?! 沈陌看到这么一长串的大标题，简直有种掀桌子的冲动。

本来说她抄袭 RK 一事就已是子虚乌有，如今又以海市蜃楼为根基，再次造谣抹黑 Stellar! 这些媒体当真是吃饱了撑的，拿 Stellar 开起涮来没完没了。

其实对于谣传之类的麻烦事，沈陌是有足够的耐心去处理的。可是如果这事儿把邵扬也牵扯进来，那就另当别论了。

她看不得他受委屈，那比她自己被人唾骂还令她难受。

邵老爷子半晌没有言语，邵扬也沉默地坐在那里一声不吭，末了，还是沈陌最先耐不住性子。

她鼓足了勇气，抬头平视邵老爷子，一鼓作气地向他表态："这件事情怎么也怪不到邵扬头上，我会站出来向媒体澄清事实的。身正不怕影子斜，我没有抄袭就是没有抄袭，容不得媒体这样污蔑我、污蔑 Stellar 的清誉！"

邵老爷子瞧了瞧沈陌，一开口就是四两拨千斤："我不认为你站出来对 Stellar 有什么好处，显然，媒体针对的是'恒星少爷'，而不是'旗下调香师'。"他顿了片刻，移开视线看向自家儿子，故意问道："邵扬，你觉得呢？"

邵扬知道，父亲说的是不争的事实。

媒体之所以爆出这样的新闻，大抵和他在国际香水节上的表现有关。

作为香水界的龙头企业，Stellar 一直都备受媒体的关注。

事实上，之前"抄袭"事件的不了了之，已经招致一部分媒体对 Stellar 的不满。虽然实际情况是"邵扬动用正常的司法手段来攻破谣言"，然而不明真相的人总以为是 Stellar 动用了什么幕后关系，费尽九牛二虎之力，才将四面八方的负面消息买断下来。

在很多人眼里，这就叫作越抹越黑。

然而不管当时情况如何，都没有记者会愿意花时间去考证。

自从国际香水节上，邵扬当众宣称沈陌是他的未婚妻，那么，媒体人需要做的便只有一件事——将之前种种匪夷所思的逻辑混为一谈，借此机会制造出一则爆炸新闻。

想解决这类事情，最好的办法不是压制，更不是由沈陌这样不起眼的小喽啰站出来表态。

该怎么做，邵扬心里其实很清楚，可他就是没办法走出那一步。

第三十九章

苦 苦 相 逼

屋子里静得可以数清三个人的呼吸声，僵局一直持续到宋管家敲门给他们上茶。

邵老爷子端起茶杯抿了一口，这才不疾不徐地说："之前你怎么出去胡闹我都不管你，但是，Stellar 是我一手创下的产业，只要我还活着一天，就看不得谁来糟蹋我大半辈子打下来的江山。"

邵扬和沈陌不约而同地攥紧了拳头，心中压抑得不得了，却都没有言语。

"邵扬，你是我的儿子，这件事情应该怎么处理，我想不用我再教你。"邵老爷子抿着茶微笑起来，他讲话的语气很是温蔼，望向儿子的眼神也很慈爱。

可是沈陌和邵扬都明白，就是这么个看起来慈祥的老人，每一次做决定都是说一不二的。

过了很久，邵扬才低声对父亲说："我明白了，我会想办法处理。"

言罢，他就和沈陌一起离开了父亲的居所，也没有让司机专程送他，出门叫了出租车，往他自己的公寓行去。

这天晚上，沈陌没有离开邵扬的家。

她依然清楚地记得第一次留宿在这间公寓的场景——她酒醉微醺，在同事面前向他告白，而他处处护着她，带她回到这里，好好地将她安顿在绵软的床上，自己却跑去睡沙发。

而这一次，她再次与他共处一室，却不再是以"师徒"的身份。如今，她是他的避风港，只是很多时候，风浪恰恰是因她而起。

他们相拥而眠，但其实睡得都不安稳。

邵扬心事满腹，辗转反侧，久久不能入眠。而他每一次翻身，沈陌都会在迷迷蒙蒙中睁眼看一看他。沈陌本来是个睡眠质量好到逆天的人，可是因为心中有了牵挂，所以很容易就从梦中醒来。

临近天亮时，沈陌做了个很虚无很荒诞的噩梦。

她猛然从梦中惊醒，有些心慌地抱住邵扬，却又记不得具体梦到了什么。

"做噩梦了？"邵扬一副半睡半醒的样子，声线比平日里低哑了许多。

沈陌哑然点头，恍惚可以听到自己心跳如鼓。

他将她搂进怀里，轻抚她的背脊，温柔地说："梦到什么了？讲给我听听，有时候说出来就不可怕了。"

"最可怕的就是我根本不记得梦到了什么。"她靠在他胸口，摇摇头，像是要甩开某种糟糕的情绪，又像是要努力记起梦的内容，"没有内容，可是那种害怕的感觉太真实了，真实得让我错以为那不是梦，而是真的发生过什么，只是我不记得，就像失忆了一样。"

"你偶像剧看多了，人哪有那么容易就失忆。"

"我知道不是，可我还是怕……"

"怕什么呢？"

"……怕失去你。"她轻轻咬住他胸前的衣襟，不肯再说话。

深夜寂静，暮色凝重。每当午夜梦回时，藏匿于潜意识中的很多细小情绪都会被无限放大，放大成引人侧目的样子，然后在这空寂的夜里，化作可以吞噬人心的恶魔。

相比起邵扬，其实沈陌现在更加无助。

如果他失去了父亲，至少他还有她；可如果她失去了他，那么，她的情感之屋里还剩下谁？她诸多辛苦，又该让谁明了？

沈陌只是不愿牵扯到商场争斗中，可那并不代表她什么都不懂。恰恰相反，白天邵老爷子那番话是什么意思，她比谁都清楚。

她知道自己将要面临什么，所以害怕。

在之后的很长一段时间里，当她再回想起这个静谧如水的冬夜，总会忍不住感慨——虽然当时以为忧伤，可那其实是他和她所拥有的，极其奢侈的小幸福。

那时，他们拥有彼此，就拥有了照亮前程的一盏微光。

次日清晨，邵扬和沈陌很早就醒来，却仿佛有一种不言而喻的默契，谁都没有先开手机，也没有谈及接下来的事情，只是一直拥抱着，说些无关痛痒的亲昵情话。

不是不敢面对现实种种，只是她和他都有一种不好的预感——眼下这样琐碎而平淡的相守，很快就要沦为牺牲品，而这种牺牲能够换来什么，他们却不得而知。

然而，任何事情都只可以躲一阵子，却不可以躲一辈子。

晌午将近，邵扬和沈陌一起打开了手机，彼此的视线都没有落在对方的身上。

　　沈陌的手机安静得异常，别说电话留言，就连一条短信都没有。而邵扬的手机则像是一颗刚被引爆的炸弹，伤人的消息一个接着一个地传来。

　　公关部负责人说，媒体的不实报道已经严重影响了 Stellar 在消费者心中的品牌形象，整个公关部和品牌形象部都在努力挽回，通宵加班一整晚，在网上发布了很多辟谣和树立形象的帖子，但截至目前依然收效甚微。

　　市场部负责人说，这一期的市场调研结果不太理想，市场购买力虽然呈上升趋势，但是购买意愿却下降了，怀疑和之前爆出的新闻有关系。另外，女香目前在亚太市场占有率仍然排在前三以外，而且还有持续走低的趋势，不容乐观。

　　销售部负责人说，最近三天，仅中国大陆就有超过五家商场和 Stellar 商讨暂停合同的相关事宜，之前的销售数据近期可能会有所变动。

　　秘书说，从昨晚到目前，董事长办公室的内线电话已经响了无数次，而媒体打来的外线电话更是不计其数。此前，她一直说董事长在和前董事开会，不知今天是否仍然这样应对。

　　首席财务官又说……

　　总而言之，整个世界都陷入了一团糟的局面。

　　邵扬每看一条消息，眉头就皱得更紧一点。沈陌在一旁默默地瞧着他的神色，心中知道大事不妙，却不知应该说些什么。

　　邵扬耐心看完所有的负面讯息，这才起身对沈陌说："走吧，去趟公司。"

她支支吾吾地说："我今天……能不能请一天假？"

他定定地看了她几秒钟，而后点了点头："好，那你在家休息一下，下午有空去趟超市，把冰箱塞满。至于请假的事儿，我会直接跟罗茜说。"

说者无心，听者有意。他这样波澜不惊地安排着家务事，令沈陌一时恍惚起来。

她记得，她在深海之底接受了邵扬的求婚，那么照理说，她现在就是他的未婚妻了。可是沈陌仍然心存疑虑。

Stellar 之所以陷入眼下的危机，80%的原因都在她这里。那么，作为邵氏企业的软肋，她和他的私订终身还能作数吗？

在她思绪翻飞时，邵扬已经离开了公寓。

沈陌一个人在偌大的房子里绕了几圈，却还是没有找到女主人的感觉。

虽然邵扬一直很努力地想要把她带到他的世界里去，虽然她也一直很渴望融入，然而总有哪里不对，以至于她始终觉得自己和他所熟知的一切格格不入。

整整一个中午，她没有吃饭也没有动，呆呆地坐在沙发上，自顾自地想着心事。

眼看着时钟已经指向下午 1 点 45 分，她强迫自己下楼吃点东西，顺带着买回一些生活必需品，以及用来堆满冰箱的食材与半成品。

然后，大约在两点一刻的时候，她打开了客厅的电视，并且很不凑巧地在电视上看到了邵扬。

此时，他正笑容和善地坐在《娱乐大事件》的直播间里，接受主持人的特约采访。

刚开始的几分钟里，主持人还在装模作样地说着客套话，然而不出10分钟，她就开始尽职尽责地八卦。

"在正式接管 Stellar 之前，你一直是以'香水天才'的身份在 Stellar 工作，而且一直都很低调，请问是有什么特别的原因吗？"

"没有什么特别的原因，只是给自己一些时间，做自己喜欢的事。"以及……遇见一个自己喜欢的人。最后这半句话，他没有说出口，却用几秒钟的沉默为之留出了应有的时间。

"看来您不仅是一位很有想法的调香师，将来也会成为别具一格的企业家。"主持人客套了一下，又继续问道："那么1月12日国际香水节的时候，您当众向媒体介绍了您的未婚妻，而很快各大媒体就爆出新闻，说这位'沈小姐'就是去年'初恋抄袭事件'的当事人。这其中究竟是怎么个错综复杂的关系呢，方便给我们讲讲吗？"

话题突然转到这里，沈陌一颗心都悬了起来。很想听听邵扬的答案，却又怕听到，于是等待的每一秒钟都变得无比漫长。

可是最后，她等来的只是邵扬轻描淡写的一句话："关于这件事情，我暂时没办法用三言两语来概括。为了给消费者和媒体一个交代，我们将会在西城体育馆举行新闻发布会专门说明此事，时间就定在明天上午10点钟。届时，我和另外几位 Stellar 灵魂人物都会出席发布会现场。"

可是，《娱乐大事件》的主持人明显是个八卦成狂的女人。

她依旧不依不饶地追问："其实太复杂的事情并不一定能够满足我们观众朋友的娱乐看点，而我们的节目其实只是想给观众们，也给 Stellar 粉丝们一个捷径，让他们不需要观看漫长的发布会，就能明白事件的大概。所以，邵总能否简单地谈一谈呢？"

第四十章

不 辞 而 别

　　就如沈陌所料，邵扬并不会在这样一个娱乐节目上给出什么正式回应。从始至终，他都保持着礼貌的笑容，以诚恳但不亲近的态度接受访谈，迂回地拒绝了节目主持人的刨根究底。

　　也许在外人眼里，这位 Stellar 新任董事长在访谈中表现得处处得体优雅，可是沈陌却打心底里心疼他，因为她留意到一个细节——每当主持人提及"未婚妻"相关的事情，邵扬的第一反应都是薄唇紧紧抿成一条直线。

　　虽然他很快就会露出迷人的笑容，可沈陌知道，他打心底里抵触别人提起这件事，只不过他太懂得何谓不动声色。

　　沈陌关掉了电视，一双冰凉的手仍然紧紧地握着遥控器，难过得哭都哭不出来。

　　她其实一直都知道，自己和邵扬在一起，会给他增添很多负担。她不想这样，她也想成为一个足够强大的女人，和他并肩前行。可是这几年来，不论她如何努力，偏偏就是做不到。她好不容易才从菜鸟调香师晋级成既有想法又有才情的高级调香师，却在一夕之间和很多人一样，成了他的下属。

这种转变是不可逆的，也是她一个普通家庭出身的女人无论如何也追赶不上的。

在美国的时候，她还可以骗一骗自己，把国外当作一个乌托邦。那里没有邵老爷子，没有 Stellar 的全体员工，也没有什么董事长和调香师，只有沈陌和邵扬，只有爱与被爱。

佛罗里达的日子，美得像梦一样。

如今梦醒了，她不得不让自己清醒地意识到，她究竟拖累他到何种地步。

为了她，他不惜违背父亲的意愿；为了她，他不惜把 Stellar 的前程搭进去；为了她，他不惜被一个不入流的娱乐节目主持人苦苦相逼；为了她……

有这样一个如星般迷人的男人这样为她付出，她怎么会不心疼？这种心疼甚至已经附上了歉疚的成分，而这种歉疚，令她明白了盛情难负。

如果给不了他更多，那么，沈陌想，她唯一能为他做的就是少索取。也许他不能理解，可这是她爱他的方式。

她想离开了。

这样的念头冲进脑海里的一瞬间，沈陌俯下身子把脸埋在膝盖之间，颤抖地咬住下唇，任凭绝望袭上心头。

就在这时，一旁的手机忽然震动起来。

沈陌一动也没动，依旧埋着头，像婴儿般蜷缩在沙发上。她半晌都没敢去看来电显示，直到电话停止震动，这才缓缓抬起头来，犹豫地往手机那边看了一眼。

手机再次震动起来，她以为一定是邵扬，然而屏幕上显示的却是陌生号码。

"喂，您好！"

"你好，我是邵扬的父亲。"

"啊……"沈陌一时想不到应该怎么称呼邵老爷子，怔了片刻，索性更加恭敬地又说了一次，"您好！"

邵老爷子倒并不在意这些细节，当然也没有与她寒暄什么，直接开门见山地说："沈陌，我知道你和邵扬是真心想在一起。"

"是的，我很喜欢邵扬。"她顿了顿，又说："可是我……"

邵老爷子打断她的话："我知道你想说什么。"

沈陌将信将疑："……您知道？"

"与其就这么一声不吭地走了，不如考虑考虑，跟我做个交易？"

她着实有些惊诧。她和邵老爷子不过是一面之缘，她藏于心底的那点小心思从来就没有对外人提起过，可是邵老爷子却能猜透。

对于这样睿智的长辈，她打心底里觉得敬重。

她沉默了片刻，而后认真答道："我愿意听听您的想法。"

"我没有看错你，我儿子眼光也不错。"邵老爷子在电话那端笑起来，从容地将他的计划娓娓道来……

邵扬结束一整天的工作，很晚才回到公寓。然而开门的一瞬间，他愣住了。

屋子里一片漆黑，而且一团寂静——沈陌没在家！

他忽然心慌了，赶忙掏出手机打她的电话，却听到一个甜蜜的女声说："您所拨打的用户已关机……"

他连鞋子都顾不上换，把公文包丢在玄关的柜子上，拿着车钥匙就飞奔下楼了。

邵扬开车直奔沈陌所住的小区，路上几乎一刻也没停下来地拨她的电话。

其实他昨晚就有预感，他能感觉到她太过强烈的不舍，而这种不舍，一般只在离别之前才会有。

可他就是不到黄河心不死，非得去敲一敲她的家门。

直到他终于确认了不会有人来给他开门，也确认了她的电话不会开机，才终于认命地倚在冰冷的门上，像是虚脱一般，缓缓地蹲了下来。

他痛苦又心酸地反复呢喃着："沈陌，你凭什么，凭什么……"

这一刻，邵扬很难不去怪她——所有的困难他都已经想到，而他明明已经选择了与她相携一生，不论有多艰难，他都愿意与她一起面对，他都愿意冲到风口浪尖去替她挡风遮雨。

可她凭什么一个人选择放弃！

他不知道自己究竟在她家门外徘徊了多久，也不知道偶尔路过的人是否将他当成无家可归的孤魂野鬼，他只知道，他的一颗心已经被她掏空了。

他回到了车里，开着车在马路上一圈又一圈地兜兜转转。

夜里的北京城不似白天那样匆匆忙忙，路上行人很少，车辆也不多。暖黄色的灯光落在地面上，将整座城市勾勒成温暖的模样，仿佛与夏日无异。

可就是这样静谧的夜景，却不能在邵扬的心里留下一丝一毫的温度。他坐在开着空调的车里，仍然觉得这个冬天寒冷刺骨。

这一路上，他的视线总是下意识地瞟向左右两侧的人行道。人都是这样，明明失去了也不愿意承认，总想万一好运，就能在下一个拐角找到她，带她回家……

一次一次希望落空，铸就了一场不可逃避的绝望。

凌晨 3 点多，邵扬终于拖着一身疲惫回到家里，却无心睡眠，在卧室床上呆坐到天明。

这个晚上，他抽完了 6 支烟，想到了许多事。

他还记得初见沈陌时，一个完全不懂香水的理工科小女生，雄赳赳气昂昂地对他说"因为心中有梦"，那么恣意又天真，叫他不忍心将这样的她拒之门外。

他从来不带徒弟，就是怕将来自己接手 Stellar 之后，成为某些人耍心机的底牌。可是她与别人不同，她的眼神里有着他无法忽视的执着与热情，那是他在其他人眼中看不到的，那是曾经的他自己。

所以这些年来，他不管不顾地带着她一起往前走，也会因为她的糊涂而气急败坏，然而如今回忆起来，却还是很怀念师徒相称的那段单纯欢喜的日子。

在他们相识的第二年夏天，他去中央公园种下了那棵红杉，从那时起，他就已经在心里把她当成了自己人。他知道她心里藏着一些放不下的人和事，可他有足够的耐心，他也愿意长久而沉默地守候她。

平顺的日子终结于苏黎世之行。

邵扬到现在仍然记得，当她看到叶远声的一刻，他有多后悔这次带她来。可如今，他再回忆起当时，心中却不是懊恼，而是五味陈杂。

如果没有当时，他便不会在百般试探中明了她对自己的心意，也就不会有后来这些悲欢离合。如果她一直不离开他的视线，永远是他最不听话的宝贝徒弟，那么，究竟是好事还是坏事呢？

邵扬不知道，也不想知道。

不论如何，他都忘不了她喝醉了酒在众人面前向他告白的样子，忘不了她在病床前的温柔与娴雅，忘不了她在实验室里调香时的专注与执着，更忘不了她撒娇时的每一个神情、每一种音容笑貌……

邵扬想，早在他种下红杉的时候，他就没奢望过会有基韦斯特岛的海底情深。所以，失去有什么可怕？不过就是回到了一无所有的最初。

比起遗忘，他更愿意将她的样子深深地刻在心底。

天都亮了，路灯都熄灭了，他却还是放不下手中的烟，也放不下她。

快到 8 点钟的时候，秘书打来电话，问他今天预安排的几个会议是否要正常进行。邵扬举着电话沉吟很久，最终还是说："算了，把今天的会议都推到明天。"

今天是用来处理家务事的。

他隐约觉得沈陌的离开一定和父亲有关系，因此决定去找父亲谈谈。

出门之前，邵扬去卫生间洗漱一番。

拿毛巾擦脸的时候，他看到了镜子中那张憔悴的脸，恍然明白——原来这就是爱情，让人幸福，也让人愁苦。

第四十一章
蝴 蝶 微 焰

邵扬来到父亲的别墅，却被告知邵老爷子去了 Stellar 大厦。

他二话没说开车就去了公司，在董事长办公室里看到了他要找的"前董事长"。

父子相见，本该其乐融融，然而事实却是——只有邵老爷子一个人面带笑容。

"我知道你为什么来找我。"邵老爷子说。

邵扬挑了挑眉，不卑不亢地说："这里现在是我的办公室，说起来，其实是父亲您来找我的。"

邵老爷子一笑，也不计较他言辞里的挑衅，直接开始说正事："是我让沈陌走的，我跟她做了个交易。"

邵扬冷然笑道："你用多少钱摔在她脸上了？"

"50 万。"邵老爷子不顾自家儿子铁青的脸色，又继续说道："不过这个交易到现在为止还不算完，接下来还有第二步。"

"什么第二步？"

"等你处理好眼下最棘手的问题，我再告诉你。"邵老爷子说完，就拄着拐杖往门口走去，显然也没打算在此久留。

邵扬明白，父亲是希望他能好好地澄清之前的种种误会，别让Stellar的声誉因他而有所折损。可他没有想通，如果注定要牺牲他和沈陌的爱情，那么，"拿钱走人"不就是邵家给她的全部了么？又何来第二步呢……

他望着父亲的背影，疑虑之余，免不了生出些没头没脑的期待。

邵老爷子慢悠悠地走到了门口，正准备抬手开门，就听到邵扬在他身后叫了一声"爸"。他不由得顿住了身形，一时感慨万千。

这是邵老爷子回国之后，邵扬第一次这样叫他。

为了守护家族产业，他从这次度假回来就一直逼着儿子继承Stellar，爆出抄袭包庇的丑闻后，他又一直逼着邵扬跟沈陌分开，站出来给公众一个交代……

诸多麻烦堆积成山，以至于他都没能拿出足够的耐心，像个寻常父亲一样好好和儿子聊聊过去未来，聊聊人生理想。

邵老爷子轻轻叹息一声，回过身来看向邵扬。

"爸，你刚才说，等我摆平了公司的事，就告诉我交易的第二步。说话算话？"

"你长这么大，我什么时候骗过你？"

邵扬点点头，郑重地保证道："那好，给我3天时间，我保证能处理好。"

"我相信你。"邵老爷子笑着说罢，开门离开了这间曾经属于他的董事长办公室。

目送父亲离开之后，邵扬几乎一刻也没闲下来，当即打电话给各大高层主管，一起商量明天新闻发布会的事。

与此同时，他还将市场部、公关部以及销售部的总负责人叫到办公室来。几个最主要的职能部门聚在一起，开了一个长达 3 小时的漫长会议，针对最近销售及市场走势下滑一事，制定了极为细致的处理方案。

第二天新闻发布会上，其他几位 Stellar 高管几乎没怎么发言，从头到尾都是邵扬在撑场面。

时尚界、娱乐界，甚至商界的媒体都派了记者来出席此次发布会，上午 10 点钟不到，发布会现场已经被记者和摄像设备挤满。

10 点钟还不到，邵扬等人就提早出现在现场。

若是在以往，他可能不会有耐心应对这些空口八卦的媒体记者，但这一次情况不同。

如今的他，愿意用所有的努力换得与她相爱的机会，哪怕到最后很可能还是竹篮打水一场空，他也不惜一试。

虽然感性来说，他不愿意将自己和沈陌的故事说给无关的外人听，可是理智思考，Stellar 董事长如果能在新闻发布会上打出一张深情牌，那么"抄袭包庇"的风波就有可能被"绝世好男人"这个正能量的新闻点所取代。

"邵先生，请问您和沈小姐订婚的消息属实吗?"

"我确实曾经向她求过婚，只是是非曲直不足为外人道，而现在，她……"邵扬停下来，在数不清的照相机前深深呼吸，再开口时明显有些哽咽，"她不辞而别，我们分手了。"

人心都是肉长的，见他这样，在场记者也不忍心再深挖他的情感伤痛，况且这场发布会的主题本来也不是关于感情的。

场下寂静了短暂的片刻，又有记者问道："邵先生，对于之前盛传沈小姐抄袭 RK 香水一事，请问您是如何认为的呢？"

"众所周知，在香水这种需要创意的行业里，'抄袭'是最大的禁忌。如果 Stellar 旗下员工触到了这个底线，我鼓励 RK 集团对其个人甚至是我们公司提起诉讼，这一点，不论当事人是谁，都不会改变。当时 RK 没有走正常的司法程序，我相信绝不是因为我的缘故，而是因为'初恋抄袭恋之蜜语'一事，本来就是空穴来风。"

台下闪光灯一直闪个不停，邵扬淡淡地扫视了一圈，又继续说道："在我继承父业之后，各种各样的负面新闻突然出现在公众面前，其中真假，恐怕只有造谣者心中清楚。借此机会，我希望在场诸位，包括关注这场新闻发布会的所有人，都能以宽容公正的态度对待 Stellar，以及我这个尚需成长的年轻人。"

说完这些话，邵扬朝着台下深深鞠了一躬。

全场安静得甚至有些过于庄重严肃，就连闪光灯都停止了闪烁。几秒钟之后，掌声和灯光一同涌向讲台，与此同时，邵扬身后的大屏幕上放映出 Stellar 最新制作的宣传短片。这段短片宣传的不是任何产品，而是一个企业对"诚信"二字的执着与传承，以及对"爱和美"的欣赏与尊重。

发布会现场，邵扬淡然微笑，坐拥诸多媒体的信服；而另外一边，邵老爷子在别墅的客厅里，看着电视上运筹帷幄的儿子，也终于露出久违的欣慰笑容。

公司的风波算是过去了，邵老爷子想，是该挑个吉利的时候，好好整理一下家务事了……

新闻发布会结束之后，Stellar 从水深火热的境地中一点点走出来，消费者不再对这位新上任的年轻董事长抱有什么偏见，反而热火朝天地关注起 Stellar 今冬新推出的一系列香水产品。

市场占有率稳步上升，与大型商场的合作势头有增无减，一切仿佛都在一夕之间逆转，公司从上到下都沉浸在暖春复苏的喜悦中，只有一人例外，那就是邵扬。

坐稳江山又能如何呢？沈陌依旧没有回来。

那天他离开发布会现场，第一件事就是打电话给父亲，追问沈陌的下落。可是父亲却只劝他耐心等等，似乎还没到时候。

等到什么时候？邵扬不知道，也不敢细想。

起初几天，他还放任自己沉溺在思念中，时不时推掉一个会议，把自己关在办公室里，花很长的时间对着落地窗发呆。可是一周过去了，沈陌依然没有消息，只有待办事项越堆越多。

邵扬终于受不了这样颓然的自己，在记事本上列了一个很长的待办事项列表，然后下意识地将全部注意力都转移到事业上，不再刻意去夸大那种求而不得、寻而无果的悲伤。

他和邵老爷子有个明显的差别——他不仅懂管理，还懂设计。

这是邵扬第一次只用 3 天就完成了一款香水的整套方案。这是他为她而设计的香水，名叫"蝴蝶微焰"。

哈勃望远镜曾观测到一个绝美天文现象，那便是恒星死亡时所产生的壮丽至极的蝴蝶星云。邵扬的这款"蝴蝶微焰"恰是取材于此，将宇宙万物作为情感的依托，向她诉说——他愿意燃烧一整颗恒星与她炽烈相爱，也愿意默默守候爱过之后所余留的微微焰火，等待她回到他的身边。

邵扬不知道沈陌在何处，也不知道她有没有机会遇见这款属于她的"蝴蝶微焰"，可他能感觉到，沈陌仍是爱他的。

只要还在爱，未来就拥有了无数种可能。

他曾想过，也许他要等她很多年，又或许即便等待很久，也等不来一个结果。然而他却没有想到，3个月之后的一个傍晚，当他回到素来清冷的公寓，却一眼就看到了沈陌的身影。

此时，她正坐在沙发上吹头发，看样子似乎是刚洗完澡。因为吹风机的声音太嘈杂，她并没有留意到他已经回来。

邵扬第一次觉得自己看到了幻觉，小心翼翼地在玄关处站了半晌，都没敢脱鞋进屋，仿佛任何一点声响都会惊扰这场太不真实的美梦。

过了半晌，沈陌关掉吹风机，一回头就看到门口的邵扬。

她先是一愣，随后遥遥地对他笑起来，轻声说道："你回来了啊，我……也回来了。"

他仍然傻傻地站在原处没动，就像初得爱人心的懵懂少年，受宠若惊。

沈陌放下电吹风，起身走到邵扬身边，伸出双臂攀上他的脖颈，踮起脚尖在他唇上印下一吻，而后再一次对他说："我回来了，邵扬。"

他终于相信这一刻是真实的，再也无法压抑心中的百般滋味，紧紧地回抱住她，恨不能将她融进自己的骨血里，从此再不惧怕分开。

为何离开？如何回来？就让这些见鬼的东西统统见鬼去吧！无论如何，只要回来了就好……

他低头吻她，情动来得那么突然，像是冬日里的一盆炭火，兜头兜脑地灼伤了世界的每一个角落。沈陌记不得他们是如何从客厅到浴室，再从浴室到卧室，只记得他坚实的肩背，以及灼烫的体温……

尾　声

黎明将至的时候，沈陌醒在邵扬的臂弯里，稍一抬头，就看到了皎洁月光下他的侧脸，英俊又温柔，一如初见时的模样。

邵扬虽然很累，却睡得很不踏实，就像之前离别将至时一样。沈陌手臂压得有些酸痛，只是轻轻动了一下，他就从梦里醒过来了。

沈陌轻声细语地问："怎么醒了？"

他没有回答，只是在黑暗中静静地看着她，良久才问："你呢？"

"我睡不着，想等你醒来跟你说说话。"

"现在我醒了，想说什么就说吧。"

沈陌往他怀里靠了靠，将她与邵老爷子的"交易"详情娓娓道来……

天光初现之前，邵扬听完了事情的经过。

他这才知道，自己误会了她，也误会了父亲。

没错，邵老爷子确实给了沈陌 50 万，而她也卷着钱跑了，可那并不是分手费，而是邵老爷子作为她未来的"父亲"，提前赠予她的嫁妆。

沈陌搂着他的腰，低声说："其实以前我一直以为有钱人家的父亲都不大懂得怎么心疼自己的孩子，可是邵扬，最近我才明白，你的父亲和那些人不一样，你真的应该学着理解他的苦心。"

邵扬哑然失笑："你倒是比我这个亲生儿子还了解他。"

"也谈不上了解，就是这阵子感触很多。"沈陌像是打开了话匣子，话越说越多，"这几个月来，我一直住在你父亲的别墅里。有时候从屋里出来，想陪老爷子看看电视，总能看到他一个人默默地坐在客厅里，就那么看着电视里的你。那时候我就在想，他真的很爱你，而且很清楚什么才是真的对你好。"

邵扬沉吟片刻，又问："……比如呢？"

"比如他跟我说过这么一句话——只要是我儿子喜欢的，我都会想办法拿给他，而且想办法让他得到更好的，包括感情在内。"她顿了顿，又继续说下去："那时候我就知道了，他不是真的反对我们，只是想给你点时间去处理好公司的事情，也给我们的爱情一个考验，然后再让我们得到更完整，也更踏实的幸福……"

晨曦初现，透过窗帘的缝隙，隐约可以看到天边泛起的鱼肚白。

邵扬抱着沈陌，沉默了很久很久。她也没再说话，困意伴着安静一起将她笼罩。半睡半醒间，她依稀听到邵扬在她耳边说了声"对不起"。

对不起谁，又是对不起什么呢？

沈陌想问个清楚，却抵不住浓浓困意，终是沉沉睡去。

梦里，似乎有人用烟火在她面前写下这样一句话——黎明前的黑暗已经逐渐远去，等到梦境褪去，迎来的便是人生……

（全文完）